바람과 구름과 비

바람과 구름과 비 5

ⓒ 이병주 2020

초판 1쇄   2020년 5월 15일
초판 2쇄   2020년 9월 16일

지은이   이병주
펴낸이   이정원

펴낸곳   그림같은세상
등록일자   1995년 5월 17일
등록번호   10-1162
주소   경기도 파주시 교하읍 문발리 파주출판단지 513-9
전화   031-955-7374 (마케팅)
        031-955-7384 (편집)
팩스   031-955-7393

ISBN   978-89-960020-7-9 (04810)   978-89-960020-0-0 (세트)
CIP   2020017400

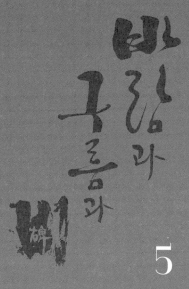

바람과
구름과
비

5

이병주대하소설

그림같은세상

차 례

007

원여운

元汝雲

107

유비하백천

由卑下百川

191

춘풍천리

春風千里

261

갑산에도 춘풍이

甲山　春風

원여운

元汝雲

백암산에 가을은 깊어 있었다.

상록의 바탕에 물들기 시작한 단풍이 수연愁然, 대폭大幅의 그림을 수놓은 듯한데, 산중 허리에 서니 벌써 북풍을 느끼게 하는 바람이 등에 밴 땀을 식혔다.

'양추팔월평해도涼秋八月平海道 북풍취단백암초北風吹斷白岩草.'*

이런 시상이 최천중의 뇌리를 스쳤다. 백암산 자락이 끝나는 한 편이 동해인 탓에, 땅 끝까지 왔다는 감회에 객수客愁가 고인 것이다.

백암사 산문에 들어섰을 땐 해가 서쪽으로 기울 무렵인데, 노승이 낙엽을 쓸어 모아 불에 태우고 있었다. 홍엽을 태워 차를 끓이

---

* 당나라 시인 잠삼(岑參)의 시 '호가가송안진경사부하롱(胡家歌送顏眞卿使赴河隴)'에 나오는 '양추팔월소관도涼秋八月蕭關道'의 소관도를 평해도로, '북풍취단천산초(北風吹斷天山草)'의 천산초를 백암초로 바꾼 것이다. 풀이하면 '서늘한 가을 8월의 청해로 가는 길, 북풍이 불어 백암의 풀을 끊는다.'

는 풍류는 아닐망정 노승의 모습엔 고담한 풍취가 있었다.

"말 좀 묻겠소이다."

하고, 최천중이 노승 곁에 다가섰다. 쪼그리고 앉아 있던 노승이 일어서더니, 허리를 펴곤 최천중을 응시했다. 그리고 한다는 말이,

"말을 물어 뭣 할 거요. 물으려거든 길을 묻든지, 사람을 묻든지 하시오."

익살이 다소 섞인 말투였다.

농담으로 받아넘길 수도 있었으나, 옆엔 황천리가 있고 정회수도 있었다. 최천중이 정색을 하고 말했다.

"말로써 물지명物之名이 되는 것이고, 말로써 인지명人之名이 되는 것이오. 그래, 뭔가 묻고자 할 때는 말을 묻겠다고 미리 예를 갖추는 법이오. 색심불이色心不二를 알아야 할 승려가 언상불이言象不二를 모른단 말이오?"

"오, 그렇던가."

하고 노승은 파안일소했다. 그런데 대뜸 한다는 말이 또한 최천중을 놀라게 했다.

"당신들은 여운을 찾아왔지?"

"어떻게 그걸 알았소?"

"한양에서 여기까지 온 사람이, 그 사람을 찾지 않고 누굴 찾겠소."

"한양에서 우리가 왔다는 건 또 어떻게 아셨소?"

"냄새와 낌새로 알지."

하는 말투가 장난꾸러기 그대로였다.

"그래, 여운 선생 찾아오는 사람이 많습니까요?"

"수삼 년 동안엔 없었지."

"그런데?"

"며칠 전 여운이 말합디다. 아마 자길 찾아올 사람이 있을 거라구."

최천중은, '환재가 미리 기별했을까? 아니면, 하준호가…?' 하는 생각을 해봤지만 그럴 까닭이 없었다.

"여운이 어떻게 당신들이 찾아올 줄을 알았을까 하여 궁금한 거요?"

노승이 웃으며 한 말이다.

"그렇소."

최천중이 정직하게 답했다.

"여운은 그런 엉뚱한 데가 있는 사람이오. 모르는 일 빼놓고 죄다 알고 있는 건 나와 비슷하지만…."

"한데, 여운 선생은 지금 어디에 계십니까?"

"자기 집에 있겠지. 그게 집이라면…."

"그곳을 알았으면 하오."

"산문을 도로 나가시오. 그리고 길을 남쪽으로 잡으시오. 그 길을 따라가면 개울이 나올 거요. 개울을 거슬러 오르면 여운의 움막이 있소."

거리가 얼마나 되느냐고 물으려다가 그만두었다. 익살맞은 노승의 입에서 또 무슨 말이 나올지 몰라서다.

두 갈래의 개울이 앞과 뒤로 흐르고 있는 동산의 기슭에, 초당 모양으로 지어진 아담한 집이 있었다. 집 앞에 있는 바위 위에 일

11

곱 살쯤 되어 보이는 아이가 다리를 디룽거리며 앉아 놀고 있었다.

"선생님 계시나?"

하고 최천중이 물었다.

"산에 가셨어유."

소년이 산속을 향해 손가락질을 했다. 산속에서 산으로 갔다는 말이 어쩌면 우습게 들리기도 했지만, 그렇게 말할 수 있는 사연이 있기도 할 것이다.

"산에 뭣 하러?"

"먹을 것을 찾으러 간다고 하셨어유."

최천중과 그 일행은 짐을 내려놓고 바위 위에서 기다리기로 했다. 그런데 이상한 것은, 아래서 느껴졌던 다소의 한기가 이곳에선 전연 느껴지지 않을 뿐 아니라, 늦은 봄기운이 돌고 있다는 사실이다.

그런데 곧 그 까닭을 알 수 있었다. 바로 바위 밑을 흐르는 개울에서 김이 모락모락 피어오르고 있었다. 손을 담가보았다. 따끈한 감촉이었다.

그것이 바로 온천이었던 것이다. 집 뒤론 냉천이 흐르고 집 앞으론 온천이 흐르고 있으니, 여운은 물에 관해선 엄청난 호사를 하고 있는 셈이다. 물의 호사는 또한 기후의 호사와 통한다. 거기엔 언제나 상춘常春의 기분이 감돌고 있었기 때문이다.

산그림자가 시야의 반쯤을 덮었을 때, 앞쪽 숲속에서 흰 수염을 길게 드리운 노인이 나타났다. 백발과 백염이 아니면 노인으로 볼 수 없는 깡마른 체구. 그러나 건강해 뵈는 인상이었다. 그 가운데도 눈이 맑은 것이 특징이었다.

노인은 덥석 땅바닥에 손을 짚고 절을 하는 최천중을 바라보고 있다가, 온안溫顔이 금세 엄한 표정으로 바뀌었다. 그러고는 집 안으로 들어가며 뒤따라오라고 했다.

　좌정을 하기가 바쁘게 여운이 말했다.

　"내 성정性情대로라면 당장 되쫓아 보낼 참이었지만, 한양에서 온 사람을 그렇게 박절하게 할 수가 없어서 일단 집 안에 들이긴 했는데, 그런 법은 없어."

　음성에 노기가 서려 있었다.

　"제가 예를 잃었거든 용서하시기 바랍니다."

　최천중이 나부시 절을 했다.

　"예를 잃어도 보통으로 잃은 게 아녀."

　"어떤 점인가를 말씀해주시면…"

　"그걸 아직도 짐작 못 하나?"

　"예."

　"더불어 얘기도 못 할 사람이군."

　"…"

　"과례過禮는 비례非禮라는 것도 모르는가?"

　그제야 최천중은 아차 하고 깨달았다.

　여운의 말이 있었다.

　"절은 아무 데서나 한다고 절이 되는 게 아녀. 좌정을 기다려 통성명과 아울러 절을 하는 것이 도리여."

　"너무나 반가워서 그만…"

　"반가워서? 반갑다고 개처럼 땅바닥에서 뒹구는 거여? 개같이 땅바닥에서 뒹구는 놈의 절은 받기 싫어."

"소인의 철이 모자라….."

최천중은 몸 둘 바를 몰랐다.

"과례를 범하는 놈은 반드시 흑심이 있는 놈이여. 흑심이 없고서야 어떻게 땅바닥에서 뒹굴어?"

여운의 말은 결연했다.

최천중의 뇌리에, 환재 박규수가 한 말이 번개처럼 스쳤다. 그것은 잔꾀 부리지 말고 직정直情으로 대하라는 대목이었다. 그래, 최천중은 얼른 다음과 같이 아뢰었다.

"놀라우신 안력, 심히 두렵사옵니다. 사실, 전 흑심을 품고 이곳에 왔사옵니다."

"실토를 하는구면."

했는데, 그 말투가 누그러들어 있었다.

"황송하옵니다."

"황송하건 죄송하건 흑심을 가진 자완 얘기할 수 없으니, 그 흑심을 버리게."

"버릴 수가 없습니다."

"고얀 사람 다 보겠군."

"제 평생의 소원인 걸, 어떻게 쉽게 버릴 수가 있습니까. 공자님의 말씀에도, '가탈삼군지수可奪三軍之帥일지언정 불가탈필부지지不可奪匹夫之志'*라고 안 하셨습니까."

---

* '삼군의 장수를 빼앗을 순 있지만 보통 사람의 뜻은 빼앗을 수 없다.'.

"그런 엉뚱한 소릴 하고 돌아다녔으니까, 공자는 상가지구喪家之狗가 된 거야."

"그럼, 선생님은 어떻게 되시는 겁니까?"

"나?"

하고 여운은 처음으로 웃는 얼굴을 보였다. 한데, 그 얼굴이 티 없이 맑았다.

"불사不仕, 불구不求, 불기不忌**를 염원으로 하는 사람에겐 상가고 유가有家고 없는 법이야. 뱃이 솟구치면 일필一匹의 이리[狼]는 될망정, 스스로의 지략을 미끼로 녹祿을 구하는 개가 되진 않아."

"꼭 그러시다면, 저도 그와 같은 소신으로 사는 놈입니다."

"거짓말이지. 그런 소신을 가진 자는 흑심을 품을 까닭이 없어."

"아니올시다. 선생님처럼 도를 통하신 연후엔 모르기도 하겠습니다만, 불사, 불구, 불기를 관철하기 위해선 때때로 흑심을 품을 판국이 있사옵니다. 관 또는 세력자가 오라를 먹였을 때 그 속박을 풀기 위해선 온갖 흑심을 발동시켜야 할 것이 아닙니까. 한 떨기의 꽃을 아름답게 피우기 위해선 부토腐土의 도움을 받아야 하지 않습니까."

"소진蘇秦과 장의張儀를 합친 것 같은 변설이로군."

"이것은 변설이 아닙니다."

"그럼 뭔가?"

"소인의 충정을 토로한 것입니다."

** 섬기지도, 구하지도, 꺼리지도 않는다.

"충정이 아니고 흑심이겠지."

"흑심이라고 해도 좋습니다."

"흑심이란 것을 자백하고도 자네의 목적을 달성할 것 같은가?"

"달성하지 못하면 그만이 아니겠습니까. 밑져야 본전인걸요. 그러나 최선을 다해봐야지 않겠습니까."

"그런 각오라면 해될 것은 없지."

한 뒤, 여운은 '기춘아' 하고 불렀다.

아까의 소년이 달려왔다.

"바깥에 있는 손님들, 네 방으로 모셔라. 요즘 밤이슬이 차다."

하고, 여운은 관솔에 불을 켰다.

그 기회를 포착하여 최천중이 물었다.

"방이 고루 따스한데, 언제나 군불을 때어놓습니까?"

아까부터, 쾌적한 온기를 지닌 방의 사정이 궁금했던 것이다.

"불을 때는 게 아니고 물을 때는 거여."

하고 여운이 웃었다. 온천을 방바닥 밑으로 통하게 해놓은 것이다.

"물이 불을 대신할 수도 있다. 이건 공부자도 몰랐을걸."

여운의 말은 활달했다.

여운이 자기를 상대하는 것을 과히 싫어하지 않는 것 같아서, 최천중은 적이 안심을 했다.

"상극相剋하면서도 상보相補하는 것이 자연의 원리인데, 공자께서 어찌 그만한 이치를 몰랐겠습니까."

"아냐, 공자는 자연의 이치를 몰랐어. 자연의 이치를 안 사람이 어찌 수신연후修身然後에 제가齊家, 제가 연후에 치국治國이란 그

따위 소릴 했겠는가. 신身은 자연의 이치와 윤리의 이치가 합쳐진 인간의 육체가 아닌가. 수신 하나만으로도 종평생의 대업일세. 그런데 어찌 수신후란 말을 쓸 수 있겠는가. 수신하며 제가하고 제가하며 치국하라. 또는, 치국하며 제가하고 제가하는 것이 수신으로 통한다는 말은 있을 수 있을지 몰라도, 수신후, 제가후란 말은 통할 수가 없어. 수신하는 노력으로 제가하고, 치국하는 노력으로 수신하고, 이를테면 병진竝進은 있을 수 있어도 단계는 있을 수 없어."

여운의 말은 자상했다.

이때,

"밥 갖고 왔구먼요."

하는 기춘의 소리가 있었다.

"밥은 절에서 가져오지."

하며 여운이 문을 열었다. 밥통과 국통과 나물이 담긴 통 세 개가 들어왔다.

"손님 밥까지 가지고 왔습니다."

하는 절머슴[寺男]의 말이 있자, 여운은

"오는 도중 석운石雲을 만났구나."

하고 최천중을 돌아봤다.

"산문 안에서 노승을 만났습니다."

"그 노승이 석운이야. 사람이 괴짜지만 마음은 좋아. 당신들이 내게로 간다고 듣고 그 식사까질 준비했으니, 그만하면 쓸 만한 사람이 아닌가."

황천리, 정회수를 불러 식사가 시작되었다. 여운이 일어나 다락에서 한 줌의 육포를 꺼내 방바닥에 놓았다.

"이건 꿩고기포구, 이건 노루고기포구, 이건 토끼고기포야."

하곤,

"석운대사가 매사에 내게 지는 까닭이 여기에 있지."

하며 웃었다. 최천중은 그 까닭이 뭐냐고 물었다. 여운의 풀이는 다음과 같았다.

"생生은 식食으로써 지탱되고, 식은 곡穀, 채菜, 어魚, 육肉으로 되어 있지 않은가. 한데, 석운은 곡과 채만 먹고, 나는 곡, 채, 어, 육을 상식常食으로 하고 있으니 우선 체력에서 내가 우월하단 말일세. 체력만 있으면 지력智力은 얼마든지 가꿀 수 있는 것 아닌가."

최천중이 채식만으로도 어육을 겸할 수 있다고 말하자, 여운이 일갈했다.

"겸한다는 건 옹색한 짓이야. 물유각미物有各味한데 뭣 때문에 겸하고 대代할 필요가 있는가."

"불가의 수양이란 것이 있지 않겠습니까. 불가의 지혜는 다를 것이옵니다."

"그러니 나는 석운이 나쁘다는 말은 안 했어. 나보다 약하다고는 말해도…. 석운은 세간지世間智를 염리厭離하고 반야지般若智라야만 된다고 하지만, 세간지 없이 반야지가 어디서 나타날 것이며, 세간지를 도우는 보람 없이 반야지가 무슨 소용이 있겠는가. 불도도 일도一道이지 전도全道는 아녀."

말에 꾸밈이 없고 태도에 꾸밈이 없고 소탈한 여운의 언동은, 박규수의 말 그대로 비승비속하고 비유비선한 천의무봉天衣無縫이었다. 최천중이 기회를 보아 문순공文純公 원전元傳, 운곡耘谷 원천석元天錫의 행적을 들먹이며 원주 원씨의 가문이 하늘의 별처럼 총명하다고 칭송하자, 여운은

"남의 가문을 무슨 까닭에 그처럼 규명했는고."

하며 웃었다. 최천중이 응수했다.

"흑심을 갖고 선생님을 찾으려니, 그만한 공부는 해야 하지 않습니까."

"우리 가문이야 나무랄 데가 없지."

하고 원여운은 경건한 자세가 되더니 다음과 같이 말했다.

"무불왕손無不王孫이 무불적손無不賊孫이란 말이 있지. 왕자의 후손 아닌 사람 없고 도둑의 후손 아닌 사람 없다는 것은, 긴 세월을 이어오는 동안 모진 풍파를 당하기도 한다는 말인데, 우리 집안은 여조麗朝 이래 깨끗한 가통을 이어왔어. 다행한 일이지. 그러나 남에게 자랑할 일은 못 돼."

"한데, 선생님은 왜 이처럼 은거하고 계십니까?"

"난 은거하고 있다고 생각하지 않아. 이곳이 좋으니까 이곳에서 사는 거지."

"가족은 어디에 계십니까?"

"원주에 있어. 그러나 내 직계는 없네."

"혼례를 안 하신 겁니까?"

"왜 혼례를 안 했겠어. 했지. 그런데 결혼한 지 2년 만에 아내가 아들을 낳다가 죽었어. 아이도 함께 그 변을 당하고 보니, 재취할

생각이 없어지더구먼. 그래서 혼자 살기로 했어."

"무후無後는 조상에 대해 죄짓는 일이 되는 것 아닙니까."

"요행하게도 나는 다섯 형제 가운데 제삼자야. 형이 있고 동생이 있으니 무후한 건 아니지. 조카가 많으니 내 뒤를 이을 사람도 없지 않구."

"왜 벼슬을 마다하십니까?"

"거세원관擧世願官*인데, 나 하나쯤 벼슬을 안 한다고 해서 대단할 것 없잖은가."

"혹시 지금의 정사를 비非라고 보고 계시는 것 아닙니까?"

"아냐. 정사엔 시是도 없고 비도 없는 거여. 중국의 역사를 봐도 올바른 정사가 행해진 것은 불과 요순우堯舜禹의 삼대三代가 아닌가. 부족한 사람들이 모여 하는 짓이 그 정도면 그만이여. 나는 정사하는 것 자체가 싫어. 그 복잡한 예의에 사로잡히기가 싫은 거야. 낮엔 야성夜聲을 듣는다. 친구 있어 시량柴糧 걱정 없고, 초호草戶 있으니 밤이슬을 걱정할 필요가 없구나."

"전 선생님을, 백이伯夷와 숙제叔齊를 따른 사람으로 알았습니다. 백암산을 수양산首陽山으로 하고 말입니다."

최천중의 이 말이 있자, 원여운이 '헛허' 하고 웃었다. 그리고 한다는 말이,

"백이도 숙제도 헛짚었어. 주周나라의 속粟을 먹지 않겠다고 수양산의 고사리를 먹고 연명했다는데, 그 고사리는 주나라의 고사

----

*　세상사람 모두가 벼슬을 원함.

리가 아니었던가? 속속粟이면 주나라의 것이고 고사리는 아니라고 생각한 게 가련하지 않은가."

얘기가 한 단락되었을 때, 여운이 "우리, 목욕하러 가세" 하고 일어섰다. 최천중은 묻지 않고 따라나섰다. 집 앞으로 흐르는 온천에서 목욕하자는 뜻으로 짐작했던 것이다.

동편 산 어깨 위에 하현의 달이 걸려 있었다. 바위와 바위 틈에 암반을 바닥으로 한 천연의 탕기湯器가 있다면서 여운은,

"옷을 벗을 땐 아랫배에 힘을 주어. 그리고 서서히 탕 안으로 들어가야 해. 자칫 잘못하면 감기에 걸려."

하고 옷을 벗고 탕 안으로 들어갔다. 최천중은 시키는 대로 했다.

쾌적한 온수 속에 목덜미까지 담그고, 최천중은 하늘을 향해 고개를 젖혔다. 하현의 월광을 곁들여 만천의 별이 찬란했다.

"추산추야노천욕秋山秋夜露天浴은…?"

하고 여운이, 묻는 것도 묻지 않는 것도 아닌 투로 나직이 읊었다.

"천조지화영기옥天造地化靈氣沃입니다."

최천중의 간발을 넣지 않은 수창酬唱이 있자, 여운은 다시

"불탐불구시신선不探不求是神仙."

이라고 했다.

"생야몽야범인혹生耶夢耶凡人惑."

이라고 받았다.

"그렇지, 생신지 꿈인지 의심할 만도 허이."

하며 여운이 흡족해하는 표정이 어스름 달빛에도 보였다.

"천지의 조화는 참으로 무궁무진하다는 것을 새삼스럽게 느끼는

21

기분입니다."

하고, 최천중은 여운이 하는 대로 본떠 팔다리를 물속에서 굽혔다 뻗었다 했다.

"조화의 무궁무진을 알고 인생이 수유須臾*임을 알면, 인사人事가 그처럼 분답**하진 않을 텐데 말여."

여운의 한탄이 있었다.

"천지는 무궁한데 인생이 수유니까, 모두들 성급하게 서두는 것 아닙니까?"

"그 말에도 일리가 있어. 그러나 가련하지 않은가. 인생 백 년을 산대도 불과 3만6천 일. 만월을 보는 횟수가 1200회. 그런데 어디 백 세까지나 사는가. 내 삼대조에 민수閔粹의 사옥史獄에 걸려 비명에 죽은 어른이 있지. 기막힌 재사 어른인데, 그 유고遺稿로 보아 천하의 대문장大文章이 될 어른이었어. 나는 가끔 그 어른을 생각하지. 생각할 때마다 허망을 느껴."

여운은 삼대조의 이야기를 하고 있는데도 어제 같은 슬픔에 젖어 있었다. 최천중은 여운의 둔세遁世*** 취미가 바로 그 사건에 원인이 있을 것이란 짐작을 하고 잠자코 귀를 기울였다.

"만유 가운데 수유의 생명을 얻어 사는 사람들이 법을 만들어 인명을 좌지우지하는 것은 그 자체 만유의 법에 어긋나는 것이 아닌가. 흉악한 살인범은 마땅히 사死로써 다스려야 하겠지만, 정사

---

*   짧은 순간.
**   紛沓: 북적북적하고 복잡함.
*** 속세를 피하여 은둔함.

에 관한 의견 차이로 선비의 목숨을 끊는다는 짓은 아무래도 납득
할 수가 없어. 내가 벼슬하길 피한 이유가 바로 거기에 있는 거여.
불능不能이면 불사不仕라야 하지 않은가…."

추산秋山의 추야秋夜에 여운의 말은 조용하고도 숙연했다.

온천에서 나온 여운은 몸을 닦고 옷을 입은 뒤,

"이번엔 저 개울로 가세."

하고 앞장을 섰다.

"따뜻한 물에 목욕을 했으니 얼굴은 찬물로 씻어야지. 고래로 두
냉온신頭冷溫身이라고 했으니까."

냉천은 집 뒤로 흘렀다.

거기 가서 얼굴을 씻었다. 냉철冷徹이 뇌수를 삽상하게 했다.

"만리 앞이 보이는 것 같지 않은가."

하고 여운이 웃었다.

"이렇게 사시면 천수를 누리실 것 같사옵니다."

최천중의 실감이었다.

"천수에 어디 가감이 있겠는가. 영인배佞人輩****의 농간이 감수減
壽는 할망정 천수에 가수加壽는 없지. 그러나 살아 있는 동안엔 상
쾌할 수가 있지."

집으로 돌아갔을 때 여운이 물었다.

"가서 잘 텐가, 얘기를 더 할 텐가?"

"모시고 좀 더 말씀을 들었으면 합니다."

**** 아첨하는 무리.

"그럼 들어오게."

하고 여운이 최천중을 다시 자기 방으로 인도했다. 기춘이 말똥말똥 앉아 있는 것을 보자, 여운이 말했다.

"오늘 배운 것 외었나?"

"예."

"그럼, 강講은 내일 아침 받을 것이니 넌 자거라."

하고, 여운은 최천중에게

"저놈이 내 잠동무다. 고르고 싱그러운 숨소리를 들으면 천하의 밤이 고요하지. 나는 그 숨소리를 들으면 숙면에 빠져."

하며 자리에 드는 기춘의 이마를 쓰다듬었다.

"선생님, 저 흑심을 버렸습니다."

최천중이 꿇어앉은 자세로 말했다.

"당연히 흑심을 버려야지. 그런데 그렇게 쉽게 흑심을 버리겠다고 하니 시원섭섭한 기분이 없지 않구려."

"그럼, 선생님은 제 흑심의 소재가 뭣인지 아셨습니까?"

"알았지."

"어떻게 아셨습니까?"

"그야 뻔하지 않은가. 무관無官의 사람에게서 역직役職을 구할 까닭이 없고, 무재無財의 인간에게 재물을 달라고 할 까닭이 없고, 젊지 않으니 중매할 작정이 아닐 게고… 기껏 세상 바람을 쐬어보라고 권할 참이 아니었던가."

"바로 그러하옵니다만, 온천과 냉천을 전후에 끼고 선중선仙中仙으로 지내시는 어른을 뵈니 속세로 모셔 갈 엄두가 나지 않습니

다."

"지레 단념할 건 없어. 얘기에 따라선 금대옥루金臺玉樓를 버릴
수도 있잖은가. 나는 아직 우화등선羽化登仙할 생각은 없네."

"그러시다면 말씀 여쭙겠습니다."

하고, 최천중은 삼전도장의 규모와 그것을 지은 취지를 설명했다.
물론 그 설명은, 천하의 인재를 모으겠다는 것만으로 끝냈다.

"맹상군이 되겠다는 건가?"

"한 사람쯤 맹상군이 있어도 좋지 않겠습니까?"

"그렇긴 허이. 그러나 궁금한 게 있어. 맹상군은 당세에서 뭔가를
노린 자여. 자네도 노리는 게 있는가?"

"우선 그저 모으는 데 의미가 있을 뿐입니다."

최천중이 정중하게 말했다.

"인재를 모은다고 하니까 생각나는 일이 있군."

하고 여운이 시작했다.

"강희康熙 황제皇帝 연간의 일이었어. 황제는 천하의 명사를 현
창顯彰*할 목적으로 중국 각 주에 영을 내렸지. 초야에 묻힌 위인
과 걸사를 천거하라고. 조선도 속국이니 그 영을 받았다네. 그러자
소동이 났다. 고을마다 명사를 천거하고, 문벌마다 명사를 천거하
고, 서원마다 명사를 천거하고 하는 바람에 그 천거장이 나귀 일
곱 마리의 등에 가득 실렸다. 강희 황제는 조선에서 명사 천거장을
나귀 일곱 마리에 가득 싣고 왔다고 하자, 지관地官을 불러 조선의

---

* 밝게 나타냄.

산수도를 가져오라고 했다. 그리고 그 산수도를 지관에게 물어가며 한참 들여다보더니, 조선에서 가지고 온 그 천거장을 그대로 돌려보내라고 일렀다. 그러면서 한 말이 이랬다. '조선의 산수도를 살펴보니, 강불천리江不千里하고 야불백리野不百里하며 국인國人의 수가 미월천만未越千萬이라는데, 그러한 소국에 나귀 등 일곱을 채울 만큼 명사가 많다면 굳이 현창할 필요가 없다. 만일 거기에 거짓과 과장이 섞였다면 항차 내가 볼 필요가 있겠느냐.'"

"그럼, 선생님은 이 나라가 소국이니, 걸출한 사람이 없을 것이라고 보신단 말씀입니까?"

"듣자니, 그 삼전도장은 꽤 큰 규모라던데, 그 큰 집에 채울 만한 명사를 모을 순 없을 걸세."

"제가 모으고자 하는 건 그런 뜻만은 아닙니다. 삼전도장엔 동서남북으로 4동棟이 있은즉, 호문好文하는 선비, 호무好武하는 한량을 비롯해서 무슨 잡기라도 한 가지에 능한 사람이면 환영할 참입니다. 노름을 잘하면 그래서 좋고, 거짓말을 잘하면 그로써 취하고, 양물이 큰 놈은 그로써도 취하고, 잘하는 도둑질은 그것도 기량으로 쳐줄 생각입니다."

"그것 참 재미있겠구나."

여운은 아연 흥미를 느낀 모양이었다. 최천중은 스르르 신바람이 났다.

"그렇게 천태만상의 사람을 모아놓으면 퍽이나 흥이 있지 않겠습니까?"

"그렇겠지. 그런데 그 선발이 어렵지 않겠는가."

"그걸 선생님이 맡아주시든지, 아니면 선생님이 선발할 사람을 지목해주시든지 하셔서, 삼선도장의 주인이 되어줍소사 하는 소원이었습니다."

"선발에서 빠진 자들은 어떻게 할 텐가?"

"삼전도장에 내장內莊, 외장外莊을 만들어, 외장을 객사로 해서 과객으로 대접하면 될 일이 아니겠습니까. 게다가 농경에 종사할 사람으로 마을을 만들 작정이니, 적당히 사역할 방도가 있을 것이옵니다."

"뽑힌 사람의 출입은?"

"거자去者는 거하고 유자留者는 유하도록, 각기의 마음에 맡길 뿐입니다."

"좋아. 거자불류去者不留하고 유자불추留者不追면 여류수如流水로 체함이 없을 것이니 흠연할 것이다. 근래에 드물게 들은 유쾌한 소식이여."

하고 여운이 무릎을 쳤다.

"그런데 나를 거기로 데리고 갈 생각은 어떤 연고로 했는가?"

하고 여운이 물었다.

"환재 박규수 대감으로부터 천거가 있었사옵니다."

"환재가?"

하고 여운은 비로소 놀란 빛을 보였다.

"환재께선 문안드리란 간곡한 부탁도 있었사옵니다."

"환재가 나를 그런 곳으로 천거하다니, 있을 수 없는 일일세. 환재가 내 이름을 스스로 들먹였단 말인가?"

"그건 아니올습니다."

하고 최천중은 실토하지 않을 수 없었다.

"그러나 선생님의 존함을 듣자, 만일 제가 선생님을 모실 수 있게 만 되면 크게 치하하겠다는 말씀은 있었사옵니다."

"그러니까 내가 묻는 거여. 내 이름을 처음 누구에게서 들었나?"

"하준호라는 선배로부터 들었사옵니다."

"하준호?"

하는 여운의 얼굴에 살큼 그늘이 끼는 듯했다.

"선생님은 하준호라는 사람을 알고 계십니까?"

여운은 거기에 대한 대답은 하지 않고,

"한데, 그 사람 지금 어디에 있는가?"

하고 물었다.

"한양에 있는 것으로 압니다."

"한양에 있다고?"

여운은 깊은 한숨을 쉬었다.

"천하지사를 달관하고 인사를 초월하신 선생님께서도 한숨을 지으실 일이 있습니까?"

"나도 육신이니, 내 피도 정리情理에 따라 흐르지. 달관도 초월도 정리를 벗어나면 지혜가 되지 못하느니."

여운의 말은 준절했다.

최천중은 하준호에 대한 호기심을 억제할 수 없었다.

"하준호와는 어떻게 아는 사이옵니까?"

"어떻게 알긴…. 나와 자네가 안 것처럼 알았지."

"각별한 관심이 있으신 것 같은데요."

"십 년 전에 잠시 안, 그런 관계일 뿐이라, 자네의 얘기를 들으니 새삼스럽게 생각이 나누먼."

"저로선 비범한 사람이라 보았습니다."

하고 최천중이 여운의 마음을 끌어보았다.

"비범하지. 비범하고말고."

그 이상 여운은 입을 떼려 하지 않더니, 불쑥 수수께끼 같은 말을 남겼다.

"사람은 각기 갈 길이 있어. 하준호는 불도에 들어가야 할 사람이었어."

밖에 바람이 인 듯, 나무 흔들리는 소리가 만산滿山의 밤을 흔들었다. 최천중은 잠자코 귀를 기울였다. 그 바람 소리에서 우주의 탄식이 들리는 듯했다. 여운이 짤막하게 말했다.

"가서 자게."

최천중은 물러나와 황천리, 정회수 사이에 몸을 뉘었다.

황천리의 말이 있었다.

"내일 출행하게 되우?"

"모르겠소."

"뜸은 든 것 같습니까?"

"표표한 바람과 같아 걷잡을 수가 없습디다."

최천중은 사르르 잠에 빠져들었다. 백암산중에서의 뜻 깊은 일야一夜였다.

아침에 일어나 여운 선생의 방을 찾았으나 여운은 없었다.

"할아버지는 절에 가셨어요."

하는 기춘의 말이 사립문 밖에서 있었다.

황천리와 정회수가 세수를 하고 돌아왔다.

"할아버지는 절에서 식사를 하신대요. 손님들, 아침을 자시지요."

기춘이 방으로 들어가 통과 그릇을 상 위에 놓았다. 동작이 민첩했다.

아침 식사도 역시 절에서 가져온 모양이었다. 깨를 곁들인 뻐근한 죽이었다.

"이게 무슨 죽이지?"

하고 최천중이 물었을 때, 대답을 못 하는 기춘 대신 황천리가 말했다.

"율무죽이오."

"율무?"

하고 최천중이 되물었다.

율무라는 것이 좋다는 것은 알고 있었지만, 그것으로 죽을 끓여 먹는 것은 처음이었다.

"율무죽은 끈기가 있어 보補가 될 뿐 아니라, 체내의 독성을 빨아들여 같이 소화시켜버린다고 해서 영식靈食으로 치죠."

황천리의 말에 최천중이 물었다.

"쌀이나 보리가 없어서 식량을 대신하는 것이 아니구?"

"천만에요."

고개를 흔들며 황천리는 말을 이었다.

"아침엔 율무죽, 저녁엔 오곡밥을 먹으면 백 세를 넘겨 산다는 말이 있소."

"그렇다면 누구나 다 먹으려고 하지 않겠소?"

"한데, 구하기가 힘듭네다."

이런저런 소릴 하고 식사를 끝냈는데도 여운은 돌아오지 않았다.

"할아버진 아침이면 매일 절엘 가시나?"

하고 최천중이 기춘에게 물었다.

"가끔 가십니다."

"절에 가시면 늦으시나?"

"바둑을 두시면 꽤 늦어져요."

"그땐 너 혼자 무섭겠구나."

"저도 같이 가는걸요."

기춘이 남아 있는 것은 자기들 때문일 것이라고 짐작했다. 최천중은, 억지로 권한다고 해서 될 일이 아닌데 하루를 더 이 산속에서 머문다는 것은 의미가 없다고 생각했다. 여운을 모시고 얘길 들을 수 있으면 또 모르되, 바둑을 두러 갔을지도 모르니 빈 집에서 무위하게 하루를 지낸다는 것은 그의 성미에 맞지 않는 일이었다.

최천중은 황천리와 정회수에게 행장을 차리라고 일렀다.

여운 선생에게 가지고 온 선물꾸러미를 제하면, 돌아가는 길의 행장은 가벼울 것이다.

돌아갈 준비를 끝내고 집 앞 바위에 앉았다. 하늘과 산은 차가운 빛깔인데 그곳만이 약간 훈훈한 것은, 김을 내며 흘러가는 온천 때문이다.

그 온천도 한 마장을 못 가서 냉천으로 변한다고 하니, 온수의 근원이 그 집 언저리에 있기 때문일 것이다.

기춘의 말로는, 조금 올라간 곳에 있는 바위틈에서 온수가 나온다는데, 그곳은 손을 대지 못할 정도로 뜨겁다고 한다. 문득 최천중은, 모든 야망을 버리면 이런 곳에 와서 살아도 좋겠다는 생각을 해봤다. 그러나 그러기 위해서라도 마음속에 뭔가를 가지고 있어야 하는 것이다.

정오 가까이 되어서야 여운이 돌아왔다. 바위 위에 앉아 있는 최천중 일행을 보자 빙그레 웃으며 익살을 부렸다.

"빚쟁이에게 집 뺏기고 한데 나앉아 있는 사람들 같구려."

"주인 없는 집에 무슨 체면으로 추근대고 앉아 있겠습니까?"

최천중의 응수였다.

여운은 옆에 놓인 괴나리봇짐을 보더니,

"떠날 참인가?"

하고 물었다. 최천중이 답했다.

"그래야 또 얼른 올 수 있지 않겠습니까?"

"또 오다니?"

"아무래도 삼고초려의 예는 갖추어야 할 것 같아서 말입니다."

"내가 무슨 제갈량이라구 삼고초려를 해."

"아닌 게 아니라, 제가 유비일 수도 없습니다."

"일고一顧에 결단하면 그만이지, 삼고해서야 일어선다는 건 속물이 하는 짓이야. 제갈량은 속물이여."

32

"그럼 조조는요?"

"그건 걸물이구."

"한데, 소인의 이고, 삼고를 거절하시겠단 말씀입니까?"

"거절할밖에 없어. 하고何故냐 하면, 내가 최공을 따라나설 테니까."

"예?"

최천중은 땅바닥에 엎드려 절하고 싶은 충동을 가까스로 참았다. 개처럼 기어 다닐 셈이냐고 또 핀잔을 받을 것 같아서였다.

"손님을 두고 집에서 나간 건 실례지만, 사실은 석운을 만나 그 일을 의논하려고 내려간 걸세."

"감사하옵니다. 이 감사를 어떻게…"

"그런 걱정은 말게. 앞으로 자넨 나 때문에 혼이 나게 돼 있으니까."

"무슨 짓이라도 감수하겠습니다."

여운은 기춘을 불렀다.

"기춘아, 나는 내일 한양으로 떠난다. 날 따라가고 싶으면 데리고 갈 것이고, 따라가기 싫으면 석운 스님한테 가 있거라."

"난 할아버지 따라갈 겁니다."

기춘의 말이 또렷했다.

"그럼 됐어."

하고 여운이 최천중을 돌아보았다.

"우리 내일 떠나자. 산속의 친구들에게 작별인사라도 하고 가야 될 게 아닌가."

"좋도록 하십시오."

그러자 여운은 무엇이 우스운지 끼득끼득 웃었다.

"왜 웃으십니까?"

"마지막 기전棋戰을 하자고 하기에 한 판을 두었는데, 선물을 줄 셈으로 져주려고 했지만 석운이 기어이 지고 마는구나."

"바둑, 재미있습니까?"

"재미있지. 바둑은 말쑥이 협잡물을 빼버린 인생도人生圖다. 무기무락無期無樂이고 필기무락必期無樂인데, 기불기간期不期間에 열혜심재悅兮甚哉거든."

이렇게 하면 어떻게 되리라는 기대가 없으면 재미가 없고, 마음 먹은 대로 꼭 되어도 재미가 없고, 그렇게 되리라고 꼭 기期할 수 없는 그 사이에 기쁨이 있다는 말인데, 바둑을 모르는 최천중으로 선 뭐라 대꾸할 수가 없어서 이렇게 말했다.

"소생도 바둑을 배우고 싶습니다."

"바둑을 배운다는 것은 인생을 배운다는 것이지. 천천히 가르쳐주지."

여운의 말이 다정하기가 봄바람 같았다.

평해에서 한양까진 970리, 그 천 리 길 가까운 노정을 여운은 열흘로 잡았다. 최천중은 놀랐다.

"그건 안 될 말씀입니다. 노체에 어찌 백 리 길을 당하겠습니까?"

"무슨 말을 하는고. 내 소시엔 5, 6일 동안에 간 길이네. 비록 팔순이라고 하지만, 하루 백 리는 범족凡足으로 갈 수 있네."

여운은 아무렇지도 않게 말했다.

기춘만은 나귀에 태워야 했다.

아랫마을에서 나귀를 구했다.

여운 선생을 모시고 한양으로 돌아가게 되었다는 사실에, 최천중은 영광스러운 마음과 동시에 희망을 보았다.

가을의 들이 밝았다. 하늘이 맑았다. 여운이 하는 말 한마디가 시詩로 치면 절창絶唱이었다.

이곳저곳에서 추수하고 있는 농부들을 보고 여운이 한 말,

"방자관지傍者觀之하면 한회농사閑會農事이지만, 당자행지當者行之하면 고회농사苦會農事니라."

옆에서 보기만 하면 농사짓는 양이 한가롭기만 하지만, 직접 그 일을 당하여 행하면 농사짓는 일은 고되다는, 흔하게 들을 수 있는 말인데도 여운의 입을 통하면 철리哲理를 띠게 되는 것이다.

어떤 무덤가를 지나갈 때의 일이다. 여운이 중얼거렸다.

"묘외묘내동일사墓外墓內同一事, 거욕제탐여건곤去欲制貪汝乾坤."

무덤 밖에 있는 것이나 무덤 속에 있는 것이나 한가지 일이니, 욕심을 버리고 탐하는 마음을 억누르면 네가 곧 건곤, 즉 천지가 된다는 이야기다.

최천중은

숙석주안성모치宿昔朱顏成暮齒

수유백발변수소須臾白髮變垂召

일생기허상심사一生幾許傷心事

불향공문하처쇄不向空門何處鎖

란 왕유王維의 절구를 들먹이며 여운의 마음을 떠보았다.

　왕유의 이 시는,

　　'옛날의 소년이 노인이 되어

　　그 검은 머리가 백발로 변했다.

　　짧은 인생에 상심한 적이 몇 번일까.

　　부처님을 찾지 않곤 상심을 달랠 수가 없다.'

는 것인데, 여운의 답은 이랬다.

　"그 시만으로라면, 왕유는 백암사의 석운만 못해. 석운은 '백발이 될수록 동심이 귀한 줄을 알게 되어 소년이 되길 원하니, 홀연 내가 불신佛身이 된 것을 깨달았다'는 시를 지은 적이 있지. 소년이 되길 바라는 마음 이상의 진오眞悟가 있을 수 있겠는가. 불향공문不向空門이란 새삼스러운 얘기다."

　그리고 한다는 말이,

　"백암산을 떠나는 것은 아쉬울 것이 없지만, 석운과 멀어지는 것이 슬프다."

　"석운 스님과 그처럼 좋은 사이였습니까?"

　"멀어져가니 그 감회가 깊군. 산수는 어딜 가나 만날 수가 있고 다시 정을 들일 수가 있지만, 사람은 그렇지 않아. 석운은 좋은 사람이었어."

"저도 그렇게 보았습니다. 언젠가 짬을 보아 석운 스님을 삼전도 장에 모시고자 합니다."

"삼전도장에 석운을 모실 날이 있으면 오죽이나 좋을까."

여운은 수연愁然히 수염을 쓰다듬었다.

석선산 기슭의 주막집에 도착한 것은 그로부터 닷새 후이다.

미리 도착한 황천리의 연락을 받고, 박돌쇠를 비롯해서 유만석 과 그의 아내, 그리고 양씨 부인, 즉 양인환이 모두 주막집에 내려 와 있었다.

그들이 여운 선생에게 인사를 드리고 나서, 최천중이 양인환을 조용한 곳으로 불러냈다.

"지금은 양씨 부인을 상대로 하여 묻는 거요. 기심* 없이 대답하 시오."

"예."

"부인께선 박돌쇠라는 사람을 겪어봤죠? 어떠합니까?"

양씨 부인은 선뜻 답을 못 하고 옷자락만 만지고 있었다.

"박돌쇠는 드물게 보는 귀상이오. 부인도 드물게 보는 귀상이오. 그러니 둘이 화합하면 필히 장래에 기할 바가 있을 것이오."

"……"

"정부貞婦는 이부二夫를 종사하지 않는다는 건 케케묵은 유생들

---

* 欺心: 자기 마음을 속임.

37

의 얘기요. 지금 우리들이 구애될 바가 아니오. 나는 여운 선생을 모시고 한양으로 가야 하기 때문에 일을 서두르고 있소. 일을 서두른다고 해서 경박한 처리를 할 생각은 없소. 가부간 부인의 의중을 말하시오."

"전 선생님을 따라 한양으로 가고 싶사와요."

고개를 숙인 채 조용히 말하는 양씨 부인이었다. 최천중은 측은한 생각이 들었다.

"데리고 한양으로 가는 건 어렵지 않소만, 박돌쇠와의 연분이 너무나 아깝구려."

"죄송하와이다."

"아까도 말했지만, 정부는 이부 종사 안 한다 운운은 케케묵은 유생들의 잠꼬대 같은 거라니까요."

"…"

"그렇지 않으면, 망부亡夫에 대한 정이 깊어서 그러시는 겁니까?"

"결혼한 지 두 달, 얼굴도 채 익히지 못한 처지온데 무슨 정이 들었겠사옵니까."

"그럼?"

"소녀는 아무튼 선생님을 따라 한양으로 가고자 하옵니다."

최천중은 벽에 부딪힌 느낌이었다.

"혹시 박돌쇠가 부인이 여자라는 것을 눈치챘다고 생각하진 않습니까?"

"그런 일은 없는 줄 아옵니다."

도리가 없었다. 최천중은 박돌쇠를 한양으로 데리고 갈 궁리를 했다.

양씨 부인을 돌려보내고 박돌쇠를 나오라고 일렀다. 최천중의 말을 듣자, 박돌쇠는 후일을 기하겠다고 했다.

유만석 내외가 따라나설 생각을 하고 있으니, 박돌쇠만 혼자 남게 되는 것이다.

"그렇다면 이렇게 섭섭할 수가 있나."

라고 최천중이 말하자,

"제겐 보살님이 있고 어머니의 혼백이 있사옵니다. 저 혼자 있는 것이 아니옵니다."

하고 상냥하게 웃어 보이기까지 했다.

"그럼 좋다. 자네는 여기 남아 있거라. 자네가 사는 집은 언제 내게 필요할지 모르겠다. 소중하게 간직하도록 해라."

그런데 여운은 오는 도중 최천중으로부터 들은 얘기 때문인지, 박돌쇠의 집을 둘러보아야겠다고 나섰다.

여운의 체력은 정말 놀랄 만했다. 85령의 노인이라곤 도무지 믿기가 어려웠다. 주막에서 박돌쇠 집까지의 험로 삼십 리를 거뜬히 걸어 올랐다.

박돌쇠의 집에 도착해서도 쉬지 않았다. 집 바깥을 둘러보고 살펴보기도 하고, 자리를 바꾸어가며 조망을 즐기기도 했다. 그 태도는 진지를 둘러보는 군사軍師의 위풍마저 있었다.

밤에 여운의 침소는 보살당 옆방으로 정했는데, 식사가 끝나자 여운이 최천중을 오라고 했다. 그리고 첫 말이,

"아무래도 이 터전을 잡은 사람은 심상치 않은 인물일 거다. 자

39

네 알아보았느냐?"

최천중은 박돌쇠로부터 들은 얘기에 자기의 짐작을 섞어 아뢰었다. 그리고 덧붙였다.

"그러니 돌쇠의 어머니거나 그 어머니를 안 승려가 터전을 마련한 것 아니겠습니까."

"아무튼 범상한 인간이 범상한 마음으로 잡은 터전이 아니다."

"저도 그런 생각을 했습니다. 이곳을 진지로 쓴다면 일부一夫로써 당만적當萬敵할 수 있겠다고…."

"그런 정도가 아닐세."

하고 여운은 다음과 같이 말했다.

"박돌쇠를 이곳에서 떠나게 할 생각은 말게. 반드시 그는 여기 있어야 할 그 무슨 연고가 있는 것 같으이."

"저도 그럴 생각입니다만, 유만석은 제가 데리고 가야 하니, 그를 여기 홀로 있게 하기가 안쓰러울 뿐입니다."

"흐음."

하고 여운은 생각에 잠겼다.

"그래서 돌쇠에게 짝을 지어줄 참인데, 돌쇠의 어머니가 유언에서, 돌쇠 스스로 바깥에 나가 아내를 구하는 일은 하지 말라고 했답니다. 자기 발로 이곳을 찾아오는 여자라야만 된다고 하더랍니다. 그런데 이 산중으로, 더욱이 저 험로를 걸어 돌쇠의 아내가 되겠다고 찾아오는 여인이 있겠사옵니까. 그래, 제가 서둘러볼까 하고 있는 터입니다. 제가 데리고 들어오면 여자가 스스로 자기 발로 걸어 이곳을 찾은 거나 다름없지 않을까 하는 마음에서입니다."

"그건 안 될 말일세."

하고 여운은 자기의 생각을 이렇게 말했다.

"어머니의 유언에 그런 말이 있었다면 언제이건 이곳을 찾아올 규수가 정해져 있을 걸세. 그러지 않고서야 어찌 그런 유언을 하겠는가. 자네의 짐작처럼 역적모의를 한 사람의 자식이라면 예사로 아무허구나 혼사할 수 없는 사정도 있을 거구. 그리고 역적모의를 했다면 동지가 있었을 것이고, 그 동지끼리 혼사에 관한 언약 같은 것이 있었을지도 모르는 일 아닌가. 본인이 유언을 지킬 생각이 없다면 또 모르되, 지킬 생각이 있다면 섣불리 서둘지 않는 게 좋을 거야."

"본인은 유언을 지킬 각오인 것 같습니다."

"그렇다면 더욱 그렇지 않은가."

듣고 보니, 양씨 부인을 돌쇠의 아내로 삼겠다는 것은 괜한 짓이었다.

"선생님의 심려, 실로 감복할 따름입니다."

여운이 화제를 바꿨다.

"내가 본 바론, 이곳이 둔세은신遁世隱身의 장소론 절호한 곳이군."

둔세은신이란 말을 듣고 최천중이 물었다.

"무관포의無冠布衣로 근신조신謹愼操身하며 사는 사람에게도 둔세은신할 필요가 있는 그런 때가 오겠습니까?"

여운이 애매한 웃음을 띠었다.

"무관포의 근신조신을 해도 피난할 경우는 생긴다. 한데, 마음속에 뜻을 지닌 사람은 반드시 은신처를 가질 필요가 있지."

"그건 저를 두고 하시는 말씀입니까?"

"그렇다."

"황공하옵니다."

"그러나 나는 최공이 마음속에 무슨 뜻을 간직하고 있는지, 그 뜻을 어떻게 펼 것인지를 알고 싶지도 않고 묻지도 않을 걸세. 하나, 사람마다 뜻을 가질 수 있다는 건 좋은 일일세. 남아, 세상에 태어나 뜻이 있어야 하지 않겠는가. 뜻이 있는 사람에게 풍파가 있다는 것은 물체가 있으면 바람을 맞아야 한다는 당연한 이치이며, 강상에 배를 띄우면 때론 폭풍을 만날 수도 있다는 이치가 아닌가. 배를 띄웠으면 폭풍이 있을 때를 예견하여 그것을 피할 방도도 강구해야 하는 것처럼, 뜻을 가졌으면 마땅히 풍파를 예상하여 은신처 몇 군데쯤은 미리 마련해둬야 하지. 무릇, 우리의 뜻있는 선비들이 백절불굴百折不屈하는 의지를 들먹이면서도, 백절불굴하고 칠전팔기하기 위해 스스로를 보신하는 책策에 어두운 것이 화난禍難이었어. 백절불굴할 뜻이 있어도 사람의 생명은 일절一折이면 그만 아닌가."

"그 뜻, 잘 알겠습니다. 한데, 그런 뜻에서 이곳이 좋다는 말씀이십니까?"

"그렇다."

"선생님이 계시던 백암산과 이곳을 비교하면 어떻게 되겠습니까?"

"백암산은 나 같은 사람의 은신처로선 적지이고, 이곳은 최공과 같은 사람의 은신처로서 적격하다고나 할까?"

"그 뜻을 좀 더 밝혀주옵시오."

"둔세은신하는 덴 두 가지가 있지. 하나는 둔세은신 그 자체에만 목적이 있는 경우이고, 다른 하나는 시기를 보기 위해 그 시기까지 은신하는, 다시 말하면 포부를 위한 수단으로서의 은신이 아닌가. 둘째의 경우, 시대의 움직임, 또는 사태의 상황을 잘 알 수 있는 곳이라야 되지 않겠는가. 그런 은신처는 정치의 중심인 경도京都와 알맞게 가깝고 알맞게 멀어야 하는 걸세."

"알겠습니다, 선생님."

"그런 뜻에서 이 이상의 곳이 어디에 있겠나. 여기서 한양까진 4백여 리. 4백여 리면 닷새에 올 수 있으니 알맞게 멀고, 산 너머 주막에 사람 하나만 둬두면 급한 변을 미연에 알 수 있으니 알맞게 가까운 것 아닌가. 게다가 이곳으로 오는 길은 그 주막에서 오는 길 이외엔 없잖은가. 뿐만 아니라 이곳은 영원히 둔세하기에도 좋은 곳이다."

"그러나 바라건대 둔세은신할 일이 없었으면 합니다."

"지금은 난세다. 불원 광풍노도의 시대가 온다. 안이한 생각은 버려라."

여운의 말은 엄했다.

최천중 일행이 석선산을 떠난 것이 9월 1일. 그날 일기는 청명했다.

박돌쇠와, 박돌쇠가 기르는 곰 두 마리가 여덟 명으로 부풀어 오른 일행을 주막집이 보이는 언덕에까지 내려와 전송했다.

여운은 강건한 몸집의 박돌쇠의 어깨에 손을 얹고 한동안 말이

없었다. 그리고 남긴 말은,

"여웅화산與熊化山."

이었다. 곰과 더불어 산이 되라는 뜻이다. 최천중은 돌쇠의 눈에서
눈물을 보았다. 그리고 이렇게 말했다.

"불원 자네와 같이 있을 날이 올 걸세."

유만석과 돌쇠의 이별 장면은 더욱 슬펐다. 호젓한 산중에서 같
이 사는 동안에 혈육 이상의 정이 든 것이다.

거기서 들길을 빠져나갔을 때 여운이 말했다.

"세간으로 나오면 탈이 있어. 그건 정情이다. 정으로 해서 인생은
아름답고 정으로 해서 인생은 슬프다."

일행은 원주를 향해 길을 잡았다. 여운의 제안이었다.

"모처럼의 기회에 고향을 보고 싶구나. 치악산에 있는 할아버지
의 무덤을 찾아보고 싶어."

최천중이 그 뜻을 받아 그리로 가고 있는 것이다.

치악산이 가까워지자, 여운은 가슴속에서 갖가지 감회가 이는
듯, 어느 동산의 양지쪽에 일행을 쉬게 하고 다음과 같은 이야기를
했다.

"치악산엔 우리 선조 운곡 천자 석자라는 분의 무덤이 있다. 타
성인 자네들에게 우리 선조 자랑하는 것은 쑥스러운 노릇처럼 들
릴지 모르나, 나는 우리 집안 자랑을 하려는 것이 아니다. 우리나
라에도 이런 인물이 있었다는 이야기를 하고 싶은 것이다. 그만한
인물이 아니면, 누가 부탁한다고 해서 이런 얘길 꺼낼 내가 아니
다."

이렇게 서두하고 시작한 여운의 얘기를 간추리면 다음과 같이 된다.

운곡 원천석이 출생한 것은 고려 충숙왕忠肅王 17년 경오년이니, 지금으로부터 약 5백 년 전이다. 당시 명나라의 간섭을 비롯해서 갖가지 사정으로 고려의 상태는 혼미와 위난을 거듭하고 있었다. 드디어 이성계 일파의 반란이 주효하여 고려조는 망하고 말았다.

이때, 이성계 일당은 운곡을 고관으로 모시려고 했다. 더구나 그의 제자인 태종은 치악산의 우거*까지 찾아와 모시려고 했으나, 운곡은 태종을 만나지도 않았다. 고려조 때 운곡은 벼슬이 진사에 불과했으므로 포의한사布衣寒士였다는 것과 마찬가지다. 그러니 고려조에 충절을 다할 처지도 아니었던 것이다.

그럼에도 불구하고, 그는 영직榮職에의 유혹을 단연 물리치고, 치악산 속에서 농사를 지으며 시문을 벗삼아 생애에 걸쳐 청절을 다했다. 고려 말년에 충절을 다한 사람으로 정포은鄭圃隱, 길야은吉冶隱, 이목은李牧隱 셋을 가리켜 삼은三隱이라고 하지만, 청절고풍淸節高風으로선 운곡을 따르질 못한다. 충신은 불사이군不事二君이라고 하지만, 운곡은 충신이라고 자처하거나 타인他認할 입장에도 있지 않았으니, 도덕에 사로잡힌 이유로써 그랬던 것이 아니다.

"그러니 내가 운곡을 숭상하는 것은 결코 그 충절 때문이 아니다. 운곡에겐 충절 이상의 것이 있었다."

---

*　寓居: 임시로 사는 집.

여운의 이 말에 최천중은 긴장했다. 그 이전의 얘기는 자기가 이미 알고 있는 것이어서 젊은 사람들에게 들려주는 것이거니 하고 배강陪講하는 기분으로 있었는데, 여운이 운곡을 숭상하는 까닭이 그 충절 때문이 아니라고 하자 귀가 번쩍 뜨인 것이다.

"하기야 충절로서도 대단하긴 하지. 그러나 모두들 그 이상의 것을 알지 못하는 게 가슴이 답답하단 말이다. 모두들 단순한 충절만을 들먹이고 있으니 정사에 발전이 없고 개선이 없는 거야."

여운은 옆에 피어 있는 가을꽃 하나를 꺾어 들었다.

"이 꽃을 보게나. 작은 그대로, 그리고 얇고 가냘픈 모습 그대로, 담담한 빛깔 그대로 천지의 신비를 이 한 몸에 담고 있지 않느냐. 운곡은 이 이치를 알았다. 자기 몸을 청정하게 지킴으로써 천지의 이치를 그 청정한 몸가짐으로써 나타내려고 한 거여. 어느 왕조, 어느 임금, 어느 세력에 대한 충절에 그 목적이 있었던 것은 아녀. 그 이상의 목적, 즉 뻘밭과 같은 세상, 먼지투성이의 바람 속에서 이처럼 더럽혀지지 않는 인간이 존재한다는 것을 증명하고자 한 거란 말이다. 그렇게 처신함으로써 스스로의 생애가 유향遺香이 되어 후대의 사람들로 하여금 스스로를 존중하게 하도록 하는 교훈이 되리라고 믿었던 거야. 그러니 그 행적이 충절과 겹쳐지는 것이긴 해도 충절에만 목적을 둔 것은 아니었다. 운곡은 '흥망이 유수有數하니 만월대滿月臺도 추초秋草로다' 하고 노래 부를 수 있었던 사람이다. 오백 년 왕업王業이 한갓 목적牧笛에 붙여질 수 있다는 것도 알았고, 석양에 눈물짓지 않을 수 없는 허망을 알기도 한 어른이다. 그럴 바에야 충절을 소절小節쯤으로 알고 만백성을 위해 경륜

46

을 펴 보일 수도 있지 않았겠는가. 한데, 그러질 않았다. 지위와 명예를 탐하지 않은 건 여조麗朝에서도 마찬가지였다. 충절의 도의에 어긋나지 않을 텐데 왜 재덕才德이 높은 그가 여조에서도 관직에 오르지 않았을까. 그때가 혼조昏朝였으니까. 간신이 우글거려 말세의 징조를 보이고 있었으니까. 자기가 끼인다고 해서 사邪를 정正으로 바로잡을 수 없다는 것을 알았으니까. 운곡은 역성혁명을 했어도 사태는 마찬가지라고 보았어. 개국공신 운운하고, 자기들의 공을 찾을 줄만 알고, 초창기부터 골육상잔까지 하며 왕위를 탐하는 꼬락서니를 보고, 충절을 소절로 치고 나서서 경륜을 펼 만한 세상이 아니란 것을 명백하게 깨달았던 거다. 그래서 일신만이라도 청정하게 지니려 했던 것이다. 운곡에겐 충절 이상의 것이 있었다고 한 말은 바로 이 때문이다. 기期할 것이 없는데도 관직만을 탐하는 시폐時幣에 대한 통절한 경각警覺이 아닌가. 운곡에게 있어서 충절을 운위云爲하려면 무엇보다도 자기 자신에 대한 충절을 먼저 높이 쳐야 할 것이다…. 나 하나를 소중하게 하는 것이 천리의 이치를 소중하게 하는 것이니라. 이것이 운곡이 우리에게 가르친 가장 큰 교훈이다."

하고 나서 여운은 말을 이었다.

"그러나 운곡은 세상을 피해 숨어 산 것만은 아니다. 바른 것은 바르게, 옳은 것은 옳게 해야 한다는 기백과 용기도 있었다. 그때 이성계와 그 일당들은 자기들의 반란을 정당화하기 위해, 우왕禑王, 창왕昌王이 승려 신돈辛旽의 아들이며, 왕씨王氏의 씨가 아니라고 조작했다. 여조의 사관들은 이 조작에 동조하여 곡필曲筆도

47

불사했다. 이때 운곡은 단연 이런 조작설을 거부했다. 그런데 이건 생명을 바칠 각오 없인 해낼 수 없는 결연한 행동이었다. 정正을 보고 정이라고 못 함은 용勇이 없는 탓이라 한 것은 문천상文天祥의 말이지만, 이에 앞서 정사正邪를 가리지 못하는 우유부단으로썬 자기를 소중하게 지닐 수 없는 것이다."

그리고 여운은 운곡이 지은 '조승朝蠅'이란 시를 기춘으로 하여 금 낭송케 했다.

"파리[蒼蠅], 파리야, 너는 어떻게 된 물건이기에 누구도 너를 보곤 좋아하지 않는구나. 몸에 여섯 발을 단 미물인 데다 높이 날 줄도 모르니 깃촉만 있어봤자 쓸모가 없구나. 비린내를 맡고 모여들 땐 분연한 소리가 시끄럽고, 쫓아도 자꾸만 다시 오곤 하는데, 대체 무엇을 구하려는고. 똥을 싸선 온갖 물건을 더럽히고, 흰 것을 검게 하고 검은 것은 희게도 만들며, 쉴 새 없이 돌아다니다가 앉을 곳이 없으면 또 내 자리로 오는구나. 붓끝으로 쫓으면 놀라 달아났다가 부채에 맞곤 발을 붙이지 못하는구나. 네 성질 어리석고 미욱하지만 온 세상의 미움 받는 것이 안타깝기도 하구나. 시인들의 꾸지람은 예나 지금이나 다름이 없다. 한데, 너는 그것을 알 길이 없고 그저 부질없이 날뛰기만 하는구나. 바라건대, 지금부터라도 경망하지 말지니라. 그렇게 경망스러워선 너에게 이익될 게 아무것도 없느니라. 더위를 쫓아 광분하며 따라다니지만 머잖아 시월의 풍상風霜은 너의 액운을 재촉할 뿐이니라."

낭송이 끝나자 여운은 기춘의 머리를 쓰다듬으며,

"우리 기춘이 이처럼 총명하니 내 기쁨 한량없다."

고 했다. 이때, 유만석이 불쑥 나섰다.

"사람이나 파리나 마찬가진걸요."

이 말을 듣자, 여운이 손뼉을 쳤다.

"만석이 잘도 말했다. 이 시는 파리를 들먹여 사람을 나무란 거여. 인간을 파리라고 본 거다. 파리와 같은 인간을 비웃는 거다. 우리는 아무리 추잡해진다고 해도 파리처럼은 안 돼야 할 것 아닌가."

"난 파리는 안 될 겁니다요."

만석이 자신 있게 말했다.

"어째서?"

최천중이 물었다.

"난 거짓말을 잘하거든유. 파리는 거짓말 못 할 것 아뉴?"

"거짓말을 할 줄 아니 파리가 아니다."

하고 여운 선생은 크게 웃었다. 모두들 따라 웃었다.

치악산 밑 돌경이[石逕村]에 도착한 것은 9월 3일 저녁때, 앞질러 간 황천리가 미리 어떤 대갓집에 숙소를 마련해놓고 있었다.

그날 밤 최천중은 여운과 단둘이 저녁 식사를 하며 넌지시 다음과 같이 말을 걸었다.

"선생님은 무후無後해도 상관이 없다고 하시지만, 저로선 무관할 수가 없습니다. 식물이건 동물이건 간에 좋은 씨앗을 받아놓아야 후일 나라를 위해서 이익될 것이 아니옵니까?"

"내게서 씨를 받아놓자 이 말인가?"

"예, 그러하옵니다."

"가만 보니 최공은 별 궁리를 다 하는구먼."

"속담에, 효자가 불여악처不如惡妻*란 말도 있사옵고…."

"여불여如不如 간에 내겐 선처善妻도 필요 없느니."

"운곡 선생께서도 상배喪配하신 후 속현續絃**을 안 하셨다고 들었습니다만, 그건 자식들을 위한 배려에서가 아니겠습니까. 선생님과는 사정이 다르시지 않습니까."

"별반 다를 게 없지."

"어째서 그렇습니까."

"운곡은 자식을 위해서였지만 나는 나를 위해서지. 표랑의 몸이 식솔을 거느릴 수가 있겠나?"

"식솔을 거느리는 일은 제가 맡아 하겠습니다. 요컨대, 선생님의 후사를 얻고 싶습니다."

"그런 얘기 그만두게."

하는 바람에 최천중은 뒤를 이어나가질 못했다. 그러나 그날 밤 최천중은 여운 선생의 팔다리를 주물러 드리라고 일러, 양인환을 여운의 침소에 보냈다. 그때까지도 최천중은 양인환의 정체를 말하지 않았고, 여전히 양인환은 벙어리 노릇을 하고 있었다.

최천중은 여운이 양인환의 정체쯤은 간파하고 있으리라고 믿고 넌지시 그를 여운의 방에 들여보낸 것이다.

---

* 효자가 악처만 못하다.
** 거문고와 비파의 끊어진 줄을 다시 잇는다. 아내를 여읜 뒤에 다시 새 아내를 맞는 일을 비유적으로 이르는 말.

양인환을 여운의 방에 들여보낼 때 최천중은 다음과 같이 일렀다.

"여운 선생님이 잠드실 때까지 다리를 주물러드리고, 잠드시거든 그 옆에 자리를 깔고 자거라. 어떤 일이 있어도 선생님의 뜻을 거역하는 일이 있어선 안 된다. 철두철미 벙어리 노릇만은 일관해라."

여운은 양인환을 반갑게 맞이하고,

"팔다리를 주무르게 하는 버릇이 생기면 어떻게 할 텐고."

하면서도 순순히 다리를 맡겼다.

양인환의 손이 와 닿자, 여운은 그가 여자임을 확인했다. 대강 그러려니 짐작만 하고 확인할 기회가 없었던 것인데, 그 손끝이 전하는 감촉으로 양인환이 여자임을 알아차린 것이다. 그런데 벙어리란 점에 의혹이 남았다. 하나, 그 의혹을 풀려고 서둘 여운은 아니었다. 여운이 스르르 잠에 빠져들려는 무렵,

"최천중이 이런 태도이면 내일 새벽 나는 백암산으로 돌아가야 하겠구나."

하는 말을 아주 나직이, 정상적인 사람이라도 알아들을까 말까 한 소리로 중얼거렸다.

아니나 다를까, 새벽에 최천중은 여운의 침소인 방 앞에 대기하고 있다가 여운의 기동이 있자 아뢰었다.

"선생님이 백암산으로 가시겠다니, 이 무슨 말씀이옵니까?"

그러자 여운이,

"양인환이 벙어리란 것만 알았으면 됐어."

하고 크게 웃었다.

여운은 돌경이에 있는 운곡의 무덤까지엔 최천중을 비롯한 일행을 데리고 갔지만, 거기서부턴 아무도 따라오지 못하게 했다.

"일가도 찾아보고 몇 군데 선영을 둘러보고 돌아올 테니, 이틀만 숙소에 머물러 있게."

하는 말을 남겨놓고 여운은 어디론지 사라져버렸다.

"팔십 노인의 어디에서 저런 힘이 솟아나는지…."

하고 최천중이 감탄하자, 황천리가 끼어들었다.

"내 걸음도 꽤나 빠른 편이지만, 마음먹고 여운 선생이 경쟁하자고 하시면 나 같은 건 어림도 없겠어요."

"아닌 게 아니라, 진짜 도사인가 보다."

하고 유만석이 호들갑을 떨었다.

"여운 선생님은 도사니 도인이니 하는 경계를 넘은 어른이다. 만석이, 말조심하여라."

만석이,

"예."

해놓고는 엉뚱한 소리를 했다.

"선생님, 아무래도 여운 선생님껜 부인 얻어드려야겠습니다. 저렇게 힘이 장장하신데, 홀아비로 그냥 두는 건 불쌍하지 않습니까요."

"또 경망한 소릴."

하고 최천중이 나무랐다.

그래도 능글능글한 게 만석의 특징이다.

"한양 가는 도중 큰 반촌이 나오면 한 번 더 터봐야겠어요. 방불한 과부나 없는지."

최천중은 만석을 자기의 침소로 정해진 방으로 데리고 왔다. 그리고 호되게 꾸중을 했다. 그러고 나서,

"넌 이제 아내가 있는 몸이다. 지금부턴 정말 내 시키는 대로 해라. 삼전도장의 살림은 네가 알아서 살아야 할 거니까 매사에 침착해야 한다. 허튼수작을 하기만 하면 너와 네 아내를 떼어놓을 것이다."

그 말엔 겁이 났던 모양으로, 만석이 앞으론 결단코 허튼수작 안 하겠다고 하더니 시무룩하게 이런 말을 했다.

"사실은 큰일났습니다. 제 아내가 양인환을 좋아하게 된 모양입니다. 석선산에 양인환이 오자마자 두 사람이 친해진 모양입니다. 양인환도 비위 좋게 제 아내 근처만 살랑살랑 돌아다니거든요. 이쁘게 생긴 데다가 벙어리고 하니 안쓰럽기도 하고 좋기도 하고, 저러다가 정이 들면 어떻게 하겠습니까. 점잖은 주제에 뭐라고 할 수도 없구요."

최천중이 어처구니가 없어 웃었다.

"웃을 일이 아닙니다. 오늘 밤부터 양인환은 선생님 곁에서 자도록 해야 합니다."

"양인환에 대해선 걱정 말라."

고 하고, 만석을 시켜 양인환을 불렀다. 그리고 만석과 나란히 앉혀놓고,

"양공, 자네 만석의 아내를 탐내고 있다고 하던데 사실인가?"
하고 물었다.

양인환은 손을 흔들고 고개를 흔들어 벙어리 시늉을 하며 아니라는 뜻을 나타냈다. 이때 최천중이 넌지시 말했다.

"만석이 듣거라. 양인환은 비록 벙어리지만 그런 엉큼한 짓을 할 자는 아니다. 그렇다면, 네 앞으로의 행동이 내 비위를 거스를 때는 너와 너의 아내는 남남으로 될 줄 알아라. 알았느냐?"

유만석은 몸 둘 바를 몰랐다.

최천중 일행이 원주를 지난 것은 9월 4일. 원주에서 서쪽으로 45리허에 있는 안창역安昌驛을 바라보고 어느 산허리 양지쪽에서 도시락을 먹게 된 것은 그날의 늦은 점심때였다.

정회수가 개울에서 길어 온 청수로 입가심을 하곤 여운이 감개 어린 투로 말했다.

"이로써 강원도 물을 마시는 건 마지막이 될지 모르겠구나."

안창역을 조금 지나면 경기도경을 넘게 된다. 그리고 길을 여주로 잡게 되어 있는 것이다.

"어떻게 그런 심약한 말씀을 하십니까?"

최천중이 언짢은 표정으로 말했다.

"심약한 말을 한 게 아니라, 사실을 말해본 거다. 칠순을 넘은 사람에겐 막담내일幕談來日*하라는 말이 있지 않은가. 하물며 팔순이랴."

하곤 여운이 제안했다.

"오늘 밤엔 약간 무리를 하더라도 여주 신륵사에 가서 자도록 허지."

———

* 내일을 말하지 마라.

54

"좋습니다. 신륵사는 제게도 인연이 있는 절이옵니다."

최천중이 기쁘게 응답했다.

"한데…."

하고 여운이 웃으며 말했다.

"평해에서 한양으로 가는 길이 이처럼 평온해서야 어디…."

"화적 패거리를 만나지 않아 심심하시다는 말씀입니까?"

하고 최천중도 웃으며 응수했다.

"화적이야 어디, 이만한 일행인데 감히 범접이나 하겠나만, 그렇더라도 너무나 무사하지 않은가."

무슨 사고가 있길 바라는 여운의 말투였다. 아닌 게 아니라, 먼 길을 걸으면 크고 작고 간에 사고가 있는 법인데, 그런 적이 없는 것이 신통하긴 했다.

"어른을 모시고 가는 걸 천지신명이 알고 있는 탓이 아니겠습니까. 허기야 한양까지 아직도 이틀 행정이 남았으니 장담하진 못하겠습니다만."

"아니다. 무슨 일이 있을 것 같다."

고 여운이 채 말끝을 맺지 못했을 때 최천중은 신변에 수상한 동정을 느꼈다. 바로 옆 숲에 인기척이 있었던 것이다. 분명히 무슨 소리가 있었다.

"만석이 저편으로 가서 조심스럽게 살펴봐라."

최천중이 나직이 일렀다.

만석이 성큼 일어서서 숲속으로 갔다. 정회수가 재빠른 동작으로 뒤따랐다.

"누구야?"

하고 유만석의 말에 이어,

"살려주슈."

하고 애원하는 소리가 들렸다.

최천중, 원여운을 비롯해 모두가 긴장한 얼굴로 그곳에 시선을 집중하고 있는데, 유만석이 사람 하나를 끌고 나오고 있었다.

흙투성이의 옷을 걸친 봉발한 사나이, 나이는 스물서넛쯤 되었을까. 키는 중간쯤인데 여위어 뼈가 튀어나온 듯했고, 먼지를 뒤집어쓴 몰골에 눈은 허허하게 띄어 있었다. 일견해서 기진맥진한 몰골이었다.

"허기진 놈이야. 우선 뭘 좀 먹여라. 뜨슨 게 있으면 좋으련만."

하고 여운이 쯧쯧 혀를 찼다.

산속에서 뜨신 음식을 찾을 수는 없다. 남은 도시락을 물에 말아 사나이 앞에 갖다놓았다. 여운의 말이 있었다.

"너무 급하게 먹으면 못써. 물까지 씹어 천천히 먹어라."

수저질이 자꾸만 바빠지려는 것을 여운이 계속 '천천히', '천천히', '물까지 씹어 먹어' 하고 제동하는 바람에 사나이는 천천히 먹었다. 그리고 그릇을 비우곤 속이 부대끼는 모양으로 그 자리에 쓰러질 듯하더니 가까스로 몸을 일으켜 도망을 치려는 시늉을 했다.

"쫓기는 놈인 모양인데 그래 갖고 어디까지 도망갈까."

하고 여운은 주머니에서 조그마한 환약 한 개를 꺼내 사나이에게 먹이도록 했다. 최천중은 그 환약을 받아 쥐고 사나이 옆으로 가서 자세히 사나이의 관상을 살폈다. 일단 비명非命에 죽을 놈은 아니란 판단을 얻었다.

사나이에게 약을 먹이고 한동안 뉘어두었다. 한기가 들지 않도록 최천중은 행낭에서 털옷을 꺼내 덮어주었다. 뜻하지 않은 일로 여정에 지장이 생긴 셈인데, 여운이

"버려두면 그 사람은 죽어."

한 것은, 사람이 죽는 것을 방치할 순 없지 않은가, 어떡하든 구하라는 뜻일 것이다.

잠깐을 그러고 있다가 사나이가 혼수상태에 들려는 무렵 여운은 깨우라고 했다. 최천중이 사나이를 흔들어 깨웠다. 그러고는 최천중 자신의 요량으로 처리하기 시작했다. 우선 남아 있는 물로써 사나이의 얼굴을 닦고 머리의 먼지를 털었다. 수척하고 창백하긴 했으나 거지의 몰골은 면했다. 그러자 최천중은 양인환을 시켜 그 사나이의 머리를 여자의 머리로 땋아 낭자를 틀어 올리라고 이르고, 자기의 행낭 속에서 여자 옷 일습과 비녀를 꺼냈다.

최천중의 행낭에서 그런 것이 나오는 것을 보고 놀란 것은 황천리, 유만석 부부였다. 정회수와 여운은 미리 그 까닭을 알고 있었다. 두말할 것 없이 그것은 양인환, 즉 양씨 부인이 입던 옷이며 비녀이다.

"저 숲속으로 데리고 가서 이 옷으로 갈아입혀."

하고 정회수에게 시켰다.

약간 기운을 돌린 것 같은 그 사나이는 부축을 받을 필요 없이 정회수 뒤를 따랐다.

잠깐 동안의 시간이 기적을 만들어냈다. 허기가 져서 기진맥진했

던 거지가 단번에 여자로 변한 것이다. 그러고 보니 그 사나이는 여자로 만들어놓아도 믿지 않은 얼굴이었다.

대강 그러한 응급수단을 부려놓고 최천중이 그 사나이의 내력을 물을 참이었는데 여운이,

"어디 주막에나 들러 모든 걸 알아보도록 하고 떠나자."

는 바람에 일행은 자리에서 일어났다.

나귀 등에 여자가 된 그 사나이를 태웠다. 장옷을 둘러 얼굴을 가리게 하고 수건으로 손을 덮으니, 먼길을 떠난 신부의 형색으로 되었다.

일행이 영창역으로 들어서려고 하자, 말 위의 사나이는 질겁을 했다.

"안 되오. 나는 여기서 붙들리면 죽어요."

"진정해. 장옷으로 단단히 얼굴을 가리구. 너는 여자다. 이곳에 여자를 잡을 사람은 없지 않느냐."

최천중이 나직이 타일렀다.

영창역을 지나기에 앞서 최천중이 만석에게 귓속말을 해두었다.

"넌 여기 주막집에 들러 이 근처에서 무슨 일이 있었는가를 알아보고 오너라. 우린 이십 리 앞쯤에서 기다리고 있을 테니까."

영창역을 지날 때 수명의 군관들이 길 양편에 버티고 서서 지나가는 일행을 지켜보고 있었다.

길을 막고 검문이라도 하려는 기색이었지만, 흰 수염을 날리고 있는 원여운의 위엄과 당당한 최천중의 풍채, 그리고 여자들을 끼운 사정 등으로 해서 별반 의심을 갖지 않은 모양으로 군관들은

탈 없이 일행을 통과시켰다.

　일행은 영창역으로부터 이십 리쯤 상거에 있는 산허리에서 유만석을 기다리기로 했다. 그런데 조금쯤 제정신을 차린 것 같더니 그 사나이가 여복을 한 채 솔밭으로 기어 들어가려는 것을 정회수가 붙들었다.

　"그 꼴을 하고 어디로 가려느냐. 우리는 네게 해롭겐 않을 테니 잠자코 있거라."

　최천중이 부드럽게 타일렀다.

　반나절쯤 지나 유만석이 왔다.

　유만석의 얘기는 너무나 엄청났다.

　"쑥재 마을이란 게 있다더면요. 그 마을에서 그젯밤 살인이 있었답니다. 죽은 사람은 백 초시란 양반이고, 죽인 자는 그 집 종이랍니다. 그래 살인한 종을 잡으려고 온통 야단이 났다드면요."

　유만석의 말이 끝나기도 전에 그 사나이가 벌떡 일어나 쏜살같이 산속으로 뛰었다. 사생결단으로 막힘을 낸 모양이었다. 살인자로 밝혀지면 어차피 살아남지 못할 것이란 짐작으로 한 짓일 것이었다.

　최천중이 망설이는 기색을 보이자 여운이 말했다.

　"이왕 여기까지 데리고 온 거니, 깊은 사정이나 알아보도록 하지."

　최천중이 정회수와 유만석에게 영을 내렸다. 둘은 사나이의 뒤를 쫓았다.

　허탈한 사나이가 멀리 도망칠 까닭이 없었다. 바위틈에 기진맥진한 채 쓰러져 있는 놈을 다시 붙들어 왔다. 모처럼 한 여장이 산산이 헝클어져 볼품없이 돼 있었다.

"성가시게 하는 놈이군."

최천중이 이렇게 나무라놓고 차근차근 타일렀다.

"네가 아마 살인을 한 놈인가 본데, 내 말만 잘 들으면 살아날 수가 있다. 그 대신 내 말을 듣지 않고 자꾸 성가시게 하면, 부득이 널 관가에 넘겨줄 수밖에 없구나. 널 여장까지 시켜 나귀에 태워 데리고 올 땐 널 구하기 위해서지, 해롭게 하기 위해서가 아니다. 지은 죄는 앞으로 회개하여 보상하도록 하면 된다. 넌 지금 여기서 도망쳐보았자 산속에서 굶어 죽든지, 붙들려 맞아 죽든지 할밖에 없다. 쓸데없는 짓 말고 순순히 내 말을 들어라."

이쯤 말하고 다시 길을 떠났다.

오늘 안으로 여주 신륵사에 도착할 수는 없게 되었지만, 짧은 가을 해라서 다음 숙소까진 서둘러 가야 하게 되었다.

"오늘 밤은 송전암에서 묵고 가지."

하고 여운은 송전암까지 이십 리를 걸어야 한다고 했다.

일행을 앞에 보내놓고, 여운과 최천중은 천천히 뒤를 따랐다. 도중 여운의 말이 있었다.

"그놈은 어딜 봐도 살인할 놈은 아니다. 살인할 놈이 아닌 놈이 살인을 했다면 만만찮은 이유가 있을 거다. 그 이유를 잘 듣고 잘 보호해주면, 요긴할 때 한 사람의 생명의 명을 때울 수 있을 것이다."

송전암은 무주無住의 절로서, 건물들이 퇴락 직전의 상태에 있었다.

"불과 몇 해 전만 해도 꽤 많은 니승尼僧들이 있었는데…."

하며 여운은 서운하다는 표정을 지었다. 그러나 하룻밤의 서리를 피하는 덴 부족이 없었다. 마른 나뭇가지와 낙엽을 태워 밥도 짓고 모닥불을 피워 어한*을 하기도 했다.

그런 틈에 최천중은 사나이를 데리고 빈방을 찾아들었다. 캄캄 어두워 피차의 얼굴이 보이지 않아 어려운 말을 주고받기엔 되레 편리했다.

"네 이름이 뭐냐?"

"진금쇠라고 합니다요."

"나이는?"

"스물셋입니다요."

"사람을 죽였나?"

"그럴 생각까진 없었는데 그만…."

"죽은 사람이 누구냐?"

"백 초시, 초시 어른입니다요."

"나이는?"

"쉰 살인가 마흔아홉인가…."

"넌 그 집 종이지?"

"예."

"무슨 까닭으로 그렇게 됐나?"

한참 동안 답이 없다가 진금쇠는 떠듬떠듬 다음과 같이 이야기

---

* 禦寒: 언 몸을 녹이거나 추위를 피함.

를 했다.

　백 초시 댁 종 가운데 막딸이란 계집아이가 있었다. 막딸이 열네 살 때 백 초시가 이를 범했다. 피투성이가 된 속옷 때문에 백 초시 부인이 그 사실을 알고 야단이 났다. 부인은 막딸에게 심한 매질을 했다. 그러고는 다신 그런 일이 없도록 하기 위해 막딸을 금쇠에게 붙여주었다. 금쇠 내외는 백 초시 댁 집에서 조금 떨어진 곳에 오두막을 지어놓고 살며, 낮엔 상전 집에 가서 일을 하고 밤이면 돌아와 잤다. 그런데 며칠 전 백 초시가 금쇠에게 심부름을 시켰다. 그땐 초저녁이었는데, 밤길을 걸어서 등 너머 마을 배 참봉 집엘 갔다 오라는 것이었다. 금쇠는, 곧 떠나면 중간에서 어두워질 것이므로 달이 뜬 후 떠날 양으로 이웃집 머슴들 방에서 놀았다. 달이 뜰 무렵 길을 떠나려고 하다가 일단 집에 들렀다가 갈 요량으로 오두막으로 왔는데, 방안으로부터 이상한 소리가 들렸다. 아내 막딸이와 백 초시가 시시덕거리고 있는 소리였다. 금쇠는 혀를 깨물고라도 견디려고 했는데, 백 초시가 들떠 하는 몇 마디 말이 들려왔다.
　"이렇게 좋은 걸 금쇠란 놈에게 맡겨둘 순 없구나. 그놈을 변방의 병정으로 내쫓아버려야겠다."
　이 말만으로도 금쇠는 피가 거꾸로 흘렀는데, 계집의 말이 부채질을 했다.
　"마나님 성화는 어떻게 하실려구요."
　"산송장처럼 누워 있는 주젠데 강짜를 하면 얼마나 하겠나."
　"하긴 그래요. 마나님이 성히 계셨더라면 이렇게 이곳에 나오실

수나 있었겠어요."

"아무튼 금쇠 놈은 먼 곳으로 팔아 치워야겠어."

"그보단 절 속량부터 먼저 시켜야죠."

금쇠는 불덩이가 되었다. 문을 차서 열었다. 어둠 속에서 꿈틀거리고 있는 놈의 상투를 마구 잡아 방밖으로 끌어내선 마당에 내동댕이쳤다.

"이놈, 네 목이 네 몸뚱어리에 달려 있을 줄 아나?"

이 말을 듣자, 감아쥔 여편네의 머리채를 팽개치고 밖으로 뛰어나가, 마루에 있는 맷돌을 집어 들어 백 초시의 머리를 후려쳤다.

"사람을 죽였으니 저도 마땅히 죽어야 하옵지요."

어둠 속에서 금쇠의 말이 떨렸다.

"살인도 갖가지가 있느니라. 내가 너처럼 되었더라도 그놈을 죽였을 것이다."

최천중이 조용히 위로하듯 말했다.

"죽으라고 하면 죽겠사옵니다. 관가에만은 넘기지 말아주옵소서."

"어떤 일이 있어도 관가에 넘기는 일은 없을 것이다. 동시에 말해 둘 것은 서둘러 죽을 필요는 없다. 살 수 있을 때까진 살아봐야지."

"감사하옵니다, 나으리."

"감사할 것도 없다. 넌 죽지 않으려면 앞으로 내 곁을 떠나서도 안 되며, 내 말을 거역해서도 안 된다."

"분부대로 하겠습니다요."

"그럼 좋다. 한양에 도착할 때까진 그 여장에 수상함이 없도록 각별히 조심해야 한다."

"예."

최천중은 여운의 옆으로 돌아와 자리에 누워선, 진금쇠에 관한 자초지종을 얘기했다.

"삼전도장엘 가거든 그놈을 내 곁에 붙여둬. 사람을 하나 만들어 볼 테니까."

그 말 한마디를 하고 여운은 잠들었다. 최천중은 쉽사리 잠을 이룰 수가 없었다.

송전암에서 신륵사까진 삼십 리. 아침밥은 신륵사에 가서 먹을 요량으로 새벽길을 걷기로 했다.

발아래에서 서리가 밟혔다.

'이상효객하처행履霜曉客何處行 불무초자심기냉不無招者心氣冷.'

문득 이런 감회가 최천중의 가슴에서 솟아 말이 되었다.

"서리를 밟고 떠나는 새벽의 나그네는 어디로 가려 하는가. 오라는 사람이 없는 바는 아니지만 심기는 싸늘하기만 하다."

여운이 빙그레 웃고 다음과 같이 응수했다.

"하리상로냉화영夏履霜路冷花榮 막무계절관여정莫問季節關旅情. 여름에 서리가 내릴 듯한 길을 밟아야 하는 경우도 있고, 겨울에 꽃이 화려하게 피는 수도 있다. 그러니 계절이 언제냐고 물을 것이 아니다. 나그네의 심정이 이렇게도 저렇게도 되는 것이다."

최천중은 웃음을 머금었다.

"선생님은 불심佛心으로 말씀하시는 것 같습니다만, 전 인심人心

을 말했을 뿐입니다."

여운이 활달하게 답했다.

"인심이 불심이고 불심이 인심 아니냐. 따로 구별할 필요가 없느니."

고개 하나를 넘었을 때 해가 동산에서 솟아올랐다. 어둠이 놀로 변하고, 놀이 갬에 따라 가을의 산과 들이 완연히 그 모습을 드러냈다.

여주의 산이었고 여주의 들이었다. 여강이 아침 햇빛을 받아 강철鋼鐵의 싸늘함으로 빛났다.

"여주를 보면 어쩐지 고향에 돌아온 느낌이 되지."

고갯마루에 선 여운의 말엔 깊은 감회가 서려 있었다. 나직이 읊는데,

"처처개귀로處處皆歸路 두두시고향頭頭是故鄕*인데, 곳에 따라 정다운 곳이 있고 그렇지 않은 곳이 있으니 인심은 원래 부운浮雲과 같애."

"그래서 여운汝雲이라고 호號 하신 게 아닙니까?"

최천중이 익살을 섞어 말했다.

여주 신륵사는 최천중에게 있어선 자기 집처럼 익숙한 곳이다.

이곳에서 그는 산수도인과 함께 소년의 한 시절을 지냈다. 청년의 한 시절도 이 절에서 그 다정다감한 정조를 달랬다.

왕씨 부인과의 인연이 비롯된 곳도 이 절이었으며, 홍 대감 소실과의 염사艶事도 바로 봉미산에서 이루어진 것이다.

---

* '곳곳이 다 돌아갈 길이요, 머리 두는 곳이 곧 고향이다.'

그런데 이에 못지않게 여운 선생도 신륵사완 적잖은 인연을 맺고 있었다. 뿐만 아니라 여운은 신륵사와 그 주변에 있는 현판 비명 등을 모조리 외고 있었다.

"저의 신륵사와의 인연도 대단하다고 생각하는데, 선생님은 저 이상입니다."

하고 최천중이 감탄하자, 여운은

"자네의 인연은 고작 삼십 년 미만이겠지만, 나와 신륵사의 인연은 줄잡아 오백 년이나 된다네."

하며 자기의 조상 운곡耘谷과 교류가 있었다는 나옹懶翁의 얘기를 하기 시작했다.

나옹은, 고려 때 명승지식名僧知識이 많았지만 그 가운데서도 출중한 선지식善知識이었다. 나옹은 원나라에 9년 동안이나 머물러 있었다. 그 9년 동안의 행적을 소상하게 알 수는 없지만, 그 법기法器의 큼과 오도悟道의 깊이는 그의 스승 지공화상指空和尙을 놀라게 했다.

"나옹의 진면목은 다음과 같은 논論으로 알 수가 있지. 각성여허공覺醒如虛空 지옥천당자하이유地獄天堂自何而有 불신편법계佛身編法界 여등제인왈남왈녀汝等諸人曰男曰女 왈승왈속왈승왈속曰僧曰俗 종생지사일용지중從生至死日用之中 소작소위혹선혹악所作所爲或善或惡 개위지법야皆謂之法也."

이것을 풀이하면 다음과 같다.

'깨달을 성은 허공과 마찬가지다. 지옥이나 천당이 어찌 까닭 없이 있겠는가. 부처님의 몸은 이 세계에 두루 계신다. 너희들은 혹은

66

남자다, 여자다, 또는 중이다, 속인이다 하고 이 세상에 나서 죽을 때까지 하루하루 사는 가운데 때론 선을 행하고 때론 악을 행한다고 하지만, 그 모두가 법에 의거하고 있는 것이다.'

최천중이 넌지시 익살을 부렸다.

"선생님은 그처럼 불도에 심취해 있으시면서 왜 승려가 되지 않았습니까?"

여운이 호호 하고 웃었다.

"불도의 가르침 가운데 제일은 만사에 집착을 없애라는 것이여. 그런데 승려가 되는 것은 역시 한 가지에 대한 집착이 아닌가. 집착하지 말라고 가르치며 집착하라는 것은 우습지 않은가."

"그렇다면 불도는 그 자체 모순과 당착이 아닙니까?"

"그렇지. 그러나 불교의 묘미가 또 거기 있는 거여. 모순은 모순 그대로, 당착은 당착 그대로 보는 것이 진여眞如라는 걸세. 불도를 숭상하면 전쟁이 없는 거여. 그런데 사실은 그렇지 않거든. 석운화상은 승려가 됨으로써 속세에의 집착을 끊었다고 하고, 나는 승려가 되지 않음으로써 불문에의 집착마저 끊었으니, 내가 한술 더 뜬 것 아닐까?"

이런 말이 오가는 가운데, 일행은 여강의 나루터에 닿았다. 여강의 잔잔한 흐름 저편에 신륵사의 일주문이 보였다.

건너가는 나룻배를 어린 상좌의 손을 잡고 기다리는 노승이 있었다. 신륵사의 주지승 월산화상月山和尙이었다. 월산은 여운을 보자 합장저두合掌低頭했다.

"형님, 반갑기 한량이 없사옵니다."

월산의 주름진 얼굴에 눈물의 흔적이 있었다.

"아우를 보니 반가우이."

여운이 월산의 손을 잡았다. 그리고 물었다.

"어딜 가는 건가?"

"아니올시다. 형님 마중을 나왔습니다."

"나를 마중 나오다니?"

여운이 놀랐다.

"어젯밤 꿈에 형님이 오시는 걸 보았소이다. 그래 아침부터 산문
근처에서 배회하고 있었는데, 저 산허리를 돌아 오시는 일행이 보
이지 않겠습니까. 그래서 이렇게 나와 기다리기로 했습니다."

"월산, 나이가 드니 요승이 되려는 건가?"

하고 여운이 웃었다.

"천만의 말씀을. 나이가 드니 영감靈感이 새로워진 것뿐입니다."

이런 수작이 있었기 때문에 최천중의 월산에 대한 인사가 늦었
다. 월산은 최천중의 인사를 받자 대경大驚하는 시늉을 하며,

"형님, 이 젊은 도사를 어떻게 아시게 되었습니까? 세상은 참으
로 좁군요."

하고 익살을 섞었다.

"여운 선생님을 사로잡은 것을 보니, 천하를 잡을 최공의 뜻이
반쯤 이루어진 거나 다를 게 없네. 여자를 사로잡는 기술만 있는
줄 알았더니 대단허이."

최천중은 아찔한 표정으로 주위를 살폈다. 다행히도 일행은 그
말소리가 들리지 않을 만한 곳으로 멀어져 있었다.

"선생님, 월산 스님은 절 보기만 하면 이렇게 모함하십니다."

"월산의 모함을 당할 만하면 최공도 대단한 인물이군."

여운은 월산과 나란히 걷고, 최천중은 그 뒤를 따랐다.

그날 밤 여운은 월산과 같이 자고 일행은 법당 왼쪽에 있는 승방에서 자게 되었는데, 우연히 주지승의 이웃방에서 자게 된 양씨 부인이 월산과 여운 사이에 오가는 말을 들었다. 양씨 부인은

"형님답지도 않게 삼전도엔 뭣 하러 가시려고 합니까. 여기서 여생을 지냅시다."

고 한 월산의 말이 들리자 귀를 기울이기 시작했다. 여운의 말은 이랬다.

"세상 사람들이 모두 무사하기만 바라고 무위, 무능, 무기력으로 살려고 하는 풍조 가운데 최천중은 뭔가 하려고 애쓰고 있으니 그것이 가상하지 않은가. 노골老骨이 사석捨石이나 되어주었으면 하네."

"나도 최천중을 좋아합니다. 색탐이 지나친 것 같지만 허우대가 그만하고 원래 호걸지풍이 있는지라 그런 것을 탓하진 않습니다. 그러나 뭔가 위태위태해서, 이를테면 어린애를 부뚜막에 앉혀놓은 것 같다, 이 말씀입니다. 괜히 형님께서 화나 입으시지 않을까 해서…"

"위태위태하니까 내가 필요한 게 아닌가. 그자의 포부가 무엇인진 모르지만 악을 행하려고 덤비진 않을 걸세."

"그야 그렇겠지만 공연히 걱정을 사서 하시는 것 같아서…"

"그런 걱정은 말게."

두 노인의 말은 밤이 이슥할 때까지 계속되었다.

여운과 월산이 최천중에 관해서 주고받는 말에 최천중을 위한 온정과 호의가 묻어 있다는 것을 깨달았을 때, 양씨 부인은 적이 안심하는 마음을 가졌다. 한 달도 채 못 되는 상종이었는데, 최천중을 위하는 좋은 말을 들으면 안심이 될 뿐 아니라 기쁜 마음이 되는 스스로를 양씨 부인은 안타깝게 여겼다.

그랬는데, 월산의 입에서 돌연 이런 말이 나왔다.

"하여간 놈은 그 방면엔 어지간히 난 놈이야."

"그 방면이라니?"

여운의 반문이었다.

"형님도 참. 그 방면이라면 아시지 않습니까. 색도에 있어서 기가 막힌 놈이란 말입니다."

"그럴 테지."

하는 여운의 뜻밖의 대답이었는데, 이어지는 말이 또한 의표를 찔렀다.

"무릇 포부는 열기熱氣에서 나오는 것이고, 열기는 또한 색도로 분출할 수 있는 거니까."

"그렇다면 형님은 놈의 남색濫色*까지도 좋다는 겁니까."

"좋다는 게 아니라 그럴 수도 있다는 얘기여."

"나는 최의 그 점을 걱정합니다. 옥에 티와 같거든요. 그런 짓만 안 하면 미상불 기막힌 인물로 자랄 수가 있을 텐데 말입니다."

"그러니 자넨 불도에 사로잡혀 견성見性의 일보 앞에서 머물러

---

* 지나치게 여색(女色)을 좋아함.

있는 거다. 최는 성불成佛하려는 자도 아니고 도를 통하겠다는 자
도 아녀. 세상을 꽉 차게 살아보겠다고 몸부림치는 자여. 자넨 그자
가 그런 짓만 안 하면 기막힌 인물이 될 거라고 하지만 그것이 그
자의 장점인 거라. 그걸 없애버리면 그놈의 신명이 죽어. 신명이 죽
으면 포부의 불도 꺼져버려. 그러니 사람의 장단점을 함부로 논하
는 게 아녀. 단점을 도와 보다 장점으로 만들고 있는 게 인간이여."

"부처님의 도는 그렇게 되어 있지 않습니다. 제악육선除惡育善하
여 인간의 정도로 돌아가게 해야죠. 분명히 단점인 줄 알면서 방치
할 순 없습니다."

"헛허."

하고 여운은 나직이 웃었다.

"생명의 뿌리는 선과 악이 뒤섞여 있는 늪 속에 박혀 있어. 잘못
제악除惡하려다간 생명의 뿌리를 해칠 염려가 있는 거여."

"생명의 뿌리를 해치지 않고 선을 가꾸려는 것이 경經이며 수도
가 아닙니까."

"그건 나도 알아. 그러니까 더욱 서툴게 건드리지 않도록 조심을
해야지. 응병여약應病與藥 한답시고 서투른 처방을 하는 건 좋지
못해. 일단 자연에 맡겨버려. 더욱이 최천중 같은 경우는 자기의 소
신껏 하도록 하고 지켜보는 것이 상책이다."

"결국 형님은 황로黃老**의 길로 돌아가시는구먼요."

"황로면 어떠냐. 한 떨기 꽃이 피기 위해서는 지화수풍地火水風

** 도교에서, 황제(黃帝)와 노자(老子)를 아울러 이르는 말.

사대四大가 골고루 작용해야 하고, 갖가지 영양의 협동도 있어야 하는 것이 아닌가. 하물며 사람에 있어서랴. 석가, 공자, 노자, 장자, 그 밖의 제자諸子를 거름으로 해야 해. 도道나 교敎에 사로잡힐 것이 아니라 그것을 이용해야 한단 말일세."

양씨 부인은 정신을 곤두세웠다. 어려운 얘기로 번져나가는 것 같았으나 정신을 쓰고 들으면 이해 못 할 바 아니었다.

월산의 말이 있었다.

"불도가 어떻고 황도의 길이 어떻고 하는 것이 문제가 아니라, 지금 최천중을 두고 일이 벌어질 것 같아서 걱정하고 있는 겁니다."

"그게 뭔데?"

하는 여운의 소리. 월산의 말이 낮아졌다. 들렸다가 말았다가 했다.

홍 대감이란 말이 있었다. 소실이란 말이 있었다. 잉태했다는 말, 출산의 날이 가깝다는 말, 홍 대감은 의심하지 않는데 주변에서 그 소실을 의심하고 있다는 얘기….

"절에 왔다 간 지 얼마 안 되어 그런 일이 있었으니… 내 짐작으론… 그때 최천중이 이 절에 있었고… 홍 대감 자신은 몰라도 이미 능력을 잃은 노인이니… 산일을 쳐서 셈하는 사람도 있을 것이고… 홍 대감 사후에라도… 그 문제가…."

"쓸데없는 소리."

하고 여운이 막았다.

"쓸데없는 소리가 아닙니다."

하고 월산이 말을 이었다.

"그때 홍 대감의 소실은 열 살 난 머스마를 데리고 왔었는데, 그 아이가 자기 어머니와 최천중의 밀통을 눈치챘는가 봅니다. 어린 나이인데도 그 이튿날 새벽에 떠나가며 나를 호젓한 곳으로 불러 최천중의 이름과 한양의 거처를 묻더란 말입니다. 그때 나는 아아, 화禍의 씨앗이 뿌려졌구나 하는 탄식을 했지요."

"흐음."

하고 신음하듯 하더니 여운의,

"걱정을 하면 한이 없는 일이니 우리 자도록 하세."

하는 말이 들렸다.

주변이 조용해졌다. 양씨 부인은 왠지 분간할 수 없는 마음이 되었다. 최천중이 그처럼 절도 없이 탐색하는 사람이라고 듣자, 한편 실망하는 기분이 되면서도 몸이 후끈 달아오르기도 했다.

'아마 월산화상의 오해일 거다.'

하는 생각도 일었다.

최천중이 그처럼 절도 없이 탐색하는 인간이라면 자기를 그냥 두지 않았을 것 아닌가. 뿐만 아니라 자기를 석선산의 박돌쇠에게 붙여주려고까지 하지 않았던가.

'그렇다면 내겐 관심이 없다는 것이로구나.'

관심이 될 것 같은데, 이러한 상념은 양씨 부인의 마음을 섭섭하게 했다.

최천중도 그날 밤 잠을 이루지 못했다. 한양이 가까워지고 보니 앞날에의 구상이 다음다음으로 펼쳐지고, 처리해야 할 일이 산더미처럼 눈앞에 쌓였던 것이다. 그 가운데 가장 문제가 된 것은 양씨 부인을 어떻게 처리할까 하는 것이었다.

박돌쇠의 배필로 하겠다는 당초의 목적이 무너졌고, 여운 선생의 잠자리 친구로 할까 했지만 여운의 태도로 보아 가당치가 않았다. 그렇다고 해서 함부로 취급하기엔 양씨 부인이 너무나 아까웠다.

게다가 사내로서의 욕심이 있지 않은 바도 아니었다. 박숙녀 곁에 데리고 갈까, 황봉련 집으로 데리고 갈까, 삼개 최팔룡에게 일단 맡겨둘까…. 그러나 그런 생각을 밀치고 삼전도장에 왕국을 만들 공상 속으로 말려들어갔다.

이튿날 최천중은 한양을 향해 발정發程하려 했으나 월산화상이 여운 선생을 만류했다. 석별의 정을 이기지 못한 탓이었다.

"석별의 정은 아녀자에게만 있는 줄 알았더니 월산화상에게도 그런 게 있사옵니까?"

하고 최천중이 빈정댔다.

"나도 목석이 아닐세."

하며 월산도 지지 않았다.

하는 수 없이 최천중은 여운과 더불어 남기로 하고, 황천리, 정회수, 진금쇠, 유만석 부부를 먼저 보내기로 했다. 기춘과 양인환만을 남겨 두었다.

그들을 보내놓고 나니 할 일이 없었다. 월산과 여운이 바둑판을 사이에 두고 한담 중이어서 최천중은 끼어들 수도 없었다. 하는 수 없이 무료를 달랠 겸 양인환을 데리고 강가로 나갔다.

겨울의 강모래를 밟으며 산책하는 것도 나쁜 기분은 아니었다. 겨울이라고 하지만 사람이 고통스럽도록 춥지는 않았으니 한가한 마음이었다.

모래밭 한가운데쯤에서 최천중이,

"부인."

하고 불렀다.

"예."

하며 양인환이 가까이 왔다.

"흐르는 강을 보니 기분이 이상하지 않습니까?"

"소녀는 그저 슬플 뿐이옵니다?"

"뭣이 그렇게 슬프오?"

"…"

"부모님 생각이 나서 그렇소?"

"…"

"죽은 지아비 생각이 납니까?"

"아닙니다."

"그럼 뭣이…?"

"이렇게 살아 있는 것이, 내일을 기약할 수 없는 몸이 슬프옵니다."

"슬퍼하지 말아요. 사람은 운명대로 살다가 운명에 따라 죽는 거요. 슬퍼한다고 해서 도움이 될 까닭도 없고 스스로의 몸과 마음을 상할 뿐이 아니겠소. 한데, 내가 보기론 부인의 앞날엔 광명이 있을 것이오."

"저 같은 팔자의 여자에게 무슨 광명이 있겠습니까?"

"기다리시구려. 기다리면 좋은 날이 올 거요."

두 사람은 한참을 말없이 걸어 나루터를 지났다. 해가 저물어가고 있었다. 서쪽 하늘의 복사가 아름다웠다. 나루터에서 북쪽으로 한 마장쯤을 가면 주막이 있다. 봄가을엔 제법 붐비는 주막이지만 그 무렵엔 한산하다.

"우리 저기 가서 생선국이나 한 사발 합시다."

최천중이 앞장을 섰다.

"절에 머무는 몸인데 생선을…?"

하고 망설이는 눈치였지만 양씨 부인은 최의 뒤를 따랐다.

"우리는 절에 머무는 과객이지 불도가 아니지 않소. 청정신淸淨 身은 마음을 말함이지, 머잖아 흙이 될 몸을 두고 하는 말은 아닐 것이오."

양씨 부인은 순순히 순종할밖에 없었다. 주막에 들어선 최천중 은 조용한 방을 청했다. 주막집 주인은 최천중을 산 쪽으로 면한 뒷방으로 안내했다.

"푸짐하게 생선 냄비 하나하구 약주도 푸짐하게 한 되가량 가져 다주슈."

최천중은 이렇게 시켰다. 마음속에 무슨 기하는 바가 있는 것 같았다. 양씨 부인은 가슴이 떨렸다.

큰 잔으로 두어 잔 술을 들이켜더니 최천중이 물었다.

"똑바로 말씀하시오. 부인은 앞으로 수절하며 평생을 끝낼 참이 오, 팔자를 고쳐볼 작정이오?"

양씨 부인은 고개를 숙인 채 말이 없었다.

"왜 대답을 안 하시오? 어떻게 답을 하시건 내 그 말을 따르리다. 내 힘껏 뜻을 받들어 도우리다."

"제 운명은 이미 선생님께 맡겼소이다. 죽으라고 하면 죽을 것이고, 저더러 종노릇을 하라고 하면 종노릇을 하겠나이다."

"그런 의향이라면 내일부터라도 한번 서둘러보겠소."

"과히 짐이 되지 않는다면, 소녀는 선생님 곁에 있고자 하옵니다."

최천중은 뭉클하는 가슴의 충격을 느꼈다. 너무나 안타까웠다.

"내 바른대로 말하리다. 한양에 가면 나는 정실이 있고, 정실 외에 또 평생의 반려로서 약속한 여인이 있고, 간혹 만나야만 하는 또 하나의 여인이 있습니다."

"…"

"그러니까 말씀드리는 거요. 수절한다는 건 보람 없는 허례虛禮이며 백천만겁난조우百千萬劫難遭遇한 귀중한 인생을 망치는 노릇이오. 그럴 바에야 팔자를 고치시는 게 의당합니다. 한데, 내 사정은 이상과 같으니 어디 좋은 곳으로 혼처를 찾아보리다."

"제게 사랑을 베풀란 말은 아니옵니다. 종으로라도 좋으니 곁에서 모시도록 하여주옵소서."

최천중은 다시 큰 잔을 들어 마시고 은근히 물었다.

"그렇게 내가 좋소?"

보일 듯 말 듯 양씨 부인이 머리를 끄덕였다.

"나는 팔도 난봉꾼인데 그래도 좋단 말이오?"

"좋고 나쁘고를 넘어 선생님은 소녀의 운명이로소이다."

그 소리 너무나 가냘프고, 그 풍정 너무나 염려*했다. 최천중은

---

* 艶麗: 용모와 태도가 아름답고 곱다.

손을 뻗어 양씨 부인의 어깨를 안아 끌어당겼다.

최천중은 이어 상을 밀쳐놓고는 양씨 부인을 무릎 위에 앉혔다. 남복을 했는데도 비집고 넘치는 듯한 여체의 매력이 물씬 방을 채웠다. 눈을 감은 채 안겨 있는 양씨 부인의 입술에 가볍게 입술을 대어보곤 안은 채 방에 뉘었다.

갑자기 정적이 엄습해온 느낌이었다. 여강의 물소리가 아늑히 들렸는데, 바람이 조금씩 이는 듯 송뢰*가 길게 꼬리를 끌었다.

밀실에서 한 쌍의 남녀가 대하면 남자는 천하제일남天下第一男이요, 여자는 천하제일녀天下第一女가 되는 것이다. 하물며 양씨 부인의 여체는 한천旱天에서 자우慈雨**를 빌 듯 목말라 굽이치는 여체가 아니었던가.

종용안서는 금과옥조이지만 그것은 시작으로서의 예의일 따름이었다. 급격한 정열의 고조를 타고 최천중은 또 하나의 새로운 환희를 발견하고, 양씨 부인은 드디어 하늘을 얻었다.

"이제 눈감고 죽어도 한이 없겠소이다."

이것은 양씨 부인이 입으로만 한 말이 아니고, 그 몸 전체가, 머리카락의 줄기 줄기부터 근육의 경련을 거쳐 발끝까지 외쳐대는 생명의 정열적인 고백이었다.

운우가 끝나니 천지에 고요가 찾아든 듯했다. 양씨 부인은 최천중의 품 안에 안긴 채 넋을 잃은 듯 눈을 감고 있더니, 눈감은 얼굴

---

* 松籟: 송풍. 솔숲 사이를 스쳐 부는 바람.
** 마른하늘에 단비.

을 최천중의 가슴에 묻으면서 속삭였다.

"언제까지라도 이별이 없었으면 하와요. 언제까지라도 나으리 받들고 살고 싶사와요."

그 말을 들은 최천중은 가슴이 뭉클했지만, 해둬야 할 말은 해둬야겠다고 마음을 먹었다.

"아까도 말했지만 나에겐 정실이 있고, 정실보다 더 소중한 여인이 있고, 그 밖에도 정을 끊지 못하는 몇 여인이 있소. 내 마음 물론 임자를 떠날 순 없을 것이오만, 우리들의 사이가 보통의 부부처럼 되긴 어려울 것이오."

"장부가 백 명 계집을 거느리지 못하오리까. 소녀는 평생 그늘에서 살아도 무방하오이다."

"한번 생각해보십시다. 한양으로 돌아가면 거처할 곳부터 마련합시다."

이때 양씨 부인은 최천중의 품에서 일어나 앉았다. 중대한 얘기를 할 참으로 보였다.

"한양엘 가면 전에 저의 친정에서 종으로 있던 사람이 종로에서 포목전을 내고 있다고 들었습니다. 아버지께서 제 몫으로 상당한 돈을 그에게 맡기며 속량을 했다고 하니, 한번 그 사람을 찾아봐야 하겠습니다."

"이름과 거처는 아시나요?"

"이름은 정수범이고 거처는 종로의 포목전이라고 하니, 포목전을 찾아 정수범을 물으면 될 것이옵니다."

"그렇겠군. 한데, 맡긴 돈이 얼마나 된다고 합디까?"

"만 냥 돈을 훨씬 넘는다고 들었사옵니다. 그러니 정수범만 만나면 소녀가 살아가는 덴 나으리께 폐를 끼치지 않아도 좋으리라 생각하옵니다."

"나는 그런 걸 생각하고 있는 건 아닙니다. 그런데 내일부터는 남복을 그만두고 여복으로 하십시오. 그러기 위해선 주막집 안주인에게 오늘 밤 안으로 부탁을 해둬야 될 게 아닙니까."

"그건 제가 부탁하도록 하겠습니다."

이런 얘길 도란도란 하고 있는데 갑자기 바깥이 시끄러웠다. 칠팔 명으로 짐작되는 발자국 소리가 뒤섞이고, 주인을 찾는 고함소리가 있었다.

"수상한 남녀를 못 봤어?"

"저 나루를 건넜다는 얘기를 듣고 왔어."

"속이면 재미없다. 이실직고하라."

는 등등의 말이 왁자지껄했다.

수상한 남녀를 찾는다면 틀림없이 최천중과 양씨 부인이 걸려들 판이었다.

최천중은 황급히 일어나 이불을 개고 방안을 대강 정돈한 후 옷매무시를 고치고 기다렸다.

발자국 소리가 헝클어진 채 가까워지더니, 헛기침과 동시에 방문을 여는 자가 있었다. 포졸로 보이는 몇 사람이 얼굴을 들이밀었다. 양씨 부인이 남복을 입은 것이 다행이었다.

"당신들은 뉘기요?"

포졸 하나가 물었다.

"나는 최천중이란 사람이오. 이 사람은 양인환이구."

"어디서 왔수?"

"한양에서 왔소. 지금은 신륵사에 묵고 있는 중이오. 무료해서 술이나 한잔할까 해서 와 있는 참이오."

포졸들의 묻는 말이 구구하게 되어갈 무렵 최천중이 일어섰다.

"인환인 여기서 기다리게."

해놓고,

"무슨 일이 있었는가 본데, 그 얘기도 들을 겸 술이라도 한잔합시다."

하며 성큼 걸어 나갔다.

포졸들은 술을 한잔 사겠다는 말에 귀가 솔깃했던 모양으로, 양씨 부인이 남아 있는 방의 문을 닫고 최천중의 뒤를 따랐다. 주막집 앞마당에 서넛으로 보이는 포졸들이 있었다.

"자, 모두 출출할 텐데 이리로 오시오."

하고 최천중이 마루로 오르면서 말했다. 그리고 봉놋방으로 들어가 앉아 주인더러 소리를 질렀다.

"술 있는 대로 가지고 오구, 생선도 있는 대로 지지든 볶든 하시유."

포졸들이 우르르 몰려와 있었다.

"도대체 무슨 일이 났기에 모두들 야단이우? 수상한 남녀를 찾는 모양인데 무슨 일이 있었소?"

"우리는 지금 심명길沈命吉이란 부부 강도를 찾고 있소."

하고 그 가운데서 우두머리로 보이는 자가 입을 열었다.

81

"심명길이 그처럼 대단한 도둑인가요?"

"대단하구말구. 한동안 장안을 떠들썩하게 한 장삼성이거나, 그 일당이 아닌가 합니다. 서울의 대갓집을 몇 채나 털고, 일전에 과천 에선 사람까지 죽였소."

"한데, 그 도둑이 신륵사 쪽으로 왔다는 거유?"

"아직은 확실히 모르죠. 혹시 저 나루로 건너오지 않았나 해서 와본 겁니다. 이곳 말고 또 사방을 찾고 있습니다. 수원 쪽으로 한 양 쪽으로 포졸들을 풀어놨소."

"그럼 도둑놈이 주막집 같은 데서 머물고 있을 것이라고 생각하 우?"

"소문이 가장 빠른 데가 주막집 아니겠소."

이런 말을 주고받고 있는 동안에 술과 안주가 왔다.

모두들 호기 있게 마시고 먹기 시작했다.

"심명길은 칠 척 위장부로 힘이 항우처럼 세다고 해요."

"그 마누라는 양귀비처럼 미인이라나요."

술에 취하자, 이곳저곳에서 제멋대로 지껄이는 소리로 왁자지껄 했다.

"부부 강도라고 했는데 부부가 어떻게 했단 말요?"

그것이 최천중은 궁금해서 물었다.

"여자가 방물장수 또는 점쟁이로 가장하고 미리 대갓집에 들어 가서 여자들과 재잘거리며 재물을 숨겨놓은 데를 점치고, 뛰어 들 어올 곳을 정해두었다가, 밤중에 일을 치르는 거죠. 하여간 교묘한 수법을 썼어요."

"그자가 장삼성일 거라는 소문은 어떻게 해서 안 겁니까?"

"대담한 수법이 장삼성을 닮았다는 거죠. 감쪽같은 점도 그렇구요."

"장삼성은 여자를 끼우는 등 그처럼 쩨쩨하진 않을 건데."

그러자 심명길이 장삼성이라는 패와 아니라는 패가 갈려 입씨름을 하기 시작했다.

최천중은 한편 한심스러운 생각이 들기도 했다. 포졸들 어느 한 놈 도둑 잡을 생각은 않고 술 밥 얻어먹을 생각, 돈 얻어낼 생각만 하고 있었기 때문이다. 이런 패가 포졸 노릇을 하고 있는 한, 도둑이 성행하는 것이 당연하다는 생각도 들었다.

포졸들과 헤어지는 길로 양씨 부인을 데리고 최천중은 절로 돌아왔다. 도중, 부인으로부터 주막집 안주인에게 옷을 부탁해놓았다는 얘기를 들었다.

그다지 밤이 깊어 있지도 않아, 양씨 부인을 유기춘이 자는 방으로 보내놓고 최천중은 여운이 있는 주지 방으로 갔다.

여전히 바둑판이 방 한가운데 있었다. 두 노인은 바둑을 둔다기보다 바둑을 구경하고 있다는 말이 옳을는지 몰랐다.

상대방이 한 점을 두면 그 한 점의 의미를 서로 따지는 것이, 승부에 목적이 있는 것이 아니라, 갖가지의 가능 가운데 왜 하필이면 거기다 두어야 하느냐 하는 의미를 찾는 데 목적이 있는 그런 바둑이었다.

저녁을 먹고 난 후부터 시작했다는 국면인데, 아직 삼분의 일쯤의 단계를 넘어섰을까 했다. 최천중이 가까이에 가 앉으며,

"그러시다간 바둑판 구멍 뚫어지겠습니다."

하고 익살을 섞어 말해보았다.

"이 두터운 바둑판 구멍 뚫어질 걱정을 하는 것을 보면 과연 '구멍거사'라고 할 수 있군."

주름살 하나 움직이지 않고 월산이 뱉은 말이다.

"어델 갔다 왔는고?"

여운의 말이 있었다. 최천중이 주막엘 갔다는 것과 주막에서 있었던 얘길 했다. 심명길이란 이름이 나오자 월산이 고개를 갸웃했다.

"아는 사람인가?"

하고 여운이 물었다.

"칠성각 중수할 때 거의 반이나 시주한 사람의 이름이 심명길이었지, 아마."

하고 월산은 계속 생각하는 얼굴이었다.

"대도의 시주를 받아 칠성각을 지었다?"

"동명이인일는지도 모르겠습니다."

"시주가 바로 그 도둑놈이면 흥미 있을 것 아닌가. 그렇다면 그놈은 지옥 신세를 면하게 되었군."

하고 여운이 오랜만에 한 점을 놓았다.

"도둑이 성행하는 것을 어떻게 생각하십니까?"

최천중이 월산에게 물었다.

"공수래공수거인데 세상에 도둑질이란 게 있을 수 있는가. 모두들 척하는 것이지. 도둑질을 하는 척하는 것이지, 도둑질은 없어."

그러면서도 월산은 자기의 점을 놓을 곳을 찾고 있었다.

"오래간만에 자네 중놈 같은 소리 한번 했구나."

여운이 웃었다.

"여운 선생께선 도둑을 어떻게 생각하십니까?"

"글쎄, 도둑놈이 도둑질한 물건을 도둑질하는 것은, 국법은 뭐라고 할는지 모르나 나로선 나쁘다고 못 하겠어."

"장삼성의 논법이시구먼요."

"장삼성이 누군가?"

최천중이 대강의 설명을 했다.

"그것 통쾌한 논법이구나."

하고 여운은 다음과 같이 덧붙였다.

"도둑질이 죄가 되는 것은 붙들렸을 때야. 붙들리지 않으면 죄 될 것이 없지. 붙들리지 않은 채로 죄가 된다면 지금 대각臺閣에 있는 놈치고 죄인 아닌 놈이 없을 걸세."

"형님, 말씀이 과하시지 않습니까?"

월산이 비로소 한 점을 놓았다.

심명길이 수삼 일 전에 체포됐다는 소식을 들은 것은 바로 그 이튿날이었다. 그러고 보니 어젯밤의 포졸들은 괜히 겉돌고 있었던 셈이다. 심명길은 과천의 호족 김만중 부자父子를 죽여놓고, 대담하게도 그 마을 어느 집에 마누라와 같이 잠복하고 있더라고 한다. 결국 그 집 주인이 뒷일을 겁내 밀고했는데, 만일 그런 밀고가 없었더라면 포도청의 포졸들은 엉뚱한 곳만 들쑤시고 돌아다니다가 결국은 도로徒勞로 끝났을 것이다.

그런데 심명길의 체포에 관해선 야릇한 소문이 따라 돌았다. 그런 상황이 아니었으면 포졸들의 수완으로선 심명길을 체포하지 못했을 것이란 전제가 붙은 얘기는 다음과 같았다. 포졸들이 심명길이 잠복해 있는 방문을 열어젖혔을 땐, 부부가 몸에 실오라기 하나 걸치지 않은 알몸으로 한창 정교情交에 열중하고 있었더라는 것이다.

소문은 나도는 사이에 눈덩이처럼 부풀려지는 법이다. 포졸들이 방문을 열며 '이놈, 꼼짝 말고 오라는 받아라' 했을 때, 심명길은 여편네의 배 위에 올라탄 채 얼굴만을 돌려 호통쳤다.

"이놈들, 빨리 문을 닫지 못할까!"

그래도 포졸들이 덤비려고 하자,

"지금 인류의 대사를 치르고 있는데, 방해하는 놈은 죽어서 초열지옥의 벌을 받을 게다."

하며 늠름히 동작을 계속했다.

포졸들은 망측스러워 일단 방문을 닫아주고 바깥에서 기다려주기로 했는데, 그러고도 반각이 걸려 심명길이 수합數合의 작렬炸裂을 거듭하더란 얘기였다.

이 얘기를 들은 것은 최천중이 월산화상과 여운 선생과 같이 있는 자리에서였다. 월산이 빙그레 웃으며 최천중을 돌아보았다.

"최공, 어떻소. 서로 견주어볼 만하다고 생각하우?"

"스님은 못 할 말씀이 없으십니다."

하고 최천중이 겸연쩍은 표정을 지었다. 여운이 핫하 하고 웃었다.

"언제나 무슨 일이건 상회上廻하는 것이 있는 법이여. 주자走者가 능해도 비자飛者를 따르진 못하는 법 아닌가. 소문이 사실이라면 놀랄 만한 일이여. 포졸들에게 둘러싸이고도 정기가 그냥 계속되어 있었다면 대단한 일이여. 가히 칭호걸稱豪傑할 만한 놈이로군."

"우리 삼전도장엔 그런 정력이 절륜한 놈도 모아보고 싶습니다."

최천중이 막연히 생각한 바를 말했다. 여운이 받았다.

"나쁘지 않겠지. 그런 놈 가운데 여불위呂不韋 같은 자가 있을지도 모를 게 아닌가."

이런 대화를 듣고 있자니까 어이가 없었던 모양으로 월산이 말했다.

"천하의 기인재사를 모은다더니 기껏 색한色漢의 소굴을 만들 참이구먼."

"아니지, 나한전羅漢殿을 만들 걸세. 정력이 절륜한 나한들을 모아 놓으면, 집현전 학사들의 모임보다 보람이 있을 걸세."

심명길 얘기가 이렇게 빗나갔다.

"형님은 나이를 먹을수록 주책이 느는 것 같소이다."

월산이 투덜댄 소리였다.

"자네 말이 옳아. 언제 끝날지 모르지만 나는 그날까지 애써 주책을 가꾸어볼 참이여."

하고 여운은 파안일소했다.

"허참, 도대체 그런 심술은 무슨 영문입니까?"

월산이 여전히 투덜댔다.

"영문? 그 영문을 가르쳐줄까?"

"알고 싶소이다."

월산이 빈정대는 투가 되었다.

여운은 엄숙한 표정이 되었다.

"유자儒者는 너무나 쉽게 수신修身한 척하고, 불자佛者는 너무나 쉽게 오도悟道한 척해. 사람이란 원래 그렇게 쉽게 점잖을 수가 없는 거여."

"그러니까 애써 수도를 하라는 게 아니오?"

"나는 애써 주책을 기르겠다. 세상 사람들, 특히 유자나 불자들은 곯은 감을 익은 감이라고 오인한단 말야. 감은 익어야지 곯아선 안 돼. 사람도 마찬가지다. 익어야 하는 건데 온통 곯은 사람들뿐 아닌가. 나는 곯기 싫어서도 주책이어야 하겠다. 그런 점 최공이 내 마음에 들거든. 섣불리 익을 생각을 안 하니까. 익으려다가 곯기보단, 익지 않고 싱싱한 채로 있는 게 낫지 않은가. 너희 중들은 빨리 익으려는 것이 탈이다."

"형님의 그 말씀은 들어둘 만하오이다."

월산이 쓴웃음을 띠었다.

그리고 중얼거렸다.

"그 심명길이 칠성각을 시주한 바로 그 사람이라면 회향回向*의 불사佛事를 해야겠는데."

"옳은 생각이다. 붙들렸다면 효수가 될 것인즉, 회향의 불사쯤은 해줘야 할 게다."

하는 여운의 말이어서,

---

* 불사(佛事)를 경영하다가 죽은 사람의 명복을 빎.

88

"대도를 위해 회향 불사를 한다는 소문이 나면 관가에서 가만있 겠습니까?"

하고 최천중이 의견을 말했다.

"밤에 하지, 낮에 하겠나."

월산이 침울한 표정이 되며 이었다.

"세상이 어떻게 되려고 요 모양인지 몰라. 요즘 부쩍 고자질이 늘어 모두들 말을 못 하는 형편이니 말여."

아닌 게 아니라, 그 무렵 관가에서 고자질을 장려하는 풍조가 있었다. 따라서 무고誣告질이 성행하여, 걸핏하면 붙들려 가서 고 초를 당하는 사람이 적지 않았다. 수령 방백 관속들이 무고질에 편 승하여 토색을 일삼는 것이다. 아니, 토색질을 하기 위해 일부러 고 자질을 장려하는 것이다.

"언제 백성의 마음이 편할 날이 있었던가."

여운이 한숨을 쉬었다. 그러곤 돌연 최천중을 돌아보고 말했다.

"내일 한양으로 떠나세."

최천중으로선 기쁜 말이었으나, 월산은 서운한 표정을 지었다.

"월산, 섭섭하게 생각하질 말게. 자네와 같이 여강가 절에 있으니 떠나기 싫은 마음이 생길 것 같아. 아니, 철이 들고 주책이 줄어들 것 같아. 그게 겁이 나 하루바삐 장안으로 들어가 기방에 발을 뻗 고 앉아 남도의 창이나 들을까 해."

최천중은 '그렇다. 삼전도장엔 창을 잘하는 놈들도 모아야지' 하 고 마음속에 새겨넣었다.

과천에서 하룻밤을 묵으며 심명길에 관한 이야기를 들었다. 길바닥 조약돌에도 그것이 거기 있기까지엔 사연이 있을 것이어늘, 세상을 떠들썩하게 한 대도에게 사연이 없을 수 있겠는가.

생生을 이승에 받아 천진한 동심童心이 어떻게 해서 남의 재물을 도둑질하고 심지어는 살인까지 할 수 있게 오탁汚濁해졌는가? 필유곡절이고 의당 짐작이다.

고개 하나를 넘으면 한양을 일모*에 볼 수 있는 관악 기슭의 주막집에서 하룻밤을 새며, 과천에서 토역**질을 하며 산다는 노인의 입을 통해 심명길 부부의 내력을 듣게 되었다.

"심명길은 원래 과천 사람이 아니고 철원 사람이었어요."

토역장이 노인의 말은 이렇게 시작되었다. 어려서 목수를 하는 아버지를 따라 과천에 왔다는 얘기에, 최천중은 그 노인의 나이를 짐작해보며 물었다.

"그렇다면 노인은 심명길의 아버지와 면식이 있었겠구먼. 목수와 토역장이의 사이니까."

"면식이 있다 뿐이겠소. 우리는 단짝이었다오."

심명길의 아비에게 이상이 생긴 것은 그곳의 토호 김만중의 가역을 할 때부터였다. 김만중은 일만 지독하게 시키고 삯을 주질 않았다. 집을 다 짓고 나면 어련히 주겠나 하는 태도로써 버텼다. 심명길의 아비 심 목수는 빼지도 박지도 못할 처지에 놓였다. 일을

---

* 一眸: 한눈에 바라봄.
** 土役: 토목 일.

중단하면 기왕의 삯을 받지 못할 형편이고, 일을 하려니 배가 고팠다. 자기는 그 집에서 얻어먹는다고 해도 처자는 굶어야 했다. 그런 사유를 말했더니 김만중이 쌀 한 섬을 주며 이곡利穀***을 내어주는 것이라고 했다.

가역이 끝나자 김만중은 삯으로서 약속한 반만을 내어놓았다. 뿐만 아니라 그 삯에서 이곡의 원리元利를 제한다며 겨우 쌀 서 말을 주었다. 분통이 터진 심 목수가 어느 날 술을 마시고 그 집으로 들어가 김만중을 힐난하는 말을 했다. 김만중은 하인을 시켜 심 목수를 묶어놓고 곤장을 먹였다. 그 매질을 만중의 아들이 독려했다. 이렇게 해서 심 목수는 그 일이 있은 지 여드레 만에 장독이 올라 죽었다. 그때가 십오 년 전, 심명길이 일곱 살인가 되었던 해다.

심 목수의 장사를 치른 뒤 심 목수의 처자는 온데간데없어졌다. 모두들 불쌍하다고 동정을 했지만 세월이 감에 따라 그들의 일은 잊혀졌다. 그러니 십오 년 전의 일을 외고 있을 턱이 없었다. 그랬는데 돌연 김만중 부자가 곤봉에 맞아 처참하게 죽었다. 김만중 부자를 죽인 사람이 심명길이었다는 사실을 안 것은 그러고서 사흘쯤 지나서다.

"뒤에 들은 바에 의하면 심명길은 와신상담 김만중 부자를 죽이려고 그날을 기다려왔던 모양입네다. 아무튼 불쌍한 사람입네다. 심명길은…"

여운 선생은 그 얘기를 듣고도 말문을 닫고 있었다. 최천중은

*** 이자로 받는 곡식.

"그런 억울한 일이 천하에 가득 있을 것 아닙니까."

하고 장탄식을 했다. 억울하게 맞아 죽은 아비의 원수를 갚은 심명
길을 알 것만 같았기 때문이다.

"한데, 내일 심명길의 목을 친답니다."

노인이 암울한 표정으로 중얼거렸다.

이른 아침 과천을 출발했다. 관악산 허리를 도니 아침 햇빛에 한
양의 풍경이 그림처럼 나타났다.

여운이 허리를 펴고 중얼거렸다.

"한양으로 올 때마다 돌아오는 기분이 되니, 고향도 아니고 오래
살던 곳도 아닌데 말여."

그리고 마른풀을 깔고 앉아 기춘을 무릎 위로 끌어안으며,

"기춘아, 저곳이 서울이다."

하고 손가락으로 가리키며 설명을 했다. 그런데 그 설명이 소상했다.

"저것이 삼각산이다. 저 산을 넘은 곳은 양주라고 하지. 저 산이
바로 서울의 진산鎭山*이다. 그 서쪽으로 보이는 산이 인왕산, 동
쪽으로 보이는 산이 타락산, 저편이 녹번현, 이편이 목멱산, 대강 남
산이라고 하지. 목멱산, 즉 남산의 남쪽에 있는 재를 설미현이라고
하고, 여기선 보이지 않지만 남산의 북편에 가산假山이란 게 있어.
산이로되 산 같지 않단 뜻일 것이여. 이쪽 왼편으로 보이는 강기슭
을 양화도라고 하고, 그 동편에 있는 것이 잠두봉蠶頭峯, 누에 대

---

* 주산(主山).

92

가리를 닮았다는 뜻일 거다."

일행이 삼개를 맞은편으로 보는 노량진 나루터에 도착했을 때는 벌써 한나절이 지나 있었다. 그런데 무슨 까닭인지 여느 때완 달리 나루터가 대단히 붐비고 있었다. 최천중이 여운을 모시어 나룻배 한가운데의 걸상에 앉히기 위해 여간 힘이 든 것이 아니었다.

"장안에 구경거리라도 생겼수? 왜 이렇게 사람이 많소?"

최천중이 사공을 향해 물었다.

대답은, 함때에 걸방을 건 채 기대고 앉아 있는 사나이의 입에서 나왔다.

"오늘 미시未時에 광화문 육조 앞에서 심명길의 참수가 있다나 봐요."

최천중이 고개를 끄덕였다. 심명길이 목 베이는 구경을 하기 위해 그렇게 많은 남녀노소가 한강을 건너가고 있는 것이다. 최천중은 쓸쓸한 기분이 되었다.

'당자에겐 죽음이 다른 사람에겐 구경거리가 되는 것이로구나.'

인심의 각박이 이와 같은 것이라고 생각할 때, 최천중은 어젯밤 들은 얘기도 있고 해서 심명길에 대한 동정심이 맹렬히 솟아올랐다. 그러나 어떻게 할 수 없는 일이었다.

최천중은 삼개에 도착하자마자 최팔룡을 찾아, 여운이 임시로 거처할 객사와 양씨 부인이 거처할 곳을 마련해달라고 부탁했다.

강물고기찜으로 요기를 하고, 최천중은 만사를 제쳐놓고 광화문으로 나갈 작정을 했다. 그런데 여운이 따라나섰다. 최천중이 말했다.

"선생님께서 그런 걸 보아 뭣 하시렵니까. 객사에서 편히 쉬도록 하십시오."

그래도,

"아냐, 나는 그 심명길이란 사람의 얼굴을 보아두고 싶어. 죽음에
임한 태도도 보고 싶구."

하고 기어이 따라나서는 것이었다.

최천중이 여운을 모시고 삼개 최팔룡의 집에서 나왔을 때는, 만
리동 고개가 이미 인파에 덮여 있었다. 지루한 나날을 지내려니까
조그마한 구경거리도 아쉬운 탓인지 모르겠다. 하여간 모두들 사
람이 목 베이는 광경을 보러 가고 있는 것이다. 파리 목숨이나 다
를 바 없는 스스로의 생명을 대견해하면서 남의 목숨을 구경거리
로 치고 있는 것이다.

서소문 쪽으로 길을 잡았다. 문을 들어서니, 거기서부턴 사람에
밀려 겨우 앞으로 나갈 수 있을 정도로 사람들이 붐볐다.

육조 앞은 그야말로 인산인해를 이루고 있었다. 지붕에까지 사람
이 기어올라가 있었다. 집 주인이 돈을 받고 기어오르게 한 것이란
말도 돌았다.

길 한복판을 잘라 새끼줄을 둘러치고 형장을 만들어놓고 있었
는데 한쪽에 푯말이 박혀 있었다. 푯말엔 '흉악범인 심명길 부부
참수장'이란 문자가 있었다.

최천중은 그럭저럭 쉰 냥 가까운 돈을 써서 자리를 양보 받아,
여운 선생과 자기의 자리를 맨 앞에 잡을 수가 있었다. 정면에 한
성판윤과 포도대장, 형조의 관원들이 위의를 갖추고 앉아 있는 것
을 볼 수가 있었다.

미시를 알리는 북 소리가 울려 퍼졌다. 포졸들이 장막 뒤로부터 죄인을 끌어냈다. 먼저 나온 것이 사나이였고 뒤에 나온 것이 여자였다. 두 사람은 뒷손으로 결박되어 있었고, 헝클어진 머리칼 사이로 사나이의 눈이 매섭게 빛나고 있었고, 여자의 눈은 광기를 띠어 요염하기까지 했다.

꿇어앉힌 죄인 앞에 서서 관속의 하나가 그들의 죄상을 읽었다. 그때, 비단을 찢는 듯한 여자의 고함소리가 있었다.

"내 머리를 빗겨라!"

하는 소리로 들렸다. 군중들이 술렁대기 시작했다. 목이 날아갈 찰나를 앞두고 머리를 빗겨달라고 요구하는 여자의 담력에 모두들 놀라고 일말의 동정을 느끼게 된 것이다.

"여자의 머리를 빗겨주어라."

라는 아우성이 이곳저곳에서 터졌다.

포도대장이 부하들을 보고 무어라고 하는 것 같더니, 관속의 하나가 군중 속에 있는 노파를 데리고 나왔다. 노파가 관속을 보고 무슨 말인가를 건넸다. 이윽고, 물을 담은 대야와 빗과 수건이 준비되었다. 노파는 수건을 물에 축여 여자의 얼굴을 닦았다. 그러고는 역시 물에 축인 수건으로 머리칼을 닦곤, 정성을 들여 빗질을 하고 머리를 틀어 올렸다. 서쪽으로 기울어가는 태양을 받고 단장을 끝낸 여자의 얼굴에 요기를 띤 웃음이 피었다. 몇 마디 입을 움직이는 것을 보면, 노파에 대해 고맙다는 말을 한 것으로 짐작되었다.

빨간 의상을 두른 사나이가 칼을 들고 나타나, 관원들이 앉은 쪽을 보고 읍을 하더니 휙 돌아서며 칼을 높이 쳐들었다. 칼끝이 햇빛에 번쩍했다. 사나이는 칼을 휘두르며 죄인의 둘레를 멀찌감치 폭을 잡고 껑충껑충 돌기 시작하더니, 한 바퀴 돌 때마다 좁혀 들어갔다. 이윽고 죄인들과의 상거가 지척이 되었을 때, 사나이는 칼을 머리 위로 치켜들고 하늘을 향해 포효하는 자세를 취했다. 그러나 소리를 낸 것은 아니었다. '내가 너희의 목을 치는 건 내 뜻이 아니니라' 하는 마음을 보인 것인지 몰랐다. 누구의 입에선가 무슨 호령 같은 소리가 있었다.

사나이의 칼날이 백광을 찔러 번쩍했다. 심명길의 목이 아차 하는 사이 덕석 위에 뒹굴고, 목에서 피가 한 길이나 솟아올랐다. 그 피의 비말이 여자의 몸에 뿌려졌다. 모처럼 닦여진 여자의 하얀 얼굴이 피투성이가 되었다.

피투성이가 된 얼굴의 여인. 쌩긋 웃는 것처럼 느낀 것은 보는 사람의 착각일 것이다. 소스라치게 놀라 지른 비명이 소리를 동반하지 않고 입만 벌어진 것이리라.

사나이는 피 묻은 칼을 허리에 찬 헝겊으로 닦았다. 그 동작이 너무나 완만하여 능청스럽게 여겨졌다. 그 많은 군중들은 모두 숨을 죽이고 화석의 무리들처럼 되었고, 그 위로 하늘은 허허하게 넓었다. 삼각산 쪽에서 독수리가 한 마리 날아오르더니, 유유히 날개를 펴고 서쪽으로 방향을 돌렸다. 최천중은 문득 옥황상제를 생각해보았다. 옥황상제가, 사람들이 하는 어처구니없는 짓을 보고 오라고 그 독수리를 보낸 것이 아닌가 하는 엉뚱한 상념이었다.

사나이는 칼을 휘두르며 새끼줄이 쳐진 원형을 새끼줄에 닿을락말락 하게 돌기 시작했다. 껑충껑충 하는 것이, 어떻게 보면 춤추는 것도 같고, 어떻게 보면 자기가 맡은 소임에 겨워 무거운 짐을 지고 비틀거리는 것 같기도 했다.

빨간 옷을 입은 사나이는 그렇게 해서 점점 여자와의 거리를 좁혀갔다. 그러는 사이, 아까의 노파가 비틀거리며 형장 안으로 걸어 들어갔다.

"비켜!"

"나가라!"

하는 고함이 있었지만 아랑곳없이 노파는 여죄수의 앞으로 가더니, 수건을 꺼내 자기의 침을 묻혀가며 여자의 얼굴에 뿌려진 피를 닦았다. 다시 여자의 하얗고 화사한 얼굴이 햇빛에 빛났다.

사나이의 동작이 급격해졌다. 여자를 지척에 두고 몇 바퀴를 돌았다. 아까 심명길을 벨 땐 한 바퀴로 그쳤는데, 이렇듯 몇 바퀴를 돌고도 결단을 내리지 못하는 데는 형리로서도 측은한 생각이 들어서인지 모른다.

드디어 사나이는 칼을 여자의 목을 향해 내리쳤다. 그러나 딸그락 소리만 있었을 뿐, 목은 그대로 붙어 있었다. 사나이는 다시 칼을 내리쳤다. 피는 분수처럼 뿜어 올랐지만 목은 여전히 까딱하지 않았다. 세 번째도 실패했다. 네 번째, 다섯 번째도 실패, 사나이는 미친 사람처럼 날뛰었다. 여섯 번째에 목이 가슴 쪽으로 축 늘어지긴 했으나 몸에서 떨어지진 않았다.

일곱 번째, 목이 여자의 무릎 밑에 뒹굴었다. 군중 사이에서 한숨 소리가 바람처럼 일었다. 최천중은 뛰는 가슴을 가누고 여운 쪽을 보았다. 여운은 눈을 크게 뜬 채 석상처럼 움직이지 않았다.

형장에 높이 세 길쯤 되는 기둥이 세워지고, 그 기둥 끝에 심명길과 그 아내의 목이 걸렸다. 시체엔 거적때기가 씌워졌다. 새끼줄을 끊고 군중들이 그 기둥 아래로 쇄도했다. 여운과 최천중도 사람들에 밀려 그 기둥 아래까지 갔다. 심명길의 목은 눈깔이 튀어나올 만큼 눈을 뜨고 군중들을 노려보고 있었다. 여자는 가느다란 눈이었는데 호소하는 듯했다.

해가 지기 시작했다. 태양의 잔영 속에서 기둥에 달린 두 개의 목이 살아 있는 듯한 표정을 지었다. 땅거미가 질 무렵, 군중들은 서서히 흩어지기 시작했다. 그래도 최천중과 여운은 단 두 사람이 될 때까지 그 자리에 서 있었다. 그날 구경꾼은 십만이 넘었다고 한다. 그런데 '이조실록' 고종 원년 9월 15일의 항項엔 '과천 대도 심명길 부부 효수'란 간단한 기록이 있을 뿐이다.

달이 솟았다. 만월이었다. 피를 머금은 것같이 붉은 만월 아래, 심명길의 목과 그 아내의 목은 한층 처참한 기를 더하며 달빛을 음산하게 물들였다.

여운은 그 말뚝 밑으로 가서 한참 동안 합장을 하고 서 있었다. 최천중은 그렇게 서 있는 여운을 지켜볼 뿐, 합장까지 할 생각은 하지 않았다.

이윽고 돌아서서 최천중과 나란히 걸어 나오며 여운이 나직이 중얼거렸다.

"사람을 저렇게 죽이는 법이 아닌데…."

최천중은 잠자코 있었다. 여운은 다시 한 번 중얼거렸다.

"사람은 저렇게 죽어서도 안 되는 것이구."

"살인자는 사死' 아닙니까?"

최천중이 이렇게 응수하자, 여운은 쓸쓸한 말투가 되었다.

"살인자가 정히 사해야 한다면 지금 대각에 있는 몇 놈이 살아남을 건고. 직접 칼을 휘둘러 죽이는 놈만이 살인자가 아닐 것 아닌가. 박해를 거듭해서 서서히 죽게 하는 자, 악법을 만들어 그 악법에 걸려 죽이는 자, 착취하여 굶주리게 해서 차츰 목을 죄어 죽이는 자, 중상과 모략으로 사람을 사지에 빠뜨리는 자, 이 모두가 살인자들 아닌가."

여운의 말은 일일이 옳았다. '그렇기 때문에 나는 원願을 세우고 있는 것이 아닙니까' 하는 뜻을 피력하고 싶었으나, 최천중은 여운을 더 이상 자극할 필요가 없다고 생각하고 입을 다물어버렸다.

"어디 가서 요기를 해야 할 것 아닌가. 사자死者는 사死하되 생자生者는 식食해야 할 판이니…."

여운의 말을 받아 최천중이 다동으로 가자는 제안을 했다.

"거기 '여란'이란 기생이 있습니다. 선생님께서 좋으시다면 그리로 모실까 합니다."

"무방허이. 기생의 얼굴을 보는 것도 오랜만이여."

여란이 최천중의 내방을 받고 반가워 어쩔 줄을 몰랐다.

"이 얼마만입니까. 소녀 같은 건 이미 잊은 것이 아닌가 하고 마음 아파하였습니다."

"수선 그만 피우고 선생님께 큰절을 올려라."

보료를 깔고 비스듬히 앉은 여운이, 이마에 손을 붙이고 큰절을

하는 여란을 자세히 바라보았다. 그리고 여란이 앉기를 기다려,

"이 풍진의 세상에 그만한 용색을 더럽히지 않고 살려니까 꽤 고생이 많았겠군."

하는 말씀이 있었다.

그날 밤 여운 선생은 여란이 불러온 '채선'이란 기생의 남도창을 들으며 몇 잔의 술을 거듭했다.

"선생님께선 그렇게 술을 잘하시면서 어떻게 이때까진 술을 하시지 않았습니까?"

하고 최천중이 물었다.

"취해 있고 싶어서 술을 안 마신 거여. 나는 술을 마시지 않고 있으면 항상 취한 기분이 되고, 반대로 술을 마시면 깨어 있는 기분이 되는 묘한 버릇이 있어."

여운은 이렇게 말하고 한 수의 시를 읊었다.

일고단영유여日苦短榮有余 내치옥내置玉 판동위방정고辦東尉房情故 심상어합문치주心相於閤門置酒 화락흔흔和樂欣欣

(해는 짧고 기쁨은 넘치니 술통과 요리를 차려놓고 진정을 다해 친해나 보세…)

미훈微纁*을 띠고 눈을 지그시 감은 채 조식曺植의 시 몇 수를 읊더니만, 여운은 스르르 뜬 눈을 최천중에게로 돌렸다.

---

* 엷은 분홍빛.

"최공은 집으로 가게. 오랫동안 집을 비웠으니 할 얘기도 많을 것 아닌가. 나는 이 집에서 신세를 질 것이니, 작일昨日엔 산막에서 살던 한옹寒翁이 오늘 밤엔 장안의 기방의 탕아가 되었도다. 인생은 이래서 멋이 있는 거여."

"알겠습니다."

하고 최천중은 머리를 조아렸다.

"알다니, 알긴 뭣을 안다는 건가?"

하며 파안일소한 여운이 말을 이었다.

"한양에 왔으니까 생각해볼 일이 있어. 여태껏 최공과 같이 지내며 생각했으니까, 오늘 밤은 나 혼자 있으면서 생각게 해주어. 나는 내일 환재 집에 가 있을 테니까 저녁나절쯤에 그리로 오게."

환재란 물론 홍문관 대제학인 박규수를 말한다.

"선생님을 잘 모셔요. 조그마한 실수라도 있어선 안 돼."

문간에서 여란에게 단단히 일러놓고 최천중은 다동의 골목을 빠져나갔다. 그 밤따라 만월이 그윽하고 아름다웠다.

최천중은 큰길로 나와 한참 동안 만월을 우러러보고 섰다가, 걸음을 회현동 쪽으로 떼어놓았다. 한양으로 돌아온 첫날밤엔 황봉련을 찾아야 하게 돼 있는 것이다.

황천리를 통해 최천중이 돌아왔다는 소식을 안 황봉련은, 집 안팎의 청소에 더욱 정신을 쓰고 저자로 사람을 보내 장을 보게 하는 등 만반의 준비를 하고 기다리고 있었다. 스스로의 몸단장은 말할 것도 없고…. 날이 갈수록 최천중을 그리게 되는 것은, 마음도 마음이려니와 여체의 슬픔이기도 했다.

여체는 허虛하다. 그 허를 메울 강력한 지렛대가 없을 때는 언제나 마음이 허하다. 여자로 태어난 기쁨과 슬픔과 그 두려움까지도 잘 알고 있는 것이 황봉련이다. 최천중은 그녀에게 있어서 하늘이었다. 독차지할 수 없는 설움에 겨우면서도 그 마음을 억누르는 것은, 원래 하늘은 혼자 소유할 수 없는 것이란 인식과 스스로의 팔자에 대한 체관이었다. 여화남접女花男蝶인 것을, 피어난 채 바라보고 있어야 할 여화의 처지로선 날개가 달린 나비를 붙들어 매둘 순 없는 법이 아닌가.

이런 상념에 젖어 황봉련은 만월을 바라보며 가을꽃이 만발한 뜰을 하염없이 소요하고 있었다. 방에 앉아 무료히 기다리기엔 그 몸과 마음이 너무나 끓고 있었던 것이다. 천리 타향에 있다고 생각했을 땐 그처럼 침착하게 기다릴 수 있었던 마음이, 경각頃刻의 보경步境*에 있다고 들으니 이처럼 안절부절못하는 마음을 황봉련은 여심이라고 느꼈다.

문득 황봉련은 뜰 가운데 서버렸다. 이른봄, 일말의 훈풍이 한풍에 섞여 느껴지는 수가 있듯이, 최천중이 몰고 오는 바람 기운이 선뜻 육감의 언저리에 와 닿은 것이다. 황봉련은 전신이 모두 신경으로 화했다. '가까이 가까이 더욱 가까이 바로 그곳, 그곳에서 이리로…' 할 즈음에 발자국 소리가 들렸다. 틀림없이 최천중의 발소리. '대문 밖에 섰다'고 느꼈을 때 최천중의 목소리가 있었다.

---

* 조금만 걸으면 닿을 수 있는 거리.

"이리 오너라."

"한마디로 말해 '천의무봉天衣無縫'이오."
여운 선생을 두고 최천중이 황봉련에게 한 평언評言은 이랬다.
"소녀, 알아듣기 심히 어렵사와요."
황봉련이 교태를 부렸다.
"동심을 그냥 지니고 노년이 되었고, 노년의 풍상을 쌓고도 청년
이며, 세속의 멋을 꺼려하지 않으면서 탈속한 어른이니 어느 자리
에 간들 어색하지 않고, 누구와 얘기하건 어긋남이 없는, 그야말로
구름과 같은, 흐르는 물과 같으면서도 필요에 따라 벗이 되고 힘이
되어주는 어른이니 '천의무봉'이랄밖에 없다는 얘기요."
"삼전도장의 주인어른으로선 그 이상 바랄 바가 없는 어른이겠네
요."
"말해 무엇 하겠소."
"우리 나으리의 운이 좋은 탓입니다."
"아니, 임자의 은혜요."
"천만의 말씀을 다 하세요. 소녀는 나으리의 종이 아니오이까."
"황공한 말씀."
최천중은 봉련이 따라주는 술을 석 잔째 마셨다. 훈훈한 기가
체내를 도는데, 유난히 하복부에의 자극이 강했다.
"이 술이 뭐죠?"
"영산주靈山酒라고 한답니다. 청나라에 간 사신 일행이 가지고
온 것인데, 천 냥 돈을 써서 구해놓은 것이에요. 궁중으로 들어갈

술이라고도 하옵대요."

"그렇다면 임자도 반잔쯤 해보시구려."

하고 최천중이 잔을 황봉련에게 권했다. 그리고 잠깐 동안 그 반응을 기다렸다.

봉련의 표정이 약간 찌푸려드는 것 같았다. 최천중이 물었다.

"이상하지?"

"그래요."

하며 봉련이 몸을 꼬았다.

"이것 고약한 술이오. 미약이 들어 있소. 그걸 알고 사신 거유?"

"그저 좋다고만 듣고, '불로장수 영생화락한다'는 '영주'라고 들어서…."

최천중이 어이가 없다는 듯 웃었다.

"만사가 총명한 임자가 이런 것을 사다니…. 나나 임자는 음력陰力, 양력陽力이 넘쳐 야단인데, 이런 술을 마셔 어떻게 하겠소? 빨리 대야에 찬물을 가득 떠 오시오."

황봉련이 몸을 꼬는 듯 비틀거리며 밖으로 나갔다.

대야에 물을 떠 왔을 때 최천중이 속삭였다.

"임자, 우리 이대로 잠자리를 했다간 큰일날 뻔했소. 기모맥진氣耗脈盡할 뿐 아니라 정조수갈精燥髓渴해야만 끝이 나는 거요. 약자에겐 환정還精을 하되, 강자에겐 탈정奪精하는 묘방妙方이오. 고자가 먹으면 사내구실을 할 수 있는 것이라서 환관이 몰래 애용하는 것이라고 들었는데, 그게 바로 이것이 아닐까 하오."

모처럼의 만남인데 이렇게 해서 반야半夜를 망쳤다. 찬물에 몸

을 식혀 허양虛陽을 제하고 본정本精으로 돌아오기까지 그만한 시
간이 걸렸던 것이다.

새벽에야 두 남녀는 합환의 자리에 들었는데, 이에 앞서 황봉련
은 이미 정신이 없었다.

"저 술 여운 선생께 드리면 어때요?"

아침에 한 황봉련의 말에 최천중은 풀쩍 뛰었다.

"안 돼. 여운 선생은 앞으로 십 년은 더 사시도록 해야 해."

유비하백천

由卑下百川

환재 박규수는 아침밥의 순갈을 들다 말고 일어섰다. 하인이 원여운 선생의 내방을 알렸기 때문이다.

여운은 벌써 중문을 들어서고 있었다. 환재는 황급히 청하로 내려섰다.

"선생님의 건장한 모습을 뵙는 것이 한량없는 기쁨이로소이다."

하고 환재는 여운을 부축하여 방으로 모셨다. 여운은 차려놓은 밥상을 보고 빙그레 웃었다.

"여전히 맥반소찬이로구나. 홍문관 대제학이면 조금쯤 달라질 줄 알았지."

여운은 자리를 잡아 앉기가 바쁘게 익살을 부렸다.

"홍문관은 비옥한 농장도 아니옵고 풍성한 어장도 아니옵니다."

하고 응수하곤 환재는 공손하게 예를 드렸다. 방바닥을 짚은 환재의 손을 덥석 잡은 여운이

"환재도 이미 늙었군."

하고 감개무량해했다.

"선생님은 아직도 건장하오이다."

환재는 목이 메었다. 흡사 저승에서 돌아온 어른을 맞이하는 기분이 되어 있었던 것이다.

환재는 하인에게 조찬을 준비하도록 일렀다. 여운의 얼굴에 미안한 빛이 피었다.

"이럴 줄 알았으면 아침을 먹고 올 것을 그랬군."

"천만의 말씀. 맥반소찬이라 준비하기가 무척 수월할 것이옵니다."

여운을 대하는 환재의 태도엔 소년 같은 향수가 있었다.

"언제 한양에 오셨습니까?"

"어제. 그런데 육조 앞에서 기막힌 광경을 보았지."

"뭣을 보셨습니까?"

"심명길 부부의 참수를 보았네."

"그런 일이 있었습니까?"

"홍문관 깊은 곳에 앉아 있으니, 세상의 물정을 모르는 모양이로구나."

"그러하옵니다."

"불견불문은 위생상 좋겠지만, 대각의 일우를 차지한 사람이 그처럼 세정에 어두워서야…"

여운은 약간 언짢은 기색을 보였다.

"한데, 어젯밤엔 어디에서 유하셨습니까?"

"기방에서 한양의 첫 밤을 지냈다고 하면 놀랄 텐가?"

"아니, 대단히 반가운 소리로 듣잡겠습니다."

"별반 반가운 일도 아녀. 한양 대소사를 알려면 기방 출입이 제

일이여. 덕분에 세도의 변천을 알았네."

이런 응수를 하는 동안, 여운의 밥상이 나왔다. 보니, 환재의 밥상엔 없는 것이 두 가지나 있었다. 하나는 육포를 기름에 튀긴 것이고, 하나는 어포를 장아찌로 담근 것이었다.

"대주大主의 밥상에 없는 것이 두 가지나 있다면, 한 끼쯤이나 얻어먹고 돌아가라는 소리가 아닌가."

하고 여운이 얼굴을 찌푸렸다.

"아닐 것입니다. 제 내자는 부덕이 모자라긴 하지만, 인정이 박하진 않사옵니다."

하고 환재가 웃었다.

"하나, 과례가 비례라는 말도 있지 않은가. 대주의 밥상에 없는 것이 과객의 밥상에 있다는 것은…."

"선생님께선 백암산에 가시더니 기우氣宇*가 작아지신 것 같습니다."

"고사리를 많이 먹다 보니 마음이 비뚤어진 모양이야."

하고 여운은 깔깔 대소했다.

식사를 물리고 나서 여운이 물었다.

"내가 한양에 온 까닭을 짐작하겠는가?"

"대강은 짐작하겠습니다. '최씨'라고 하는 관상사가 선생님을 모시러 간다고 들은 적이 있습니다. 하나, 선생님께서 그 관상사의 권유에 쉽게 응하시리라곤 믿지 않았습니다."

"관상사의 권유가 있은 탓도 물론 있었지만, 생전에 자네를 한

---

* 기개와 도량.

111

번 더 보고 싶은 심산도 없지 않았네."

"과분한 말씀, 황공하옵니다."

"과분하긴, 내 마음인걸."

하곤, 여운은 조금 생각한 끝에 물었다.

"환재는 그 젊은 관상사를 어떻게 생각하는가?"

"총명하며, 무슨 포부인가를 가진 사람으로 보았습니다."

"그 포부가 무엇인지 알겠는가?"

"소상한 것을 알 수는 없사오나, 나름대로 세상에 이利코자 하는 뜻이라고 생각했습니다만…."

"관상사 따위가 세상을 이코자 한들, 얼마만큼 보람이 있겠어?"

여운이 뱉듯이 말했다.

"문벌과 족벌이 없는 기골 있는 청년이, 관상사로서 도세渡世*한다고 해서 그렇게 업수이 여길 수야 없는 것이 아니겠습니까. 부유腐儒가 서원에서 들끓고, 관도官途에 부정이 횡행하고 있는 이즈음, 딱히 세속의 도를 외면하고 자기의 길을 걷겠다고 결심하고 그렇게 하고 있는 기상은 가히 칭찬할 만하다고 보았습니다."

환재의 말이 이렇게 되자, 여운의 표정은 점점 굳어만 갔다.

"환재, 피상皮相을 보고 사람을 칭찬하는 것은 한두 번 만나보고 사람을 비방하는 것과 다름없이 위태로운 노릇이다. 내 환재의 깊은 안식眼識을 믿고 하는 말이니 똑똑히 심중을 밝혀보게. 그 사람, 약간의 총명에 의지하여 혹세무민할 그런 인물은 아니던가?"

---

*   세상을 살아감.

환재 박규수는 비로소 재담 삼아 인물평을 하는 자리가 아니라
는 것을 깨닫고 정색을 했다.

"선생님이 물으시는 말씀이라, 저도 솔직하게 여쭙겠습니다. 혹
세무민은 어디에다 기준을 두고 말씀하시는 것입니까? 지금 관도
에 있는 사람이 말하는 혹세무민, 서원에 반거하고 있는 자들이 생
각하고 있는 혹세무민, 실권失權한 자들이 권토중래하려고 애쓰는
과정에서 생각하는 혹세무민, 평생을 야野에 있기로 작심하고 사
직과 백성의 앞날을 걱정하고 있는 사람들이 생각하는 혹세무민,
똑바로 말씀드려, 선생님이 혹세무민이라고 판단하신 것 등은 각각
다르지 않겠습니까? 제 조부 연암, 다산 정 선생, 모두 한땐 혹세무
민하는 도徒로서 몰린 바가 있습니다. 선생님께선 어느 기준에서,
그자가 혹세무민할 자가 아닌지 긴지를 판단하라는 것이옵니까?"

"자네를 기준해서 묻는 말이다."

환재는 쓴웃음을 지었다.

"말씀드리기 황송하오나, 선생님 앞이니까 감히 제 심정을 밝히
겠습니다. 제 속에는 관으로서 처세하는 저와, 관을 벗어나서 대세
를 판단하는 저의, 두 개의 중심이 있사옵니다. 그러니 한편의 제
가 혹세무민이라고 하는 것을, 다른 한편의 저는 혹세무민이라고
못 하는 경우가 있는 것입니다…."

"환재의 말뜻을 잘 알겠네."

하고 여운은 무거운 숨을 내쉬었다.

"그런데 제가 왜 선생님을 본받아 관도에서 빠져나가지 않느냐,
이것이 문제이옵니다. 전 호사와 벼슬을 탐하여 관도에 연연하는

것이 아닙니다. 저는 관도를 벗어나 훈장을 전업으로 해도, 지금의 생활보다는 나을 수 있습니다. 도주陶朱 공*처럼 식산殖産의 길에 나섰더라면 부호가 될 수도 있었을 것입니다. 황차, 연 오십 석도 채 못 되는 봉록에 집착하는 것도 아닙니다. 뇌물에 관해선 말하지도 않겠습니다. 뇌물을 용납하며 관도에 있는 것보다 화적의 소굴에 가서 모사謀士 노릇을 하겠습니다. 그럼에도 불구하고 제가 관도에 머물고 있다는 것은, 제가 이곳에 있기 때문에 사직을 위해, 백성을 위해 이로운 바 있다고 자신하기 때문입니다. 저는 어사로서 국내를 거의 주유하듯 했습니다만, 제가 그러했기 때문에 백성에게 미친 여택**이 컸다는 자부가 있습니다. 진주민란만 해도 그렇습니다. 제가 수습을 맡아 나섰기 때문에, 무고한 생명을 수없이 구할 수 있었다고 자부하고 있습니다. 외람된 말이오나, 제가 있고 없고가 이 나라의 정사에 끼치는 영향이 막중하리라고 믿고 있습니다. 그래서 공구근신하여 비록 한직일망정 그 소임을 다하고 있는 것입니다. 그런 만큼, 대국大局에 서서 나라의 앞날을 보는 명식明識은 흐리지 않도록 애쓰고 있습니다. 그러니 조정에서 혹세무민이라고 판단한다고 해서, 그 판단에 맹목적으로 따를 순 없지 않겠습니까? 공개해서 토론을 벌이진 않을망정, 제 생각을 소중히 할 그런 각오로 있사옵니다."

환재의 얼굴엔 성심과 성의가 나타나 있었다. 여운이 물었다.

---

* 중국 춘추시대의 사람으로 막대한 부를 쌓음.
** 끼친 혜택.

114

"하여간 환재는 '최천중'이라는 관상사가 혹세무민할 사람은 아니라고 본다, 이거지?"

"그렇게 단언할 순 없습니다. 기골 있는 사람이 포부를 펴는 데 있어서 결과적으로 혹세무민하는 경우도 있지 않겠습니까? 그 사람은 총명한 사람이라서 목적을 위해선 다소 위험한 장난도 불사할 경향이 없지 않을 것이라고 봅니다. 그러나 정히 그 포부가 나라를 이利하고 민을 복되게 하는 데 있다면, 그 기상, 그 포부를 가꾸기 위해서라도 사전에 혹세무민 운운을 들먹여 기를 꺾을 필요는 없는 것이 아닐까 생각합니다. 요즘의 젊은 선비들의 풍조는 실로 통탄할 만합니다. 과거가 부패한 탓도 물론 있겠습니다만, 이에 반발할 의욕은 전연 보이지 않고, 그 썩은 새끼줄을 타려고 광분하고 있는 꼬락서니입니다. 그런 무리들에 비하면, 그 젊은 관상사는 새벽하늘의 샛별처럼 느껴집니다. 그의 소행을 일일이 살피지 못한 저로선 경솔한 판단을 내릴 수가 없습니다만, 한두 번 만나 그의 식견과 포부의 일단을 들은 것만으로도 요즘 젊은 선비들 사이에선 출중한 인물이라고 보았습니다."

"과찬이 아닐까?"

"과찬하고 싶은 마음을 갖게 한 것만으로도 대단하지 않습니까? 제가 더욱 놀란 것은, 그 젊은 관상사가 선생님을 한양에까지 모시고 왔다는 바로 그 사실입니다."

"환재의 안처眼處***가 격단히 높아졌고, 도량이 더욱 깊어졌다는

*** 보는 눈.

사실을 알 수가 있어."

여운이 비로소 안색을 누그러뜨리고 말했다.

"제가 그 관상사를 높이 평가한대서 하시는 말씀입니까?"

환재도 긴장을 풀었다.

"십 년 전의 환재 같으면 그런 말을 못 했을 것 아닌가."

"그럴지도 모르겠습니다. 그러나 그 젊은 관상사를 높이 평가하게 된 동기는, 그가 선생님을 모시고 왔다는 사실에 있습니다. 만일 그가 선생님을 모시고 오지 않았더라면 다소 말이 달라졌을 겁니다. 생각해보십시오. 선생님이 백암산으로 떠나실 때 다신 한양에 올 일이 없을 것이라고 하셨습니다. 대각에 있는 자들의 악취를 맡을 수 없어 동해의 해풍을 쐬러 가신다고 말씀하셨습니다. 지금도 그 사정엔 별반 다른 것이 없지 않겠습니까. 그런데 제가 가도 어림도 없었을 선생님을, 그 젊은 관상사가 모시고 왔다 이 말씀입니다. 그자가 선생님을 꾀었다고 합시다. 그자의 꾐에 빠져 오셨다고 합시다. 그렇더라도 굉장한 일 아닙니까. 설득력이 소진蘇秦, 장의張儀를 넘어 있다는 증거가 아닙니까. 한데, 감언이설에 속을 선생님은 아닐 것이니, 기필 그자의 포부에 선생님이 동한 것이라고 저는 판단했습니다. 그만한 인물이라면 아무리 칭찬을 해도 과찬이 아닐 것이라고 믿었던 것입니다."

여운이 빙그레 웃음을 띠었다.

"이젠 선생님의 평을 듣고자 합니다. 선생님은 그자를 어떻게 생각하고 계십니까?"

"환재의 짐작관 약간 다르지."

하고 여운은 다음과 같이 말했다.

"그자는, 세속적인 말을 빌려 하자면 위험하기 짝이 없는 인간이다. 표범처럼 사나운 인간이며, 여불위처럼 정력이 절륜하고, 따라서 호색하기 짝이 없는 인간이기도 해. 여불위를 잘 들먹였구먼. 꼭 여불위 같은 놈이다. 정력도 그렇거니와 총명도 그래. 어떤 귀족 사이에 섞어놔도 귀족으로서 행세할 것이고, 천민 속에 섞어놓으면 누구보다도 천민일 것이여. 귀골과 천골이 그자에게서처럼 동거하고 있는 경우는 드물 거라. 하여간 묘한 놈이란 말여."

"그렇게 판단하시고, 그자를 따라오셨단 말씀입니까?"

"내 얘길 더 들어보게. 내가 그자에게 끌린 것은 그자가 위험하기 짝이 없는 인간이란 바로 그 점이었어. 동시에, 뭔가 획기적인 일을 해치울 수 있는 인간은 바로 그런 인간이라야 한다는 기분을 가졌지. 수신제가를 금과옥조로 하는 인간들은 뇌물을 써서 등과登科할 생각은 할는지 모르나, 경세警世, 또는 경세驚世*의 대업을 성취하지 못해. 그런 건 꿈에도 꾸지 않구. 그래서 생각한 거다. 내가 기다리고 있는 건 고목枯木처럼 말라 죽는 시각인데, 그럴 바에야 그 위험한 놈의 위험을 덜어주어 그자가 함직한 일을 하도록 도와주는 편이 보람 있는 일이 아닌가 하고…. 가사**, 그 때문에 소사燒死하는 일이 있더라도 고사枯死와 별반 다를 것이 없지 않겠느냐, 그런 기분이라서 어제 참형을 눈여겨보고 효수된 남녀의 목

---

* '警世'는 '세상 사람들을 깨우침', '驚世'는 '세상을 놀라게 함'.
** 假使: 가령(假令).

을 오랫동안 지켜보기로 한 거여…."

"효수를 지켜보았다는 것까진 좋습니다만, 그 뒷말이 께름하옵니다."

하는 환재의 말엔 힐난하는 투가 있었다. 여운이 빙그레 웃었다.

"내가 지켜보았다기보다, 최천중에게 보여주고 그로 하여금 생각하게 했다고 고쳐 말하지. 국법이 얼마나 가혹한가를 깨우쳐준 셈이지."

"그 사람은 혹시 맹상군, 신릉군이 되어보자는 게 아닙니까?"

"환재가 잘 보았어. 그러나 지금의 나라 형편에 맹상군이나 신릉군이 있을 수 있겠나. 자칫 잘못하면 효수감이 아닌가."

"그렇습니다."

"한데, 그자는 삼전도에 집을 짓고 천하의 재사才士, 기인奇人을 모으겠다고 하니, 난 해볼 만한 일이라고 생각했어. 그런데 방법이 있어야 하지 않겠나?"

"방법이 있어야죠. 제가 한번 생각해보겠습니다."

"그건 안 돼. 자넨 이 문제에 입을 달아선 안 돼."

"그러나 선생님과 의논하는 정도는 무방하지 않습니까."

"그거야 물론…."

"한데, 선생님께선 무슨 안이 있을 것이 아닙니까. 한양에서 삼십 리허에 기인, 재사를 모으는 일에 찬성하시는 생각이 계셨다면 마땅히…."

"없진 않지."

하고 여운은 다음과 같은 얘길 했다.

삼전도는 병자호란 때 인조가 청군淸軍 앞에서 항서降書를 올리고 갖은 굴욕을 당한 곳이다. 그런 사연이 있는 곳에 지사를 모아 와신상담을 가르쳐 설욕의 뜻을 가꾸는 수련의 도장을 만들겠다는 것이 구실이 될 수가 있다. 그리고 한편, 활인서活人署의 할 일을 자진 맡는다. 동시에, 악습이 있는 자를 교정하는 시설을 만든다. 객사를 마련하여 장사도 한다.

"이렇게 외면을 꾸미고, 내실도 그런 방식으로 꾸려나가면 무난할 것이 아닐까."

"지당한 말씀입니다. 그러나 먼저 광주유수廣州留守의 내락이 있어야 하고, 예조의 승인도 있어야 할 것이며, 대원군의 윤허도 있어야 할 것입니다. 그러자면 백리百理가 완연한* 건백서建白書**를 만들어야 하고, 건백서가 통하게 무슨 방편이 또한 있어야 할 것이옵니다."

"가장 쉬운 방법이 뭘까. 뇌물을 쓰면 그만이겠지만, 내가 뇌물을 쓰라구 권할 순 없구…"

"천하만사가 그것 없인 돌아가지 않으니 실로 통탄할 지경입니다."

"신왕新王이 들어섰어도 그런가?"

"기강을 바로잡는다는 호령이 뇌물의 액수만 올려놓은 것 같습니다."

---

* 백 가지 이치에 흠이 없는.
** 관청이나 윗사람에게 전하는 의견을 적은 서류.

"그럴 테지."

"한데, 대원군은 해소와 천식에 시달림을 받고 있는 모양이니, 묘방이 있으면 도움이 될 것이옵니다."

"해소와 천식엔 비방이 있지. 그런 것을 가르쳐주는 것쯤이야 죄될 것도, 아니꼬울 것도 없구…."

이렇게 삼전도장을 열기 위한 의논을 하다가 보니, 자연 대원군의 동태를 언급하게 되고, 그것이 곧 시국담으로 번져갔다.

여운이 자세를 고쳐 앉더니 물었다.

"신왕 아래서 정사가 바른 터전을 잡을 것 같은가?"

환재는 얼른 대답을 못 했다. 그리고 겨우 한다는 말이,

"아직 일천日淺*하기로 대중을 잡을 수가 없사옵니다."

"환재 같지도 않은 소리. 시작을 보면 알 일 아닌가."

여운이 정색을 했다.

"홍선대원군의 의욕이 대단하므로 가히 기대해볼 만도 하다고 여깁니다."

"의욕?"

하고 여운이 냉소를 띠었다.

그러곤 따지고 들었다.

"신왕 즉위 이래의 인사의 빈번함, 그게 말이나 되는가. 미리 인재를 판단하지 못하고 등용한 까닭인지, 뇌물의 다과에 의한 까닭인지 그 인사의 난맥은 전왕의 때나 꼭 마찬가지가 아닌가. 어디에

---

* 시작한 뒤로 날이 얼마 되지 않음.

청신한 기가 있고, 어디에 의욕이 보이는가 말이다. 정사란 곧 인사가 아닌가. 정사는 적재적소에 인재만 배치해놓으면 저절로 되는 거야. 그런데 지금의 인사는 구태의연하지 않은가. 약간 장동 김씨의 이름이 드물게 보인다 뿐이지, 등용된 인물 가운데 어디 새로운 것이 있는가."

"그렇지만도 않사옵니다. 전왕 시절엔 햇빛을 보지 못한 사람이 대량으로 진출하고 있습니다."

"하찮은 소리. 예로 한성판윤을 들어보자. 신왕 이래 몇이 바뀌었지?"

환재가 잠시 생각하고 대답했다.

"여섯쯤 바뀌었는가 합니다."

"누구누구야?"

"이우, 서형순, 조헌영, 정기세, 임백수, 윤치성…."

"그것 보라구. 그 가운데 청신하다고 할 만한 인재가 있나? 이우는 6년 전에도 한 일이 있지? 정기세도 그렇구. 인사에 과단이 없는 홍선의 어디에 의욕이 있단 말인가. 뿐만 아니라, 신왕 즉위한 지 9개월도 차지 않았는데 한성판윤이 여섯 명이나 갈렸다면, 이게 벌써 인사의 난맥, 즉 정사의 난맥이 아닌가. 한성판윤만 예를 들어도 이러한즉, 그 밖의 일은 불문가지 아닌가. 정사의 우두머리에 앉은 자가 항상 이처럼 좌불안석해서야 어찌 항심을 갖고 일할 수가 있겠는가 말이다. 조령모개朝令暮改가 바람난 여자의 치맛자락 같고, 백성을 다스리는 수단이 참수 효수라면, 민심의 소재는 이미 알 만한 일 아닌가. 환재도 홍선에 대한 터무니없는 기대를 버리고 자중하도록 하게."

"그래서 여리박빙如履薄氷하는 것이 아니옵니까?"

"새벽은 아직 멀었어."

하고 여운은 다시 삼전도장의 일로 화제를 돌렸다. 하나의 결론은,
지금의 광주부유수가 김병기金炳冀이니, 우선 그 사람의 내락內諾
을 얻어야 한다는 것으로 되었다.

그런저런 얘기를 끝내고 환재는 출근했다. 여운은 그 자리에 누
웠다. 저녁나절 최천중이 찾아올 때까지 거기서 기다릴 참이었다.
그러는 동안 여운의 구상은 서서히 익어갔다.

'기期함*이 없어 새벽을 기다리는 무리들의 집. 이를테면 내자영
來者迎하고 거자불유去者不留하는 여풍여수如風如水**….'

큰 집 하나 짓기가 여간 어려운 시절이 아니었다. 돈이 든대서가
아니라 주위의 눈이 무서운 것이다. 황차, 사람을 많이 모은다는 것
도 쉬운 일이 아니었다. 걸핏하면 음모를 꾸민다는 모략에 휩쓸릴
뿐 아니라, 좌중에서 나온 말 한마디가 잘못되면 모두 연좌해서 벌
을 받아야만 했다.

일거수일투족이 그물에 걸려 있는 시대, 설상舌上에 생명이 오락
가락하는 시대, 밤엔 쥐가 듣고 낮엔 새가 든다는 속담이 퍼져
있던 시대, 이 시대에 최천중이 큰 집을 짓고 천하의 기재와 인재를
모으겠다고 하니, 실로 대단한 인간이라고 아니 할 수 없다.

---

* 　기회를 잡거나 만남.
** 　오는 자 맞이하고, 가는 자 막지 않으며, 바람과 물과 같음.

122

여운은, 환재와의 시국담을 통해 더욱 그 어려움을 알았다. 그런데도 그러한 최천중의 소원이 성취되게 해주고 싶은 마음이 되는 것은 자기 생각으로도 이상한 일이었다.

여운은 주인 없는 방에 혼자 드러누워 나라의 운명이란 것을 곰곰 생각했다. 백성과 기쁨을 같이하지 못하는 나라의 꼴이 어떻게 될 것인가. 일단 혹독하게 시행된 정사는, 갈수록 혹독하게 되는 법은 조정이 백성을 무서워하기 때문인 것인데, 토색질의 상대만 되고 공포의 씨앗만 되는 백성을 거느리고 과연 이 나라는 어떻게 될 것인가.

'그러나 그런 것을 생각하기엔 나는 너무 늙었다.'

점심엔 칼국수가 나왔다. 환재 부인의 솜씨가 짐작되는 별미였다.

여운은 상을 치우고 나서 환재 박규수를 생각했다. 세상이 세상 같으면 환재야말로 재상의 자리에 앉아야 할 사람이다. '그러나…' 하고 생각을 바꿨다. 이런 세상에선 누가 재상이 되어도 소용이 없다고….

그런저런 생각을 하고 있는데 깜박 잠이 들었다. 보료 위에 그냥 쓰러져 자버린 것이다. 그사이 여운은 이상한 꿈을 꾸었다. 의관을 단정히 한 젊은 선비가 여운 앞에 너부시 엎드렸다. 그러고는 좀처럼 고개를 들지 않았다. 두 번 세 번 고개를 들라고 하니 이윽고 선비가 고개를 들었는데, 그 얼굴은 아무리 봐도 면식이 있었다. 그러나 누군지 알 수가 없었다.

"절 잘 모르겠습니까?"

"알 듯 알 듯하다만…."

"전 심명길올시다."

심명길이란 바람에 여운은 꿈속에서도 놀랐다. 분명 효수가 된 얼굴을 닮아 있었다.

"자네는 저…."

"'효수당한 사람 아닌가?' 고 묻는 것이죠?"

"그렇다."

"효수를 당한 것은 사실입니다만, 전 아직 살아 있습니다. 그런데 선생님께 부탁이 있습니다."

"뭔고?"

"전 수십만 냥의 재물을 봉래산 골짜구니에 있는 형제바위 밑에 묻어놓았습니다. 비록 노략질한 재물이긴 하나 유용하게 쓰고자 합니다. 그것을 선생님께 드리오니…."

한순간 여운은 꿈에서 깨어났다.

"최천중이란 사람이 찾아왔습니다."

하는 하인의 말이 마루 아래서 들려왔다. 여운은 옷매무시를 고치고 일어섰다. 주인 없는 방에 객인을 불러들일 수는 없었기 때문이다.

10월 1일.

드디어 삼전도장이 개문開門의 축하연을 열었다. 그날의 축하 잔치 설명을 하기에 앞서, 개문하기까지의 경로를 설명해둔다.

신중히 생각한 끝에, 여운이 다음과 같은 단斷을 내렸다. 삼전도장에서 있을 어떤 일에도 자기가 책임을 지기로 했다. 그래서 삼전도장의 개문 절차를 다음과 같이 정했다.

각 지방에 산재해 사는 무관소봉無官素封*의 유지들이 원여운의 덕을 숭배하여 그 만년의 은서처로서 삼전도장을 마련한 것인데, 앞으로 많은 문인 묵객과 재인 기사들의 내방을 바란다는 것이다.

그 유지 가운데 마포의 최팔룡을 비롯한 거상들이 여덟 명 이름을 나란히 했고, 충주, 청주, 전주, 광주, 진주, 포천, 양구, 춘천, 원주 등에 사는 부호들도 끼였다. 최천중, 연치성의 이름도 있는데 명단에 올라 현판에 새겨진 이름은 최림崔林, 연호延澔라 했다.

이러한 절차를 만든 덴 광주유수 김병기의 지혜에 힘입은 바 있었다. 김병기는 김흥근을 통한 최천중의 부탁을 듣자, 일언지하에

"선비들이 팔순 노인 원여운의 덕을 숭배하여, 여생을 친구들과 더불어 놀면서 지낼 집 한 채 마련해주었다고 하면 누가 무슨 소릴 하겠소. 고래로 우리나라는 경로敬老의 양속良俗을 가졌는지라, 그만한 일을 두고 왈가왈부하진 않으리다."

하고 그와 같은 안을 제시한 것이다. 그리고 덧붙이길,

"그러니 병자호란을 들먹일 필요도 없고, 국태민안에 이바지하겠다 등등의 구실을 말쑥이 빼버리는 것이 타당할 줄 아뢰오. 괜히 구차한 구실을 붙였다가 자승자박할 필요는 없지 않겠소."

김병기 자신도 원여운에 관한 일화를 많이 듣고 있던 터라, 나름대로의 호의를 여운에게 느끼고 있었던 것이다.

이 말을 전해 들은 최천중은

---

* 벼슬에 있지 않은 부자.

'과연 김병기는 인물이군.'

하며 감탄했다. 여운은

"세도는 잃었어도 인물은 남았군."

하고, 개문 첫날의 잔치에 광주유수 김병기를 초청하는 친서를 썼다.

축연 당일 경향 각지에서 많은 손님들이 왔다. 그 하객 가운덴 김병기를 비롯한 김씨 일문들의 이름이 4, 5명 섞였고, 현직 대관들의 이름도 있었다. 한데, 그 가운데 이색적인 것은 미원촌 조 진사, 왕덕수의 이름이었고, 멀리 충주에서 왔다는 시인 윤만리尹萬里였다.

환재 박규수도 기어이 그 자리에 끼이려고 했으나 여운이 말렸다.

"자넨 전연 무관한 것으로 해두어야 뒤에 무슨 일이 있을 때 힘이 될 것이 아닌가."

하는 말을 박규수가 수긍한 것이다.

잔치는 상층, 중층, 하층 3부로 갈라져 진행됐는데, 삼전도장의 실질적인 주인 최천중, 즉 최림은 열두 유사有司*의 한 사람으로 하층에 끼여 그 존재를 드러내지 않았다.

그러나 그의 마음은 한량없이 유쾌했다. 드디어 하나의 성을 이룬 것이며, 그 성을 이루었다는 의미는 한 발 한 발 목적지에 다가서고 있다는 뜻으로 통하기 때문이다. 이날 최천중은 김병기와 막연한 인연을 맺기도 했다.

3일 동안 계속된 연회가 파하자, 여운이 최천중을 불렀다.

"내 이미 자네의 뜻을 알고 있고 일도 이렇게 시작되었으니, 자넨

---

* 사무를 맡아보는 직.

이곳 시량柴糧**에 부족이 없도록만 마음을 쓰고 앞으로 1년 동안은 이곳의 일을 잊도록 하게. 가끔 놀러오는 것은 좋지만, 이곳에 오래 머무르는 일은 없도록 하게. 내 말뜻을 알겠는가?"

"알겠습니다."

"고한근은 계속 가역을 할 일이 있을 것 같으니 그 가족과 함께 이곳에 옮아 와 살도록 이르게."

"예."

"연치성은 데리고 나가게. 내 생각 같아선 시정市井에 묻어두는 것이 상책이네. 너무나 눈에 띄어."

"예."

"유만석 부부는 이곳에 두기로 하구."

하는 여운의 말이 있자, 최천중은

"원래 그렇게 할 작정이었습니다만, 제가 여기 오래 머무를 수 없다면 그놈은 당분간 제가 데리고 있어야 하겠습니다."

라고 했다. 최천중은 문득 어떤 일을 상기한 것이다. 여운은 이유를 묻지 않고 좋다고만 했다.

"정회수, 허병섭 등은 어떻게 하면 좋겠습니까?"

"그들도 자네가 데리고 있게."

하더니, 여운은

"진금쇠는 내 곁에 두도록 하라."

고 했다. 진금쇠란, 상전을 죽인 죄인으로서 영월로부터 돌아오는

** 땔나무와 양식.

길에 여장을 시켜 데리고 온 상노이다. 왜 하필이면 그놈을 곁에 두려는 것인지 의아스러웠지만, 최천중은 그 까닭을 묻지 않았다.

"양씨 부인은 어떻게 할 텐가?"

여운이 돌연 묻는 말에 최천중은 당황했다. 그런데 뭐라고 말하기 전에 여운의 말이 있었다.

"유만석의 아내와 이곳에 같이 있게 하게. 시정에 두려다간 이리저리 정신이 쓰일 테니까. 그리고 이곳에도 여자들의 손이 있어야 하겠네."

최천중은 그렇게 하겠다고 말하기에 앞서, 여강가 주막집에서 양씨 부인으로부터 들은 얘기를 했다. 정수범이라는, 전에 양씨 부인의 친정집에서 종노릇을 하던 사람이 포목상을 하고 있는데, 양씨 부인의 아버지가 유배지로 떠나면서 양씨 부인 몫으로 그에게 상당한 돈을 맡겨놓았다는 이야기다.

"그것도 내가 알아서 처리할 것이니, 걱정 말고 내게 맡기게."

해놓고, 여운은 박규수의 방에서 낮잠을 자는 도중 꾼 꿈 얘기를 했다.

"아무리 꿈 얘기로서니, 내 꿈에 심명길이 나타나야 할 까닭이 없지 않은가. 꿈이니까 예사로 쳐버리고 잊어도 되겠지만, 그 꿈 내용이 수상하단 말여. 잠꼬대 같은 얘기가 돼서…."

하고 여운은 피식 웃었다.

"심명길의 고혼이 선생님을 찾아 현몽한 것인지도 모르지 않겠습니까? 세상엔 신령스러운 일도 있는 것입니다."

하며 최천중은 황봉련을 생각했다.

"실없는 소리. 봉래산이면 금강산이 아닌가. 금강산은 또 겨울이면 '개골산皆骨山'이라고도 하는 바위로만 되어 있는 산인데, 그 바위틈을 어떻게 찾는단 말인가."

여운은, 하찮은 소린 그만두자는 투로 입을 다물어버렸다.

'삼전도장은 내게 맡기고 가끔 드나들긴 하되, 오래 머물러 있진 말라.'

고 한 여운의 말뜻을 최천중은 잘 알았다. 최천중이 여운의 의중을 알고 있는 이상으로, 여운이 최천중의 마음을 알고 있기에 한 말인 것이다.

도처에 함정이 있고, 주변에 감시의 칼날이 시퍼런 세상에 야심과 포부를 갖고 산다는 건 위험천만하다. 여리박빙如履薄氷하는 경각심이야말로 난세를 사는 지혜였다.

"우리는 어느 시기가 올 때까지 삼전도장을 떠나 있어야 하겠다."

고 최천중이 말했을 때, 연치성이

"저도 대강 그런 생각을 하고 있었습니다."

한 것을 보면, 그도 또한 그런 사정을 알고 있었기 때문이다.

"여운 선생의 말이, 연공은 당분간 시정에 숨어 살아야겠다고 했다. 심 참판의 탈상을 기다려 결혼하면 종로 근처에 전廛을 하나 얻어 장사하는 흉내라도 내야 할 것 아닌가 싶다. 그리고 시기를 기다릴 수밖에…."

최천중의 이와 같은 말이 있자, 연치성은

"당분간 청나라에 가 있으면 어떻겠습니까?"

하는 제안을 했다.

"불법 월경이 무슨 죄에 해당되는지 알기라도 하나?"

"제 한 몸 탈없이 빠져나갈 수야 있지 않겠습니까? 이왕 시기를 기다릴 바에야, 넓은 천지에 가서 마음껏 무술이나 닦았으면 합니다."

"심 참판 따님과의 혼사는 어떻게 할 텐가?"

"기다리라고 하겠습니다. 만사를 기다려야 할 판이니, 그 일도 기다려야 하지 않겠습니까."

연치성의 말은 간절했다.

그러나 최천중은 얼른 승낙할 순 없었다. 연치성 없이, 아니 연치성을 멀리 떼어 보내놓고 세상 살 맛이 날 것 같지가 않았다.

"연공의 뜻은 잘 알겠다. 하나, 연공을 청나라에 보낼 순 없어. 연공은 내 가까이에 있어야 해. 때를 기다려도 같이 기다려야 해. 무술을 닦는 것도 물론 중요하지만, 앞으로의 세상은 개인의 무술만으론 통하지 않게 될 거여. 무술보다는 전술이 중요한 때가 올 거다."

"전술을 배우기 위해서라도 청국으로 가는 것이 낫지 않겠습니까?"

"전술이 필요한 것도 아득한 훗날의 얘기다. 우리는 같이 있어야 한다."

"그동안 무엇을 하겠습니까? 장사 흉내만을 언제까지나 내고 있을 수도 없는 일이 아니겠습니까?"

"할 일이 있다. 그건 재물을 모으는 일이다. 사람을 사로잡는 두 가지의 힘은 하나는 권력이고, 하나는 재물이다. 권력으로써 재물을 만들어낼 수가 있고, 재물로써 권력을 만들 수도 있다. 우리가 할 일은 재물을 모아 그것으로 권력을 만들어내는 일이다."

"제겐 재물을 모을 재간이 있을 것 같지 않습니다."

"아냐, 내 가까이에만 있으면 그것으로 돼. 나는 어떤 수단을 부려서라도 재물을 모을 작정이다. 그러자면 연공의 힘이 있어야 해. 왕국은 멀다. 나나 연공은 그 왕국에의 길을 닦아야 할 것 아닌가."

양생방 집으로 돌아와서 최천중은 유만석을 불렀다. 유만석은, 아내를 삼전도장에 두고 자기만 한양으로 오게 된 데 약간의 불만이 있는 것 같았다.

"너는 빨리 삼전도장으로 돌아가야 할 것인데, 그 전에 네가 할 일이 있다."

최천중의 이 말에 유만석이 시무룩한 표정을 풀었다.

"뭐든 시키시는 대로 하겠습니다. 말씀하시지요."

"파주골에 상피 붙은 사람이 있다지?"

"예."

"그게 누구랬어?"

"기 부자라고만 알고 있습니다."

"수구문에서 주운 어린애의 뼈를 그 집 뒤뜰에 묻었지?"

"예, 선생님이 시키신 대로 세 군데에 묻었습니다."

"그렇다면 그 뒤처리를 해야 할 것이 아닌가?"

"선생님 분부만 기다리고 있었습니다."

"그럼 됐어. 그 처리만 해놓고 넌 빨리 삼전도로 돌아가도록 해라."

"어떻게 처리하는 게 좋을는지…."

만석은 우물쭈물했다.

"그건 네가 알아서 해라."

하고 최천중은 만석의 거동을 살폈다.

"파주골 원님에게 소장訴狀을 내어버리면 그만이긴 하지만."

유만석이 중얼거렸다.

"그렇게 해서 네게 득될 게 뭔가?"

"원수 갚는 거지요, 뭐."

"원수도 갚고 네게 득도 되는 그런 방법은 생각해낼 수 없나?"

"그걸 미끼로 재물을 우려낼 수도 있지 않겠습니까?"

"얼마쯤?"

"한 삼천 석 한다니까 천 석쯤 뺏지요, 뭐."

"그럴 수 있겠나?"

"그럴 수 있었으면 좋겠습니다요."

"꼭 그렇다면 네가 그 꾀를 생각해내봐. 그러고서 내게 일러. 혹시 도움이 될지도 모르니."

해놓고, 최천중은 유만석을 물러가도록 했다. 그리고 유만석과 맞장구를 칠 수 있는 자가 누굴까 생각해보았다. 선뜻 좋은 생각이 나질 않는데, 작년 겨울 춘당대시의 과장에서 난동을 부린 죄로 의금부에 잡혀 있던 유생들을 구해준 일이 기억 속에 떠올랐다.

그들의 이름은 유문기, 한동익, 강택, 임상식, 심명효 등이다. 그때 함께 연치성도 구한 것인데, 연치성은 그 인연으로 지금 최천중의 심복이 되어 있는 것이다. 최천중은 그 가운데 몇 사람을 이용했으면 하는 생각을 해보았다.

최천중은 그들과 꼭 한 번 만났었다. 그때의 인상에 의하면, 유문기, 한동익은 기골은 있으나 지나치게 선비다워 일을 치를 것 같지가 않았는데, 임상식만은 우락부락한 데가 없지 않아 기백을 통하기만 하면 같이 모사謀事할 만한 인간으로 보였다. 유생들 가운데선 임상식이 가장 연장이었다. 그리고 아직 궁색을 면하지 못하고 있을 것이다.

최천중은 유만석을 불렀다.

"네가 경장방慶長坊에 가서 유 진사의 조카 유문기를 찾아 임상식이란 사람이 있는 곳을 알아내, 내 이름을 들먹이고 이리로 데리고 오너라. 파주골 일은 아무래도 그 사람의 힘을 빌려야겠다."

저녁나절, 유만석이 유문기와 임상식을 데리고 양생방으로 돌아왔다. 둘 다 초라한 행색이었다.

"커다란 은혜를 입고도 이렇다 할 보답을 못 하고 있는 처지, 심히 답답하오. 그러니 이렇게 뵙기가 부끄럽기 짝이 없소이다."
한 것은 유문기.

"사람이 도리를 다하지 못하면 금수만도 못한 법. 우리들 사는 꼴이 말이 아닙니다."
하고 울먹인 것은 임상식.

작년 가을, 이들은 춘당대 시장試場에서 난동을 부렸다 하여 의금부에 갇힌 몸이 되어 그 명운이 경각에 있었다. 그것을 최천중이 거금 이만 냥을 써서 사지에서 구해낸 것이다. 그런 만큼 그들이 최천중 앞에서 황공해하는 것은 당연한 일이었다.

"노론의 기세를 꺾으면 선비들에게 서광이 비칠 줄 알았는데."

최천중이 측은한 눈으로 그들을 보았다.

"신왕이 들어서면서부터 남인들의 처지가 조금 나아진 것 같긴 합니다만, 우리들이 설 자리는 아직 없을 것 같습니다."

유문기의 말이었다.

"과거에 응할 자격이 박탈당한 형편이니 어디…"

임상식이 보탰다.

"요즘의 과거는 공명정대하게 되어나갑니까?"

하고 최천중이 물었다.

"혁제공행赫蹄公行 같은 폐단은 수그러든 것 같습니다만, 다른 폐단은 그냥 그대로인 모양입니다."

유문기의 답이다.

과거는 이 나라에 있어서 인재 등용의 제도로서 굳어져 있었지만, 사색당쟁四色黨爭이 고개를 쳐든 무렵부터 부패하기 시작했다. 이를테면 이영하李潁夏가 지적한 '팔폐八幣'가 판을 치게 된 것이다.

'과거의 팔폐'란 차술차작借述借作, 즉 남의 글을 빌려 쓰는 일, 수종협책隨從挾冊, 즉 책을 시험장에 가지고 들어가는 일, 입문유린入門蹂躪, 즉 시험장에 아무나 들어가는 일, 정권분답呈券紛遝, 즉 시험지를 바꿔 내는 일, 혁제공행赫蹄公行, 즉 시험 문제를 특정인에게만 미리 누설하는 일, 이졸환면출입吏卒換面出入, 즉 이졸이 바꾸어가며 드나들어 답을 알려주는 일, 자축자의환롱字軸恣意幻弄, 즉 시권詩券을 조작하여 대리시험을 보인 일 등이다.

세도가는 세도가대로, 부자는 부자대로 그 세도와 돈을 이용하여, 이상 들먹인 폐단을 교묘히 이용해서 과거를 농단한 지 이미 오래인 것이다.

"대원군 집권 이래 나아진 것 같다고 하더니…"

최천중이 넌지시 중얼거렸다.

"나아진 건 표면이고, 속은 썩은 그대로입니다."

임상식이 뱉듯이 말했다.

"그건 그렇고, 유공이나 임공은 앞으로 어떻게 지낼 참이오?"

하고 최천중이 물었다.

"봉조鳳鳥는 기불탁속飢不啄粟*이라고 합디다만…"

유문기가 쓴웃음을 웃자, 임상식은

"비 맞은 장닭이 봉황새를 뽐내는 것도 꼴불견이죠."

하며 허허하게 웃었다.

저녁 식사에 곁들여 술상이 나왔다. 몇 잔의 술이 빈창자에 들어간 탓인지, 유문기와 임상식의 말이 걸쭉하게 되어갔다.

"귀거래사歸去來辭를 읊고 전원으로 돌아가자니 일촌一寸의 땅이 있는 것도 아니고, 녹祿을 탐하려도 이미 실각한 처지인지라 망혜芒鞋**에 죽장竹杖을 짚고 과객過客으로나 나서볼까 하외다."

하는 유문기의 말이었는데,

"들이 고枯하고 민심이 갈渴한 요즘의 세상이라, 일숙일반一宿一飯을 청하기도 난감한 형편이더라."

---

* 봉황은 아무리 굶주려도 좁쌀을 쪼아 먹지 않는다.
** 짚신.

고, 임상식이 지난봄 황해도 지방엘 갔다가 고생만 죽도록 했다는
얘기를 늘어놓았다.

그런 궁색한 얘기를 듣고만 있다가 최천중이 취기를 빙자해서,

"나쁜 놈 버릇을 고치고 얼마인가의 재물을 얻을 수 있는 노릇
이라면 공들은 그 일을 해낼 수 있겠소?"

하고 물었다.

"사람 죽이는 일 아니면 못 할 것도 없겠소이다."

임상식이 얼른 대답했다. 그래도 유문기는 신중했다.

"대강 어떤 일이오이까?"

"파주골에 명색이 양반이라고 뽐내는 놈이 며느리와 상피를 붙
었답니다."

하고 최천중이 슬쩍 지나가는 말을 했다.

"그래서요?"

유문기가 다급하게 물었다.

"관가에 고해바치면 당장에 요절이 날 것이 아니겠소?"

"그러니 그놈을 적당히 다루어 재물을 빼내자 이 말인가요?"

임상식이 군침이 도는 모양이었다.

"어떻게 하자는 생각은 내게 없소. 다만 당신들이 너무 궁색한
얘기를 하기에 그 궁색을 면해줄까 해서…."

최천중이, 자긴 별반 흥미 있는 일이 아닌 것처럼 말을 꾸몄다.

"방법은 당신들이 생각해야죠. 그 일을 잘 아는 사람이 있으니
그로부터 소상한 얘기를 듣고 꾀를 꾸며보시구려."

하고 최천중이 유만석을 불러들였다.

만석이 나타나자, 최천중이 일렀다.

"유공, 파주골 얘기를 이 두 분 선비에게 소상하게 말하게. 그리고 전후사를 의논하게. 그자의 재산이 삼천 석은 된다고 하니, 줄잡아 천 석쯤은 차지할 수 있을 걸세. 천 석을 받아낼 수 있으면 이 두 분 선비에게 백 석씩 갈라줄 작정을 해야지. 나머지 재산은 여운 선생의 삼전도장에 바치기로 하구. 준비할 비용으론 백 냥쯤 있으면 될 테니까, 내일 아침 연공으로부터 받도록 하라."

그리고 유문기, 임상식에게

"유만석과 의논하면 자연히 방법이 생길 거유. 천 석 가운데 각각 백 석 차지라고 하면 몫이 적은 것 같지만, 백 석이면 호구지책은 설 수 있을 것 아니오. 나머지 팔백 석은 삼전도장의 유지비로 써야 하오. 이에 불만이 있으면 이 얘기는 없었던 것으로 하시오."

하고 삼전도장의 의미를 대강 설명했다. 여운 선생의 만년을, 그 친지 후배들과 더불어 안락하게 지낼 수 있도록 마련한 것이란 설명이었다. 유문기, 임상식의 동하는 기색을 보고 최천중은 그 방에서 나왔다.

만사는 유만석의 꾀대로 진행되었다. 유만석은 유문기, 임상식보다 이틀 앞서 파주골로 가서 기 부자가 사는 동네의 주막에 들었다.

한양으로부터 콩, 깨 등 잡곡을 사러 온 상인처럼 꾸미고 주청에 앉아 술판을 벌여놓곤, 아무나 닥치는 대로 술을 권했다. 그러고 보니 자연 그 둘레에 사람들이 모여들었다.

유만석의 구수한 입담이 모인 사람들의 흥을 끌었다.

"신왕이 등극한 지 일 년도 채 못 되는데, 정사가 놀랄 만큼 잘

되어간단 말유. 아직 시골에까진 그 은덕이 미치지 않고 있지만, 앞으로 몇 달만 지내봐요. 격양가擊壤歌*를 부를 날이 오고 말 거요. 나쁜 놈은 죽고, 좋은 사람은 상 받구…. 태평연월이 눈앞에 닥쳤쇠다. 아니 놀고 무엇하리. 자, 내 술 한잔 받으슈."

해놓고, 유만석은 돌연 생각이 났다는 듯이,

"이 동네엔 서울서 암행어사가 아직 오지 않았수?"

하고 좌중을 둘러보았다.

모두들 찔끔하는 표정이 되었다. 그러나 아무도 답하질 않았다.

"모두들 왜 이렇소? 갑자기 꿀 먹은 벙어리가 됐소? 왔으면 왔다구 하구, 안 왔으면 안 왔다고 하구, 무슨 말이 있어야 할 것 아뇨?"

그래도 서로들은 얼굴만 바라볼 뿐 말이 없었다. 유만석은 그 가운데 노인 하나를 지목하고 물었다.

"영감은 그런 말 듣지 않았소?"

"들은 적이 없는데유."

하고 노인은 어물어물했다.

"그럴 턱이 없을 텐데…"

유만석은 사뭇 심각한 얼굴이 되어,

"내 어젯밤 모래내에서 잤는데, 암행어사로 보이는 사람이 파주골로 간다고 하더란 말요. 오늘 안 왔으면 내일은 올 거여. 눈 빼는 내기를 해도 좋아."

하며 괜히 혼자 수선을 떨었다.

---

* 태평한 세월을 즐기는 노래.

"뭣 땜에 암행어사가 이곳에 온다고 하던가요?"

만석 가까이에 있는 중년의 사나이가 조심조심 물었다.

"내가 그런 걸 어떻게 알겠소."

해놓고, 유만석은 고개를 갸웃갸웃하며 중얼거리듯 말했다.

"파주골에 창피스런 일이 있는가 보던데요. 신왕이 들어선 김에, 불미스러운 일이 있다고 보면 머리칼에 홈을 파는 격으로 샅샅이 살펴 처단할 모양이야. 그러니 여러분도 암행어사로 보이는 사람이 묻기만 하면 모두들 곧이곧대로 대답해야 할 거요."

"우리 파주골에 무슨 나쁜 일이 있을라구."

하는 사람도 있었고,

"모르는 걸 모른다고 한다고 죄 되겠어?"

하는 사람도 있었다.

유만석이 '흥' 하고 콧방귀를 뀌었다.

"어떻게 된 얘긴지 몰라도, 이 파주골에선 수년 전부터 상피 붙은 비린내가 풍기고 있대요. 이번에 암행어사가 오게 된 것은 그 때문이라오. 나라에선 무슨 죄보다도 상피 붙은 죄를 엄하게 다스릴 참인가 봅디다."

눈치 빠른 만석은, 그 말로 인한 사람들의 동요를 알아차렸다. 회심의 웃음을 참고 소리를 높였다.

"상피 붙은 연놈 목이 날아가든 말든 우리가 알 게 뭐야. 우리는 떡, 아니, 술이나 마시며 굿이나 봅시다이."

좁은 고장이라, 유만석이 퍼뜨린 소문이 삽시간에 파주골에 퍼졌다. 얼근하게 술에 취해 콩과 깨를 사는 체하고 유만석이 마을에 들어섰을 땐 벌써 마을이 술렁대고 있었다. 만석은 특히 기 부자 대소가의 동정을 살폈다. 아무렇지도 않게 꾸미고 있었으나, 그 대소가를 둘러싼 당황한 기미를 눈치 빠른 만석이 놓칠 까닭이 없었다.

그만했으면 일의 시초는 잡아놓았다고 보고, 만석은 주막으로 돌아와 뒷방을 빌려 잠을 잤다.

그 이튿날, 파립폐의破笠敝衣의 두 선비가 파주골에 나타났다. 그런데 그들의 차림새는 어느 모로 보나 신분을 감춘 관원의 그것이었다.

예컨대 파립을 썼는데도 갓 끈엔 두세 개의 구슬이 달려 있었고, 누더기 같은 두루마기를 입었는데도 안에 입은 바지저고리는 명주옷이었다는 것을 보아도, 누구나 변장이란 것을 알아차리게 되어 있었다. 그런데 그러한 어색한 변장이 유만석의 꾀에 의한 것임은 두말할 나위가 없다.

그들이 마을의 어느 사랑을 찾아들었을 때, 그 집 주인뿐만 아니라 마을 사람들은 모두 그들이 어제 소문이 나돌았던 암행어사일 것이라고 믿고 의심하지 않았다.

"한양에서 온 과객이로소이다. 하룻밤 묵고 갔으면 하외다."
하고 유문기가 말하자, 공가孔哥 성을 가진 그 집 주인은 그저 지레짐작으로,

"얼른 올라오사이다. 집이 누추합니다만, 정성껏 모시겠습니다."
하고 안절부절못했다.

방안으로 들어가서, 유문기는 이 모라는 이름으로 인사를 하고, 임상식은 정 모라는 이름으로 수인사를 했다. 낙방은 했어도 대과

에 응시할 정도의 학력이 있고 보니, 그 인사하는 내용과 품위는 시골티를 벗은 세련된 범절이기도 했다. 주인 공씨는 틀림없이 그들을 암행어사로 보았다.

조촐한 주안상이 나오고, 주인이 정중하게 술을 따랐다. 임상식이 제법 대인 풍을 뽐내며 술을 받아 마시곤 점잖게 한마디 했다.

"듣던 바대로 파주의 인심이 이렇게 후한데, 어찌 음풍淫風이 일었을까?"

주인 공씨는, '어제의 소문이 틀림없는 것이로구나' 하고 더욱 공구했다.

"귀문의 예절, 즉 객인을 대접하는 품위엔 감동하였소."

하고 유문기도 한마디 했다. 주인 공씨는 더욱 황공해져, 돼지를 잡아라, 닭을 잡아라 하는 등 성의를 표했다. 고래로 암행어사를 잘 대접함으로써 뜻밖의 출세를 할 수 있었던 사례가 많았기 때문에 공씨는 이 기회에 출셋길을 잡아보자는 공심도 생긴 것이다.

공씨의 대접에 흡족해진 유문기는

"한데, 주인장에게 묻겠소이다."

하는 서두를 하고 은근히 말했다.

"이 마을에 '기씨奇氏'라고 하는 토반土班이 산다고 들었는데요."

"예, 기씨 일문이 이곳의 터줏대감이라고 해도 과언이 아니옵니다."

"음."

하고 이번엔 임상식이 물었다.

"듣건대, 음풍은 그 기씨 집에서 발원했다고 하던데요."

"금시초문이올시다."

하고 공씨는 자기도 모르게 부복하며 말했다.

"이웃에 사는 귀문이 금시초문이라면, 기씨 댁 음풍은 전연 낭설이란 말인가요?"

유문기가 정색을 하고 물었다.

"살펴본 결과, 낭설이 아니라면 귀문께서도 화를 당할 염려가 없지 않은데…."

하고 임상식이 덧붙였다.

주인 공씨는 등이 오싹했다. 기씨 댁의 상피 붙은 얘기가 없진 않았지만, 그저 그것은 소문이었지, 누군가 확증을 잡고 있는 것이 아니었다. 게다가 기씨 댁의 세도가 거센 까닭에 혹시 그런 말을 하다가도 서로 '쉬쉬' 하며 견제해버리곤 했던 것이다. 그러니 그런 정도의 것을 안다고도 할 수가 없고, 모른다고 했다가 뒤에 경을 치는 것도 두려운 일이었다. 공씨는 말문을 열지 못하고 안절부절못할밖에 없었다.

그 태도를 지켜보고 있다가, 유문기는 다음과 같이 말해 공씨를 안심시켰다.

"이웃을 감싸려는 선린지심善隣之心은 가히 인자仁者의 마음이오. 주인장을 괴롭히는 것은 우리의 본의가 아니니, 그 얘긴 그만두겠소. 우리가 무슨 민정을 살피는 임무를 맡아 이곳에 온 것도 아니고…."

그런데 이 말이, 그들을 암행어사로 믿는 공씨의 마음을 더욱 굳게 했다.

142

'암행어사가 어디 자기를 암행어사라고 하겠는가 말이다.'

임상식이 자연스럽게 화제를 바꿨다. 금년의 추수가 어떠한가, 파주의 토산물은 무엇 무엇인가, 이름난 효자 효부는 누구누구인가, 특출한 학자는 없는가 등등, 이 모두 정사에 관한 사람들의 관심사인 것이다.

더욱 공씨의 가슴을 뜨끔하게 한 것은 임상식의,

"파주군수의 행적은 어떻소?"

하는 질문이었다.

"풀밭에 묻혀 사는 제 주제에 어찌 그런 일을 알 수 있겠사옵니까?"

한 것이 고작이었다.

한편 유문기는 경서經書 얘기를 꺼내 화제로 삼았다. 공씨의 이마에 기름땀이 괴었다. 주인 공씨는 십 년 동안 서당에 다녔어도 '사략史略'을 겨우 떼었을까 말까 한 학식이라서, 경서 토론은 거북하기 짝이 없었던 것이다.

임상식은 공씨를 거북한 처지에 몰아넣어선 안 되겠다고 생각하고,

"공자님의 말씀에 '오칭인지악자惡稱人之惡者'란 것이 있는데, 공 생원이야말로 공자님의 뜻을 잘 이해한 분이외다. 남의 악을 들먹이는 자를 공자님은 미워했으니까요. 공 생원이 기씨 댁의 음풍을 들먹이지 않는 것은 그 교훈에 따른 것으로 봅니다."

하며 공씨를 추켜주었다.

공씨의 감격은 이를 데 없었다.

그렇게 말과 더불어 몇 잔의 술이 오간 뒤, 유문기가 간청이 있다면서 다음과 같이 말했다.

"우리는 과객인지라, 이 마을에 기씨 댁과 같은 부잣집을 두고 그다지 넉넉해 보이지 않는 공 생원 댁의 신세를 지는 것이 마음의 부담이외다. 공 생원께서 기씨 댁에 먼저 가시어, 우리가 그 집으로 들게 인도해주셨으면 감사하기 그지없겠사외다."

"누추하나마 제 집에 그냥…"

하는 말을 꺾고 임상식이 나섰다.

"폐가 되어서만이 아니라 그렇게 해야 할 곡절이 있사오니 그렇게 편의를 보아주사이다. 싫으시다면 우리가 그리로 가보겠습니다만…"

공 생원의 이마에 기름땀이 솟았다. 기름땀이 솟은 이마를 조아리며 공 생원이 말했다.

"꼭 그러시다면, 제가 먼저 그 집에 가서 영문을 알리고 오겠습니다."

"그렇게 하시오."

하고 유문기와 임상식은 기다리기로 했다. 공 생원이 나간 뒤, 두 사람은 의미 있는 눈빛을 교환하고 소리 없이 웃었다.

이윽고 대문 쪽이 떠들썩하더니 공 생원이 돌아왔는데, 기 부자 댁으로부터 하인들이 마중을 왔다는 것이었다. 동네에 나도는 소문을 듣고 기 부자 집이 아연 긴장해 있던 중이라는 것을 그러한 태도로 미루어 알 수가 있었다.

초롱을 든 하인들을 앞세우고 유문기와 임상식이 그 집에 도착했을 때, 기 부자의 아들들이 문간에 대기하고 있다가 사랑방으로 모셔 들였다. 유와 임 양인은 그러한 정중한 대접에 어리둥절했다.

끝까지 배짱을 부릴 수 있을 것인지가 염려스러웠다.

유문기가 입을 떼었다.

"해괴한 소문이 돌고 있는지라 알아보러 왔소이다. 그러나 우리는 절대로 관변의 사람이 아니니, 그 점 안심하소서."

"대강은 짐작하고 있사옵니다만, 무슨 소문을 들었사옵니까?"

기 부자의 아들이 물었다.

"혹시 당신에게 형님이 계셨습니까?"

"예. 그러나 벌써 작고했습니다."

"형수님은 살아 계시죠?"

"예."

"지금 어디에 계십니까?"

"바로 이 집 이웃에 계십니다."

"한데, 해괴한 소문이란 것은…."

하고 임상식이 나섰다.

"말씀해보옵시오."

기 부자의 아들이 머리를 조아렸다.

"당신의 춘부장과 당신의 형수 사이에 불미한 관계가 있다는 소문이오."

"처, 천만의 말씀입니다."

하고 기 부자의 아들이 몸을 와들와들 떨었다. 유문기가 점잖게 말했다.

"우리도 그것이 낭설이었으면 합니다. 그런 불륜이 이 하늘 아래 있어선 안 되니까요. 더구나 성덕으로 태평한 나라에 그런 일이 있다는 것은 능지처참할 소위가 아니오이까?"

"그런 일은 있을 수가 없사옵니다. 제 아버지로 말하면…."

그 말을 도중에 막고 임상식이 장중한 투로 말했다.

"증거가 있다고 서장書狀에 기록되어 있으니, 이 문제가 관가에 알려지면 소동이 있을 것은 당연하지 않겠습니까?"

증거가 있다는 말이 기씨에겐 충격이었던 모양이다.

"무슨 증거가 있다는 겁니까?"

그의 얼굴은 백지처럼 창백해 있었다.

"우리가 밤중에 귀댁을 찾은 것은 그 증거를 살피는 데 외인이 모르도록 하기 위해서요."

임상식이 말하자,

"사람 하나라도 덜 알아야 수습하기에도 수월하지 않겠습니까?" 하고 유문기가 보탰다.

기씨는 어찌할 줄을 몰랐다.

"도대체 어떤 증거이기에…?"

"증거가 있다면 있는 것이오."

임상식이 거칠게 말을 이었다.

"오늘 밤에 보자고 하면 오늘 밤 안으로 보여드릴 것이고, 내일로 미루자고 하면 그래도 좋소."

"무슨 증거가 있다는 것인지…?"

기 부자의 아들이 볼멘소릴 하고 임상식을 쳐다보았다. 임상식이

"오늘 보고 싶다고 하면 하고…."

호주머니에서 도면을 꺼내 들었다. 그리고 냉엄하게 말했다.

"당신의 형수 집으로 갑시다. 안내하시오."

기 부자의 아들은 어떻게 할 바를 몰라, 어름어름 두 사람을 번갈아 보았다.

"관가에서 나와 살피기 전, 또 동네 사람들이 모여들기 전, 밤 안으로 확인하고 처리하는 것이 현명할 거요."

유문기가 넌지시 한 말이다.

"그럼, 안내하겠소."

하고 기 부자의 아들이 일어섰다.

"괭이나 삽을 준비하도록 하시오."

임상식이 일렀다.

기 부자의 아들을 따라 유문기와 임상식이 샛문을 통해 이웃집으로 들어섰다. 임상식이 초롱불에 도표를 비춰보았다.

유만석이 그려준 도표엔 세 군데의 표적이 있었는데, 그 가운데 가장 알기 쉬운 곳이 뒤뜰 동편 구석에 있는 매화나무 밑이었다.

그 매화나무를 찾기란 수월한 일이었다. 임상식이 매화나무 밑에 서서 기 부자 아들을 향해 말했다.

"이 매화나무 밑을 돌담 쪽으로 파보시오. 색다른 것이 나오리다. 만일 나오지 않으면, 귀댁을 둘러싼 소문이 낭설이란 것을 알 수가 있을 것이오. 그런데 무엇이 나오기만 하면, 그것이 유력한 증거가 되는 것이오. 하여간 조심스럽게 파보시오."

기 부자의 아들이 괭이질을 하기 시작했다. 적막한 밤중에 괭이 소리만이 높았다. 하늘의 별들이 영롱했다.

그렇게 파 들어가고 있는데, 괭이 끝에 딸그락 하는 소리가 있었다.

"좋소. 괭이질하지 말고 손으로 들어내시오."

임상식이 나직이 명령했다.

흙을 후비고 돌을 치우고 하니, 조그마한 단지가 나왔다. 유문기와 임상식은 안도의 숨을 내쉬었다. 유만석의 말을 듣고 행동하고 있는데, 사실은 불안했다. 어느 정도로 믿어야 할지 몰랐던 까닭이다. 그런데 말짱한 단지가 도표에 표를 해놓은 지점에서 나타난 것이 아닌가.

"빨리 방으로 가지고 갑시다."

임상식의 재촉이었다.

아까의 방으로 돌아와 흙을 털고, 굳게 봉함이 된 단지를 열었다. 그리고 단지를 뒤엎어보았다. 방바닥에 뼈가 쏟아졌다. 기 부자 아들의 얼굴이 새파랗게 질렸다. 임상식이 그 뼈 하나를 집어 들었다. 반쯤 삭아 있었기 때문에, 손가락에 조그만 힘을 보태도 가루가 되어버릴 것 같았다. 임상식은 집어 든 뼈를 기씨의 코앞에 내밀었다.

"이게 뭐죠?"

"…"

"분명히 갓난아기의 뼈죠?"

"…"

"도대체 어떻게 된 거요, 이게?"

"난들 알 도리가 있습니까?"

기씨의 아랫입술이 벌벌 떨리고 있었다.

"당신이야 모를 테죠. 그러나 당신 춘부장은 알고 계실 거요."

임상식이 냉정하게 말했다.

"이쯤 알았으면 갑시다."

하며 유문기가 일어섰다.

"그렇게 합시다."

임상식도 일어섰다.

영문은 몰라도 위험은 알았다. 기씨로선 두 사람을 그냥 보낼 순 없었다.

"아닙니다. 나으리, 어찌 된 영문인진 알아야 하지 않겠습니까. 잠시 머무셔서 말씀이나 해주옵시오."

못 이기는 체하고 두 사람은 앉았다. 임상식이 입을 열었다.

"당신은 모를 거요. 아니, 몰랐을 거요. 알아도 아는 체할 수 없는 사정일 게구. 한데, 들어보시오. 사실인지 아닌진 모르나, 당신의 춘부장께서 당신의 형수와 상피를 붙었다는 소문이 한양에까지 퍼졌소. 그리고 그 증거가 있다는 서장과 함께, 아까 보인 그 도표까지 전해 왔소. 우리들도 긴가민가했는데, 이 증거를 보고서야 의심하지 않을 수 없잖소? 그 소문이 비록 낭설이라고 하더라도, 서장을 낸 사람이 당신의 집안 사정을 소상하게 알고 있다는 사실만은 틀림없지 않소? 결국 이렇게 된 거요. 당신 춘부장과 당신 형수 사이에 밀통이 있었고, 그렇게 해서 불의不義의 아이를 낳게 되고, 그 처치가 곤란하니 이렇게 단지에 넣어 그곳에 묻은 거요. 도표에 의하면, 그곳 외에도 두세 군데가 더 있소. 그러니 그것도 파보아야 할 것이지만 한 군데 파보고 실증이 나왔으면 그만 아니겠소? 우리는 다만 그 사실을 확인하러 왔은즉, 뒷일에 관해선 댁의 춘부장과 의논해서 처리하시오."

"어떻게 처리하면 좋겠사옵니까?"

"그거야 당신의 춘부장이 저지른 일이니, 알아서 할 것 아니겠소."

임상식의 말이었다.

"보다도, 이게 소동거리가 되지 않도록 하려면 어떻게 어떤 방도가…."

기씨는 앞이마에 기름땀을 짜가며 간청했다.

"하기야, 우리가 이런 일이 없었던 것으로 해버리면 되겠지만…."

하면서도 유문기가 난색을 표했다.

"이 하늘 아래서 알고 있는 사람은 오직 두 분뿐이 아닙니까? 없었던 것으로 해주시면, 불초 결초보은結草報恩이라도 하오리다."

"결초보은은 고맙습니다만, 그럴 사정이 안 됩니다."

하고 유문기가 다시 일어섰다.

임상식이 따라 서며 말했다.

"우리는 요 아래 주막에서 묵기로 하고 있으니, 오늘 밤 안으로 춘부장과 의논을 하시구서 무슨 방도를 만들어보시도록 하시오."

"누추한 곳이나마 여기서…."

하고 만류했지만 유문기와 임상식은 듣질 않았다. 그들은 기씨 집에서 잡혀주는 횃불을 들고 주막으로 내려왔다.

주막의 한 방엔 유만석이 대기하고 있었다. 자초지종의 보고를 듣자, 유만석이 빙그레 웃으며 한마디 했다.

"책상물림들치곤 제법이었소."

한편, 기 부자 집의 혼란은 이만저만한 것이 아니었다. 아들로부터 대강의 얘기를 듣자, 기 부자는 '으음' 하는 외마디 소릴 내며 민절민절(絶悶絶)*하고 말았다.

확실히 그런 일을 있었고 보면, 매화나무 아래의 단지가 어떻게 되었건 따질 일도 아니고 따져 소용이 있을 일도 아니었다. 환히 사실을 알고서 파놓은 함정일진대, 피해나갈 도리가 없는 것이다.

'이제 우리는 죽었다.'

기 부자의 아들은 넋을 잃었다.

새벽이 되기 무섭게 주막집 문을 두드리는 사람이 있었다. 주막집 주인이 사립문을 여는 소리가 들리고, 이어 기 부자의 아들인 성싶은 음성이 들려왔다.

이윽고 주막집 주인이 문 앞으로 다가와서,

"한양에서 오신 나으리께 아룁니다. 사람이 찾아왔습니다요."

하고 속삭였다.

"내가 나가볼게. 기다리고 있으슈."

어스름 별빛 아래에서도, 기씨의 얼굴이 핼쑥하게 지쳐 있다는 것을 알 수가 있었다. 바로 그 뒤에, 짐을 가득 실은 노새와 노새의 고삐를 잡고 있는 하인의 그림자가 보였다.

기씨가 나직이 말했다.

"저 나귀엔 돈 천 냥을 실어놓았습니다. 모든 것을 없었던 일, 안 보았던 일로 치시구, 동이 트기 전에 떠나주시면 좋겠습니다. 그렇게만 해주시면 저 나귀를 나으리들께 딸려 보내겠습니다."

---

* 지나치게 번민하여 정신을 잃고 까무러침.

임상식이 점잖게 쏘았다.

"누가 당신보고 노자 보태달라고 했수? 또 가거라 말거라 할 까닭이 어디에 있소. 우리는 우리의 필요에 따라 가든지 말든지 할 것이오. 쓸데없는 참견일랑 말구 썩 물러가시오."

그래 놓곤, 답도 기다리지 않고 돌아서서 방으로 돌아와버렸다.

바깥의 동정을 살피고 있었던 모양으로, 유문기가 나직이 말했다.

"놈들, 꽤 매끄럽게 구는 모양인데 아무래도 잘못 걸려들었지."

"누가 잘못 걸려들었단 말인가? 우리가 그랬단 말여?"

"아니, 기씨가 잘못 걸려들었단 말요."

유문기가 말을 고쳤다.

이때, 다른 방에서 자고 있던 유만석이 어슬렁 들어섰다. 그리고 방바닥에 퍼져 앉으며 한마디 했다.

"아무래도 내가 나서야 하겠구먼. 섣불리 흥정을 할 수도 없구."

"유공이 나서면 어떻게 할 텐고?"

임상식이 물었다.

"우물쭈물하고 있으면 큰일난다며, 얼른 논문서 갖고 한양서 온 손님 찾아가라고 법석을 떨어놓고 보죠, 뭐."

하고 유만석이 밖으로 나섰다.

유만석이 사립문을 비집고 나선 바로 그 앞에, 기 부자의 아들이 노새 고삐를 잡고 있는 하인과 멍청히 마주 서 있었다. 유만석이 다짜고짜 물었다.

"여기서 뭣 하는 거요?"

"묻는 당신은 누구요?"

"나는 한양서 콩장사를 하는 사람인데, 세상 돌아가는 것이 너무나 엄청나서 사람 몇 구하려고 이렇게 나섰소. 기 부자 집이 어드메에 있소?"

유만석이 호들갑을 떨며 지껄였다.

"기 부자는 뭣 하려고 찾소?"

"어제 저녁부터 동정을 살펴보니, 한양에서 온 그 두 선비가 기 부자 집을 실로 파놓을 모양입디다요. 증거를 확실히 잡았으니 거동을 해야겠다구요. 급하오. 기 부자 집이 어드멘지 빨리 가르쳐주슈."

"그 집에 가서 뭘 할 거요?"

"빨리 도망을 치라고 할 참이오."

"도망?"

"도망 안 가면 다 붙들려 들어가, 곤장을 죽도록 맞아야 할 건데요. 빨리 피하는 게 상책 아니겠수. 그러지 않으려면 재산을 반쯤 내놓고 그 선비들께 사정을 해보든지…."

그렇게 마음대로 지껄여놓고, 또 기씨 집이 어디냐고 묻는 만석에게 기 부자의 아들이 실토를 했다.

"내가 기가요."

만석은 놀란 척 펄쩍 뛰며

"그럼, 잘 만났소."

하곤 빨리 도망을 치라고 일렀다.

"삼십육계 가운데 주위상계走爲上計*라고 하지 않소?"

---

* 줄행랑이 상책.

153

하고 어설픈 문자를 써가며 수선을 떨었다. 기 부자의 아들은 같잖은 놈을 만났다고 역겨워하면서도, 그놈의 말을 흘려들을 수도 없는 묘한 기분이었다.

기씨의 그런 마음을 아는지 모르는지,

"하여간 지독한 사람들이라. 암행어사면 관속이나 단속할 일이지, 민간의 일까지 왜 간섭하려고 하느냔 말야. 어어, 지독한 사람들!"

하고 만석은 중얼중얼했다.

"누가 지독한 사람들이란 말요?"

기씨가 물었다.

"그 사람들 말이오, 그 사람들."

하고 만석은 소리를 낮추고 손가락으로 주막 안을 가리켰다.

"참말로 그들이 어사인가?"

기씨가 또 물었다.

"어사가 아닌 담에야, 아니, 어사가 아니라도 대원군의 영을 받아 민심을 살피는 그런 나으리들일 거요. 그렇지 않고서야 뭣 땜에 저런 짓을 하고 돌아다니겠소?"

유만석이 무슨 대단한 통정이나 하는 듯이 소곤댔다. 만석으로선 안간힘을 다하고 있는 셈이다. 자기의 혓바닥에 천 석의 재산이 오락가락하고 있으니 당연한 일이기도 했다.

"아, 이 일을 어떻게 한담!"

밝아오는 동천을 향해 기씨가 탄식을 했다. 그 탄식을 받아 유만석이 지껄였다.

"도망을 치라니까요. 재산이 아까워 도망칠 생각이 안 나거든, 천 석쯤 눈 딱 감고 떼어 줘버리는 거요. 사람 있고 재산 있는 것 아뇨? 그것도 하기 싫거들랑 친척이나 인척 가운데 높은 벼슬 하는 사람이 하나둘은 있을 것 아뇨. 빨리 한양으로 사람을 보내, 연비聯臂*를 한번 터보슈."

그 말엔 솔깃했다. 기 부자만 한 집안의 친척이나 인척에 세도가 하나쯤 없을 까닭이 없는 것이다. 그러나 뒤좇아 생각이 따랐다.

'연비를 찾아 도움을 청하기로서니, 어찌 이런 창피스런 소리를 전할까. 게다가 흰 떡이라고 해서 고명이 들어가지 않을 까닭이 없지 않은가.'

"빨리 각오를 하시오. 저 사람들 훌쩍 떠나 한양으로 돌아가서 의금부나 예조에 찔러버리기나 하면 무슨 야단이 날지 알 수 없는 일 아뉴?"

"천 석 재산을 내놓아 무마가 된다면야 해볼 수도 있지만…."

"그 무마는 내가 맡겠소."

만석이 가슴을 탁 치고 나섰다.

"일단은 무마했다고 해도 또 뒷일이 있지 않겠소."

기씨는 아무래도 결심이 서지 않는 모양 같았다. 만석이 말을 보탰다.

"한번 재물을 얻어먹어봐요. 나중에 말썽이 나면 그들도 치일 판인데 그들이 발설을 하겠수! 어림없는 소리. 뒤에 별도로 이런 일이

---

* 간접적인 연줄로 하여 서로 알게 됨.

생기면 그들에게 달려가요. 그들은 저희 처먹은 것 탄로 날까 봐 없는 것으로 수습해줄 거요. 그만한 힘은 있는 사람들인 것 같소. 걱정 말고 결단을 내리슈."

기 부자의 아들 기도충奇道忠은 나름대로 사려가 있는 사람이었다. 불륜을 범한 아비에 대해서도 효도를 다할 작정이었고, 그 불륜의 상대가 된 형수에 대해서도 예를 잃지 않으며, 집안도 또한 무사하게 꾸려나갈 수 있는 방책을 생각하고 있었던 것이다.

그러니 삼천 석 재산 가운데 천 석쯤 내던지고 수습할 수 있다면 언제이건 결단을 낼 수가 있었지만, 재산의 처분권은 아직도 아버지의 손에 있었으니, 그 일을 결행하려면 다시 아버지에게 그 사유를 아뢰야만 했다. 도충으로선 그런 쑥스러운 말을 아버지 앞에 다시 꺼낼 엄두가 나지 않았다.

만일 그런 얘기를 꺼내놓기만 하면 기 부자는 자기가 한 짓은 선반 위에 얹어놓고,

"그깟 일 처리 못 하는 게 무슨 놈의 자식이냐?"

고 펄펄 뛸 것이 분명했다. 그리고,

"네 재산이 아니니까 그렇게 헤프게 쓸 작정이냐?"

고 화를 내기도 할 것이다. 기 부자의 재산의 반은 형수 앞으로 되어 있었으며, 형수 앞으로 도충의 큰아들이 양자로 가 있어 끝끝내는 자기 아들의 재산이 될 것이지만, 엄연히 계통은 다른 것이다.

이런 생각에 잠겨 있을 때 유만석의 말이 있었다.

"하기야 이 문제는 당신 형수의 처리와 함께 해야 할 거요. 당신 아버지 버릇이 이 일이 있었다고 해서 고쳐질 것은 아니니, 차제에

화근을 뿌리째 뽑아야 할 것 아니겠수."

기도충은 그렇다고 생각했다. 형의 뒤는, 형수가 있으나 없으나 양자가 이으면 될 것이다. 차제에 형수 몫으로 되어 있는 재산과 함께 형수를 처리해버리는 것이 좋겠다는 생각이 들었다. 아버지가 무슨 소릴 해도 집안의 정화를 위해서, 후환을 없게 하기 위해서는 그럴 도리밖에 없다고 결심했다. 그러자면 약간의 시일이 걸린다.

도충이 만석을 돌아보고 말했다.

"이 노새의 등에 천 냥이 있소. 이걸 우선 당신과 그 나으리들에게 드릴 터이니, 넉넉잡아 한 보름만 여유를 달라고 그 사람들에게 부탁해주시오. 그렇게만 해주면 내 기필 천 석의 재산은 그들의 수중에 들어가도록 조처하리다. 재산이 아버지의 수중에 있는 것이라 그만한 짬을 주어야만 처리가 될 것 같소. 한데, 당신이 그 사람들을 납득시킬 수 있겠소?"

유만석은 당장에 좋다고 하려다 말고 다음과 같이 말했다.

"듣자니, 그 사람들은 또 다른 일이 있어 오늘 안으로 양주로 간다고 합디다. 아마 양주에 들러 한양으로 갈 모양 같았소. 그러니 그동안의 여유는 있을 것이오. 내가 힘써보리다. 날짜만 정해주면 내가 통지를 할 터이니, 그들이 이리로 다시 오게 하든, 당신이 그리로 가든지 해서 뒤탈 없이 일이 되도록 합시다. 재산 천 석을 주겠다고 하면 아무리 악착스런 그들이라도 솔깃해질 것 아니겠소? 아무튼 내가 맡았소, 맡았어. 가보슈."

기도충은 만사를 유만석에게 부탁한다고 이르며, 노새의 고삐를 만석에게 넘겨놓곤 마을을 향해 걷기 시작했다. 기도충은 형수를 타처로 옮기는 동시에 오백 석을 그리로 넘겨주고, 천 석은 한양에서 온 어사들에게 넘겨줄 작정을 세웠다. 그러기 위해선 아버지와의 대결도 있어야 했고 형수와의 대결도 있어야 했지만, 일이 이렇게 된 바엔 할 수 없다고 생각했다.

  유만석의 수작이 어떤 결과를 만들어낼 것인지 궁금하기도 하지만, 일단 삼전도장의 뒷소식을 알아봐야 하겠다.
  한마디로 말해, 여운 선생의 심려는 옳았다. 즉, 최천중을 비롯해 연치성 등을 삼전도장에서 물러나 있게 한 처사는 잘한 짓이었다.
  삼전도장의 소문이 대원군의 귀에까지 울려왔다. 이미 삼전도장을 만든다는 목적과 경위는 알고 있었지만, 세상이란 걸 다르고 속 다른 것이다. 대원군은 결코 단순한 인간이 아닌 것이다. 그리고 또 그는 그의 포부를 정사로써 펴기 전에, 방방곡곡에 사람을 보내 민심의 파악에 여념이 없을 때이기도 했다.
  대원군은 심복인 천가를 불러 일렀다.
  "너 당장 삼전도로 가거라. 거기 큰 집을 지어 놓고 삼일三日에 대연大宴으로 사람들을 모으고 있다니, 도대체 무슨 꿍꿍이속으로 그런 짓을 하는지 그 집의 주인, 재산, 모여든 사람들의 종류 등을 세세히 알아 오너라. 며칠이 걸려도 좋으니 유루遺漏* 없으렷다."
  "예."
하고 운현궁에서 물러난 천가는, 자기의 의수로 쓰고 있는 잡졸 세

---

* 빠뜨림.

명을 거느리고 그날 저녁나절 삼전도로 건너갔다. 주막집에서 하룻밤을 묵는 동안 천가는 대강의 사정을 들었다. 원래 그 무렵의 삼전도장엔 별반 숨길 일이 없기도 했지만, 주막을 맡고 있는 놈이나 여자가 전부 삼전도장에 매수되었거나 심복하고 있는 사람들이라서 불리한 말을 발설할 까닭이 없었다.

천가는 수하 세 놈으로 하여금 이곳저곳에 배치시켜 사정을 알아내게 하는 한편, 자기도 거기서 닷새를 머물면서 알아볼 대로 다 알아보았다.

엿새 뒤 운현궁으로 돌아온 천가는, 대원군에게 보고 들은 바를 소상하게 보고하고, 그 결론으로서 다음과 같이 말했다.

"삼전도장은 순전한 양로당으로 보였습니다. 주인은 '여운'이라고 하는 팔십 노인이고, 모여든 사람도 모두 그 나이의 노인이었는데, 태반 망령이 들었을까 말까 한 사람들이었습니다. 젊은 사람이 없진 않았습니다만, 심부름하는 놈이 아니면 노래 부르는 놈, 줄타기, 물구나무서기 등 잡기로 밥을 빌어먹는 그런 따위였습니다. 삼전도장의 외곽엔 주막이 있고, 또 그 바깥으론 농사지을 요량으로 이사온 사람들이 가역을 하고 있습니다. 미심스러운 점이 전혀 없었습니다. 삼전도장은 양로당이다, 이렇게만 알고 계시면 무난할까 합니다."

"삼전도장 안으로 들어가보았는가?"

"예. 꽤 큰 집이었으나 그곳에서 거처하는 사람은 전부 노인이었습니다. 현관엔 큼지막하게 '노인태평천하평老人泰平天下平'이라고 씌어 있었사옵니다."

"'노인태평천하평'이라."

하고 대원군은 쓸쓸하게 웃었다. 그리고 덧붙였다.

"노인이 태평할 수 있으면 천하가 태평하겠지. 한데, 삼전도장을 짓고 꾸려나가는 돈은 어디서 나온다더냐?"

천가가 두루마리를 올렸다.

"거기에 재산을 기부한 사람들의 명단이 있습니다. 삼개 부자들이 주동이 되어, 여운이란 영감을 위해 재산을 모은 것이라고 들었습니다."

대원군은 두루마리에 적힌 이름들을 죽 훑어보고 중얼거렸다.

"충주에서 보내온 사람도 있구, 직주, 아니, 해주에서까지 재물을 보낸 놈도 있군."

액수의 기록은 없고 이름만 있으니 다행이었다. 최천중이 재물의 대부분을 부담했다고 하면 응당 주목거리가 되었을 것인데, 대원군은 원여운이란 일개 기인奇人을 위해 이렇게 많은 부호들이 희사를 했다는 그 점에 흥미를 가졌다.

"이처럼 인정이 살아 있다는 건 좋은 일이야."

했지만, 대원군의 속셈은 그 두루마리를 소중하게 간직해두었다가 일단 유사시에 써먹을 작정이었다. 필요할 때 기부를 강요할 참인 것이다. '원여운인가 뭔가 하는 노인을 위해선 돈을 대구, 사직을 위해선 돈을 못 내겠단 말인가?' 하면, 거액의 돈을 짜낼 압력이 될 것이다. 대원군은 두루마리를 접어 문갑 위에 올려놓으며 물었다.

"또 할 말이 없는가?"

"한 가지 기술만 있는 놈이면 술 밥 간에 잘 대접한다고 하니까 팔도에서 어중이떠중이가 모여들 것으로 짐작할 수 있었습니다."

천가의 말이었다.

"모아 뭣을 하자는 건고?"

"노인들의 소일감으로 삼는 거죠, 뭐."

"특별한 재간을 가진 놈이 있던가?"

"아직은 볼 수 없었습니다. 기껏 줄타기하는 놈, 물구나무를 서서 달리는 놈 정도가 있을 뿐이었습니다."

"여자들은 없던가?"

"있었사옵니다. 그러나 살림을 맡아 하는 여자, 침모들, 그런 등속들인가 보았습니다."

"차차 기방도 생기겠구면."

"팔도 사나이가 모여드니, 자연 그런 것도 있게 되지 않을까 싶습니다."

"여운이란 노인을 보았느냐?"

"예. 백발백수의 건장한 노인인데, 얼굴에 악기라곤 볼 수 없었사옵니다."

대원군은 뭔가 빠뜨린 것이 있지 않았나 하고 생각하는 눈치더니 물었다.

"오옳아, 광주유수 김병기와 교동의 대감들이 삼전도장 낙성식에 참석했다고 들었는데 그들에 관해선 무슨….'

"김병기는 광주유수의 직책으로 관내에서 생긴 일이니 참석한 것이고, 교동의 대감들은 원래 원여운과 아는 처지라서 초청에 응한 거라고 들었습니다."

"그 밖에 심상찮은 거라곤 없었지?"

"예, 없었습니다."

"그럼 삼전도 일은 앞으로 자네에게 맡길 터이니 가끔 그곳을 살펴보도록 하고, 무슨 미심쩍은 일이 있기만 하면 곧 내게 알리게."

"예."

천가가 물러간 뒤에 대원군은 한동안 눈을 감고 생각했다. 노인 하나의 노후를 위해 그처럼 거창한 집을 짓고, 그 환락을 위해 적잖은 재물을 기증하고 있다는 것은 아무래도 시속時俗에 맞지 않는 일이었다. 그리고 그의 세상을 보는 견식과도 어긋난 일이었다. 그러나 눈치 빠른 천가 놈이 그렇게 보았다면 별반 걱정할 일이 아닌 것이다. 이쯤으로 끝난 것은 최천중에겐 다행한 일이었다. 만일 삼전도장을 만든 장본인이 최천중이란 사실을 알았더라면 대원군은 가만있지 않았을 것이다. 대원군은 최천중을 기억하고 있었다.

대원군의 일생은 그야말로 일일시호일日日是好日이었다.

맑게 갠 날이면 그런대로 시일청명是日清明이었고, 흐린 날이면 후일청명後日清明할 것이었고, 비가 오면 우경雨景 또한 정취가 있었고, 눈이 오면 설경에 풍아風雅가 있었다. 화조풍월花鳥風月에 경색景色이 있는 것이 아니고, 사람의 자리와 거기 따른 마음이 화조풍월을 채색하는 것이란 진실을 대원군은 그 무렵에야 알게 된 것이다.

그러기에 꿈을 가꾸어왔던 것이 아닌가. 그러기에 양광佯狂*을 삼가지 않았고, 상가지구喪家之狗의 흉내를 서슴지 않았던 것이

---

* 거짓으로 미친 체함.

162

아닌가. 앞으론 영화를 만백성의 태안泰安 위에 꽃피우면 그만일 것이다. 그래서 그는 민심의 소재를 물었다.

그 결과, 신왕 등극에 무한한 기대를 걸고 있다는 것을 알았다. 그리고 그 기대는 대원군 자기에게 대한 기대이기도 했다. 사직을 반석 위에 놓으려면 10년의 세월로써 족할 것이고, 그것을 더욱 공고히 하려면 또 10년이 있으면 족할 것이니, 그때 인군人君의 나이는 30여 세 한창 연부역강**할지니라. 그 무렵 가서 대권을 넘겨주면 되지 않겠느냐? 그때까지 산천에 호령하고, 뒤엔 조용히 노후를 즐기리라.

대원군의 계산은 이러했다. 그리고 그 계산이 어긋날 까닭이 없었다. 그런데 간혹, 내일의 일을 투시할 수 있고, 미연에 반대자를 알아낼 수 있는 수단이 없을까 하여 초조할 때가 있었다. 그럴 때 생각에 떠오르는 것이 '최천중'이란 젊은 관상사였다. 최천중은 대원군이 역경에 있을 때, 즉 시중의 무뢰한에 섞여 그 자신 파락호의 신세가 되어 있을 때 그의 심중을 꿰뚫어본 자였다.

대원군은 그 당시 당황한 나머지, 최천중을 없애버리려고 했다. 사전에 야심이 누설되면 십년공부 도로 아미타불이 될 위험이 있었다. 그 때문에 있는 수단을 다해 최천중을 없애려고 했던 것인데, 결국 실패하고 말았다.

그런데 지금 그의 야심을 달성하고 보니, 최천중을 다른 뜻으로 생각하게 되었다. 그만한 신통력을 가진 놈을 측근에 데리고 있고

** 年富力强: 나이가 젊고 한창 성함.

싶었다. 가진 자는 그 가진 것을 간직하기 위해 본능적인 경계 의식을 가진다. 말하자면 내일이 불안한 것이다.

대원군도 예외가 아니었다. 나날이 영화에 싸인 호일*이었고 보니, 동시에 운명에 대한 두려움이 생기기도 했다. 그 두려움을 덜기 위해선 최천중 같은 인재가 있어야만 한다. 대원군은 어느 여름날을 회상했다. 어떻게 된 까닭인지 그날의 기억을 대원군은 선명하게 지니고 있었다.

경상도 봉화에서 왔다는 관상사가 그를 찾았다. 그때 이하응은 여름의 더위를 견디어내기 위해 묵화를 치고 있었다. 관상사의 이름은 '최천중'이라고 했다.

최천중은 대뜸,

"나으리의 도회술은 눈감고 아웅 하는 어린애의 장난이오…"

하고 뇌까렸다.

그리고 또 그놈은

"천하가 지금 나으리 앞으로 다가오고 있다…"

고도 했다.

그런데 그놈의 예언이 적중한 것이 아닌가. 대원군은 그 비밀을 알고 싶었다.

대원군의 회상은 좀 더 계속되었다.

그때 이하응이 깜짝 놀라, '그런 소리 하지 말라. 목숨이 아깝지 않느냐?'고 했더니, 최천중이란 녀석은 깔끔하게도 답했다.

---

* 好日: 좋은 나날.

"지자知者에겐 일사一死가 있을 뿐이고, 우자愚者에겐 만사萬死가 있다."

그리고 그놈은 관상을 보겠다고 했다. 하는 수 없이, 아니 못 이기는 체하고 관상을 보라고 했더니, 최천중은

형극이중일타홍荊棘籬中一朶紅
지우상락결실전只憂霜落結實前**

이렇게 쓰고, 다시 다음과 같은 글을 보냈다.

고규수심사득광孤閨愁心使得光
상전양생가기상霜前佯生可欺霜

그리고 별지別紙에 '양생佯生'을 '양사陽死'라고 쓰고, 그리고 '가기상可欺霜'이란 '상'자를 '쇠금金' 밑에 '서로상相'으로 썼던 것이다. 풀이하면 그것은

'홀로 규방을 지키고 있는 여자, 즉 조 대비의 수심이 빛을 얻도록 하기 위해선, 서리가 내리기 전엔 죽은 시늉을 하고 있으면 상相 자리에 있는 김가들을 속일 수가 있다'가 된다.

그때, 이하응은

** '가시덤불 가운데 한 떨기 꽃이 피었는데,/ 다만 걱정되는 것은 열매를 맺기 전에 서리가 내릴까 해서다.'

'저놈을 살려 보내서는 무슨 화가 미칠지 모르겠다'고 하여 놈을 없애려 했고, 이하응은 그때부터 산송장처럼 행세해왔다. 죽은 것처럼 행동했다. 언제 죽을지 모르는 병자처럼 꾸몄다. 내일모레 죽을 병이 걸린 것 같다는 소문을 고의로 퍼뜨리기까지 했다. 그 때문에, 교동의 김씨들은 전왕이 죽을 때까지 이하응을 두고는 아무런 신경도 쓰지 않았다.

파락호의 아들이 왕의 후계자가 될 줄이야, 김씨들은 꿈에도 상상할 수 없었다. 하물며 죽은 거나 다름없는 산송장이 무슨 수를 쓰리라곤 아예 생각지도 않았다. 그 틈을 타서 낙백*한 이하응이 오늘날 일약 대원군이 되어, 국권을 손아귀에 넣고 있는 것이다.

'생각하기에 따라선, 그놈이 나나 명복命福에겐 은인일지도 모른다.'

이런 생각에 잠겨 있다가, 대원군은 문득 아까 천가가 갖다 바친 두루마리를 문갑 위에서 집어 들었다.

두루마리를 폈다. 수십 명의 이름이 있었다. 그 이름을 이번엔 찬찬히 더듬어보기 시작했다. '최천중'이란 이름은 물론 없었다. '최림'이란 이름이 있었지만, 그게 최천중의 변명**임을 알 까닭도 없었다.

'그럴 테지.'

하고 대원군은 무의미하게 중얼거리고, 두루마리를 다시 문갑 위에 놓았다. 대원군의 영감靈感이라고도 할 수 있는 것이 삼전도장과 최천중을 결부시켰던 것인데, 그의 탕탕蕩蕩***한 기분이 이제 자기

---

* 落魄: 영락.
** 變名: 이름을 바꿈.
*** 평탄함.

가 한 동작의 음미한 의미를 따져볼 겨를을 주지 않았다.

'언젠가 그놈을 찾아내도록 해야지.'

대원군의, 최천중에게 대한 회상의 한 토막은 그땐 거기서 끝났다.

아무튼 최천중이 그 두루마리에 '최림'이라고 쓴 것은 잘한 노릇이었다. 그렇게 지시한 여운의 심려 또한 명심해둘 만했다. 만일 최천중의 이름이 그 두루마리에 있었거나, 천가의 입에 올랐거나 했더라면 대원군의 그 비상한 후각이 거기서 무슨 냄새를 맡아내고 어떤 행동으로 나왔을지 모를 일이다. 운명은 사소한 구멍으로 비켜 가기도 하고, 사소한 일로 좌절되기도 한다.

대원군이 최천중을 생각하게 된 데는 갖가지의 까닭이 있었지만, 그 가운데 하나는 요즘 갑자기 꿈자리가 사나워졌기 때문이었다.

'기껏 꿈속의 일!'

해버리고 대범할 수도 있는 대원군이었으나, 자기 자신의 향배에 사직의 운명이 결부되어 있고 보면 사소한 일도 등한히 할 순 없는 것이다. 하물며 꿈은 신비로운 현상이다. 대원군은 야野에 있을 때부터 곧잘 꿈에서 계시를 얻곤 했다.

아들 명복을 뱄을 때의 부인의 태몽을 풀이해서 야심을 가꾸기 시작한 그이기도 했다.

대원군은 요 며칠 동안 여우 꿈을 꾸었다. 그런데 여우가 우는 소리만 들리지, 여우는 나타나지 않았다. 꿈속에서도 '이놈의 여우가 나타나기만 해봐라! 당장…!' 하는 기분이었는데, 소리만 들릴 뿐 모습을 나타내지 않으니 답답했다.

여우 우는 소리가 꿈속에서 연속된다는 것은 결코 좋은 일이 아니었다. 필시 그것은 무슨 징후를 뜻할 건데 싶으니 마음이 더욱 초조했다.

그런데 한편, 그런 꿈에 사로잡혀 있는 스스로가 민망하기도 했다.

'내가 이처럼 심약해서야 될 건가.'

하고, 읽고 있던 '맹자'를 폈다.

대원군은 '맹자'를 익혀 정사에 응용하려고 읽고 있는 것은 아니었다. 간혹 성균관의 유생들을 불러 포부라도 물어볼라치면 거개 맹자를 일컬어 논論을 펴므로, 이에 대처하기 위한 심산으로써였다.

대원군의 눈앞에 선뜻 다음과 같은 글귀가 나타났다.

백이성지청자야伯夷聖之淸者也

이윤성지임자야伊尹聖之任者也

유하혜성지화자야柳下惠聖之和者也

공자성지시자야孔子聖之時者也

대원군은 이들 글귀를 뚫어지게 보고 있다가 혀를 끌끌 찼다.

백이가 성자 가운데서도 청淸하다는 것은 이해할 수가 있고, 이윤이 성자 가운데서 능력이 있는 자란 것도 이해할 수가 있었다. 유하혜의 경우도 그럴싸했다.* 그러나 공자가 성인으로서 때[時]를 맞춘 사람이라고 한 건, 아무래도 납득이 가지 않는다.

'어떻게 공자가 때를 맞추었던 말인가. 상가의 개처럼 돌아다니다

---

* '유하혜는 성인으로서 온화한 사람이었고'.

가 끝내 그 포부를 펴보지 못한 사람이 어떻게 성지시자란 말인가. 공자를 완급, 출처진퇴에 있어서 때를 어기지 않는 사람이라고 풀이해도 역시 마찬가지다. 공자는 운명으로도 때에 어긋났고, 처세에 있어서도 때에 어긋났음이 분명하다. 옳지, 요다음, 맹자가 아니면 하루도 지낼 수 없다는 듯이 덤비는 유생들을 만나면 이 문제를 꺼내보자.'

하고 대원군은 속다짐을 했다.

그러나 대원군은 '수유지혜불여승세雖有智慧不如乘勢'란 말에 감복하고 있었다.

'사실이지, 사실. 아무리 지혜가 있기로서니, 세를 타지 못하면 아무것도 안 되는걸.'

사실 대원군은 속에 큰 포부를 지니고 있으면서도 정사가 뜻대로 되지 않는 데 대한 초조감이 있었던 것인데, 이 초조감을 '불여승세不如乘勢'란 맹자의 말로써 달래고 있었던 터였다. '승세'는 또한 '승운乘運'과도 통한다. 운이란 생각이 들자, 또 최천중의 이름이 떠올랐다.

영의정 조두순이 왔다.

대원군은 팔걸이에 기대었던 몸을 일으켜 세워 의관을 고쳤다.

"수일 동안 적조하였사옵니다."

하고, 조두순은 방에 들어서자마자 꿇어앉아 머리를 조아렸다. 조두순은 감기로 며칠 동안 참조하지 못하다가, 오늘에야 출조하여 이제 막 대내大內로부터 퇴출한 길이었다.

"이리 가까이 오시오."

대원군은 자기 곁의 자리를 권하며, 감기는 쾌차했느냐는 문안의 말을 건넸다. 그러고는 두 사람 사이에 정사에 관한 말이 오갔다.

"각 도에서 재해 보고가 들어오고 있는 모양인데?"

하고 대원군이 물었다.

"그러하옵니다."

조두순은 간략하게 초*한 종이를 소매로부터 꺼내놓았다.

"수원부유수 남병길로부터 수원에서만도 재해를 입은 것이 팔백 삼십이 결이라는 상계가 있었사옵고, 충주목으로부터도 삼백팔십 오 결, 광주유수 김병기로부터도 이백구십오 결의 해가 있었다는 상계가 있었사옵니다."

대원군은 혀를 끌끌 찼다.

조두순이 말을 이었다.

"뿐만 아니라 삼남 지방의 재해 면적도 꽤 많은 모양으로, 내일 쯤 그 집계를 올리라고 해두었습니다. 경상도의 면작棉作은 거의 전멸 상태인 것 같습니다. 황해도의 재해도 대단하다는 얘깁니다."

"나라의 사정이 말이 아니로군."

대원군이 상을 찌푸렸다.

"그러하오이다. 각 도의 미납한 미태米太**가 수만 석, 목木, 즉 포 목의 미납이 삼백여 통, 전錢의 미납이 사십만 냥이나 된다고 하니

걱정입니다."

"그만한 액수면 능히 1년 경비에 충당할 만한 것이 아닌가?"

"그러하오이다."

"천재는 하는 수 없다고 치고라도, 탐관과 오리의 창궐이 여전한 모양인데, 대감은 그 일을 어떻게 처리하고 있소?"

"팔도에 암행어사를 파견하여 철저한 조사를 한 연후 엄중히 다스릴까 하옵니다."

"홍문관 교리 강장환姜長煥의 건은 어떻게 되었소?"

"강의 무고라는 것이 밝혀졌습니다. 곧 분부를 얻자와 원악도遠惡島에 유배할까 합니다."

"고얀 놈, 사감을 가지고 무고하는 놈은 용서 없이 목을 치도록 하시오."

"예."

"한데 대감, 어떻게 된 일이오? 지방에 화적이 들끓고 있다는 것이니, 도대체 지방 수령들이나 포도청은 뭣을 하고 있는 것이오?"

"글쎄 말입니다."

조두순의 얼굴이 더욱 심각해졌다. 아닌 게 아니라 당시의 치안 사정은 극도로 나빴다. '승정원일기'에 의하면, 그 무렵의 기록으로서 다음과 같은 대목이 있다.

　　지난 추동秋冬에 경기, 공충, 황해 삼도三道에 걸쳐 화적들의 겁략
　　이 심했는데, 기찰포교 조운순趙雲純 등이 5명은 놓치고 송시우宋
　　時佑 등 7명은 양근점막陽根店幕에서 체포하였는데, 이들 7명은 군

문에 효수하고 잔당을 포착하여 의법 처단하도록 하고, 조운순 등은 변장邊將으로 차송하다.

영의정 조두순은 대원군의 눈치를 살피곤 다음과 같은 사실을 고했다.

"요즘 천인들의 위보僞譜*가 성행하는가 봅니다. 김종협金鍾協 같은 놈이 그런 부류인데, 이놈을 일벌백계로 엄히 다스리고, 팔도 관찰사에 영하여 철저히 단속토록 하는 것이 가할 듯하온데 국태공의 뜻은 어떠하오신지?"

대원군은 스르르 눈을 감고 말이 없었다. 불칼 같은 호령이 내릴 것으로 기대했던 조두순은 약간 기가 꺾였다. 그러나 가만있을 수가 없었다.

"무릇 사직은 반상귀천의 질서로써 지탱되어 있는 것인즉, 천민, 상민들의 위보 행위는 그 근본을 위태롭게 하는 것이라 심히 걱정되옵니다."

대원군이 눈을 뜨고,

"대감도 딱하시구려."

하며 피식 웃었다. 그리고 말을 이었다.

"앞으로 이 나라는 양반 갖고는 해나갈 수 없을 것 같소. 양반들은 썩을 대로 썩고 곪을 대로 곪아 아무짝에도 쓸모가 없소. 당장 어떻게 할 수 없으니 하는 수가 없지만, 앞으로 상민, 천민 할 것

* 족보를 위조함.

없이 기골 있고 능력 있는 놈이면 주저하지 말고 등용해야 되겠소. 과거에도 신풍新風을 넣어야만 하겠소. 과장科場이 부유腐儒들의 농간 터가 되어 있는 판국이니 한심스럽지 않소."

"하나, 위보 행위만은 단속해야 되지 않겠사오이까."

"물론이오. 위보 행위는 거짓 행위이니, 거짓을 하는 놈을 그냥 둘 수야 없겠지. 그러나 그 단속과 더불어 반상귀천의 구별을 없앨 터이니, 위보까지 해 갖고 양반 노릇을 흉내낼 필요가 없다는 뜻을 널리 천하에 알려야 할 거요. 그보다도 대감, 무장武將의 녹천錄 薦**에 뇌물이 왕래하는 폐단이 있는 모양인데, 그 폐단을 시정하도록 하시오. 무장은 사직의 간성干城인데, 뇌물을 수수하는 놈에게 무장의 직을 맡긴다는 것은 도둑놈에게 돈 보따리를 맡기는 것과 다를 것이 없지 않소."

"지당한 말씀이로소이다. 그렇게 거행하오리다."

"의감醫監, 역감譯監, 운감雲監의 천법薦法에 이상이 생긴 모양인데, 그것은 일체 구법舊法대로 시행하는 것이 좋을 거요."

"예."

하고 조두순은 대답하면서도, 대원군이 언제 그런 말단의 일까지 소상하게 조사했을까 하는 두려움을 느꼈다.

대원군은 이어,

"민치구閔致久를 등용해야 할 것이오."

라고 이르고, 조계승趙啓昇, 박규수朴珪壽, 이교창李敎昌, 이승수李

** 벼슬에 천거함.

升洙 등을 중용重用하라는 분부를 내렸다. 그리고 또 다음과 같은 영을 내렸다.

"최근 각 도에서 민호民戶 보고가 있는 모양인데, 내게 곧 알리도록 하시오."

"마침 그 보고를 가지고 왔소이다."

하고 조두순이 들고 온 장책을 폈다.

"한성의 인구는 남녀 합해 20만 2천629인이고, 팔도의 집계는 가구수 1백20만 9천604호, 남녀 인구는 6백82만 8천517명입니다. 그 내역은…."

갑자년 12월 현재, 그러니까 1864년, 지금*으로부터 118년 전의 우리나라 인구가 6백82만 8천517명이었다는 이야기다.

대원군의 불안은 부인 민씨에게까지 감염되었다. 대원군의 부인이니 부대부인府大夫人이다. 여자의 지체로 말해선 조 대비에 이어 셋째라고 할 수 있지만, 실권이 대원군에게 있는 이 마당에선 나라의 제일부인第一夫人이라고 할 수 있었다.

부대부인 민씨의 성격은 원래 차분했다. 파락호에 가까운 남편을 받들며 그래도 체면을 유지해온 것은 민씨의 내조 때문이라고 할 수 있었다. 그런 차분한 성격인 만큼 아들의 등극으로 갑자기 영광의 정상에 오른 작금이 황홀한 감격이기도 하면서도, 한편 두려운 마음이 들었다. 왠지 주위가 살펴지는 그런 기분이었던 것이다.

---

* 1982년.

대원군은 직정경행直情徑行**으로 거리낌 없이 일을 처리해나가는데, 민씨는 남편의 그러한 처사를 위태로운 눈으로 지켜보는 마음이 되기도 했다. 대원군에 의해 발탁되는 사람들의 가정에선 환호성이 올랐지만, 대원군에 의해 실각되는 사람들의 가정엔 원한이 도사려지게 마련인 것이다.

대원군이 교동의 김씨에 대해 비교적 관대했던 것은, 그의 치밀한 계산 때문도 있었지만, 민 부대부인의 은근한 종용이 결정적인 역할을 했다고 한다.

대원군이 김씨 일문 가운데서 토색이 심한 몇 사람을 골라 시중示衆***을 하려고 했을 때, 민 부대부인은

"그들은 우리를 후대하진 않았을망정 해될 짓은 하질 않았소. 이렇게 연명해 있는 것도, 따지고 보면 그들의 덕택이오. 오늘날이 있게 된 것도, 생각하기에 따라선 그들의 그늘이오. 강화도령을 모시고 온 것은 그들이 아닙니까. 강화도령을 모셔 오지 않고 도정궁都正宮****의 등극만 있었더라도 우리의 오늘날은 없는 것이 아니겠소. 그들이 우리에게 한 일은 '불교시은不巧施恩'이라고 할 수 있는 것이 아니오이까."

하며 극력 말렸다.

'불교시은'이란, 그렇게 하려고 한 것은 아닌데 결과적으로 은혜를 베풀었다는 뜻의 말이다. 이 말을 부대부인은 서양에서 온 선교

** 감정을 숨기지 않고 자기의 생각대로 행동하며, 상대방의 생각은 아랑곳하지 않음.
*** 여러 사람에게 본보기로 보임.
**** 이명복(고종)과 왕위계승을 다퉜던 이하전(李夏銓)을 말함.

사로부터 배웠다.

민씨, 즉 부대부인은 김씨를 살려놓고 그 세력의 바탕에 자기 친가의 권속을 끼워 넣으면 눈에 띄지 않게 정사의 중추를 잡을 수가 있고, 기성세력과 모순 없이 세력을 부식할 수 있을 것이라고 생각했던 것이다.

그리고 한편, 천주에 대한 신앙을 돈독히 함으로써 운세를 지탱하고자 하는 여성다운 마음도 있었다. 백 가지 문물이 진보하고 있다는 서양과 결탁하지 않고는, 앞으론 나라를 꾸려나갈 수 없다는 막연한 생각을 갖기도 했다.

그러나 그러한 신앙만으로썬 평안할 수가 없었다. 뭔가 구체적으로 의지했으면 하는 심정이 돋아나고 있었다. 이럴 때, 대원군의 심복 안가安哥의 아내로부터 다음과 같은 말을 들었다.

"회현동에 '황봉련'이란 점쟁이가 있다고 하옵니다. 황봉련은 신통력을 가진 여자여서, 기왕지사는 물론 장래지사도 손바닥 위에 그려 보이듯 한다고 들었사옵니다."

부대부인은 천주교에 입교한 만큼 점술 따위를 대수롭게 여기진 않았으나, 한번 불러 얘기를 들어보는 것도 무방하리라고 생각했다. 부대부인은 안가의 아내에게 일렀다.

"그 황봉련인가 하는 여자를 데리고 와보게."

부대부인 민씨가 만나자고 한다는 전갈을 받자, 황봉련은 속으로 웃었다. 조만간 그런 일이 있을 것으로 짐작하고 있었기 때문이다.

그러나 황봉련은 서둘지 않았다.

"지체 높으신 부대부인을 뵙게 되는 만큼 몸을 정하게 해야겠으니 택일擇日을 해서 말씀 올리리다."

하고 심부름 온 여인을 돌려보냈다. 지체 높은 사람이 오라고만 하
면 치맛바람을 날리며 총총걸음으로 달려가는 그런 여자완 다르다
는 태도를 보이기 위한 까닭도 있었지만, 미리 최천중과 의논도 있
어야 했기 때문이다.

그 전갈이 있은 이튿날 밤, 황봉련으로부터 그 소식을 들은 최천
중은 다음과 같이 말했다.

"신통력을 부리되, 부대부인의 마음을 꼼짝없이 사로잡도록 하시
오. 앞으로 우리가 할 일이 많으니, 그 세위를 충분히 이용해야 할
것 아니오?"

"그런 걱정은 마시구, 대원군과 당신 사이에 다리를 놓을까 말까
한 것을 알았으면 해요."

봉련의 이 말에 대한 대답은,

"다리를 놓기 전에, 그 여우가 나를 어떻게 생각하고 있는지나
알아주슈. 만사는 그때부터요."

하는 것이었다.

"당신께서 이미 관상을 보았을 것이온데, 대원군의 운세는 대강
어떤 것이었어요?"

하고 묻자 최천중은 다음과 같이 덤덤히 말했다.

"장수하고 고종명考終命을 할 상판입디다만, 편할 날이 없는 관
상이었소. 권불십년權不十年이 판에 박힌 듯 보이던데, 그것이 지
금 임금의 명수인지 대원군 자신의 명수인진 알 수가 없더군. 차차
알 수 있게 될 일이오만, 그런 관상을 지닌 사람관 너무 밀착하지

말아야 할 것이 아닌가도 싶습니다."

"그럼, '불가근不可近 불가원不可遠'인가요?"

"이를테면 가깝겐 하되 일조 유사*해도 후환만 없게 하면 될 것이외다."

"십년 세도가 확실하다면 밀착해볼 필요가 있겠군요. 전 여자니까 표면에 이름을 나타낼 염려가 없으니까요."

"요량대로 하시구려."

하고 최천중이 웃으며 덧붙였다.

"총명하신 임자께서 오죽 잘하리이까."

"사람을 놀리시면 못써요."

황봉련이 처연히 눈을 흘겼다.

그러고서 물었다.

"파주골에 간 만돌, 아니 만석의 일은 어떻게 되었수?"

"천 석쯤이면 족하다고 했는데, 천오백 석을 뺏어 왔습디다. 그래 그걸 삼전도 여운 선생에게 갖다 바쳤죠. 그런데 우스운 일이 있소."

"뭣이 말예요?"

"글쎄, 그 만석이 놈이 기 부자와 상피를 붙었다던 며느리를 끼고 천오백 석을 받아 온 거요. 그 여자는 삼전도에 와 있소. 기씨로선 천오백 석을 안겨 며느리를 내보낸 셈으로 한 거요."

"그래, 그 여자는…?"

---

* 一朝 有事: 만일의 경우 일이 있어도.

"벌써 만석이란 놈이 요절을 낸 모양이오. 하여간 삼전도장에 차츰 여자 손이 모자라게 될 테니까 나쁠 것은 없지."

"그러나 문란하게 되진 않도록 하세요."

"사정을 말씀드렸으니 여운 선생이 알아서 하시겠지."

매화나무가 꽃봉오리를 맺었다. 차가운 기는 아직 가시지 않았어도, 대기 속에서 부드러운 봄의 숨소리가 들리는 듯했다. 철종의 상중喪中임을 감안하여, 황봉련은 가는 목으로 지은 소복에 상아 비녀를 찌르고 옥잠을 왼편 머리에 낀 모습으로 가마를 탔다.

가마는 운현궁으로 향했다. 태양이 중천에 있고, 거리가 활기를 띠기 시작했다. 황봉련은 가마의 주렴을 통해 이른봄의 한성 거리를 바라보며, 부대부인 민씨를 만난 자리에서 할 얘기를 마음속에서 다듬고 있었다.

이윽고 가마가 운현궁 소문小門 앞에 멎었다. 이미 통지해둔 바 있어 가마가 멎자 소문이 소리 없이 열렸다. 시녀가 둘 대기하고 있었다. 황봉련은 소복 치마의 옆 자락을 왼손으로 살큼 쥐고 뜰 안으로 들어섰다. 걸어가는 품이 백조를 닮아 우아했다. 누구도 그녀를 일개 점쟁이로 보진 못했다. 신비감이 그 전신을 감돌고 있었기 때문이다.

최천중의 옆에 있으면 일개의 다정한 여자일 뿐인데, 이렇게 거동을 하면 그 인상이 단박 달라지는 것이다.

이미 높은 지위에 있고 원래 성품이 침착한 부대부인 민씨도, 봉련의 용자容姿가 뿜어내는 그 우아한 풍정과 처염한 기품에 압도

당한 느낌이었다. 봉련의 절을 받고,

"내 익히 그대의 소문은 들었네."

하고 말을 낮추어 쓰면서도, 민씨 부인은 혹시 그 응대에 소홀함이 없을까 하고 마음이 쓰일 정도였다.

"뵙게 돼서 황공하오이다."

그 음성 청렬한 데에, 민씨 부인은 다시 한 번 놀랐다.

시녀가 꿀차와 유과를 얹은 소반을 봉련 앞에 갖다놓았다.

"우선 입가심이나 하게."

하고 민씨 부인이 권했다.

봉련은 유과 한쪽을 뜯어 입에 넣고 꿀차를 조금 머금곤 소반을 옆으로 밀었다. 어른이 내리신 건 사양 말고 받아야 하는 예법에 따랐을 뿐이다.

"시정市井의 사정들은 어떠한고?"

민씨 부인이 물었다.

"소녀, 바깥출입이 없어 시정의 사정엔 어둡사옵니다."

다소곳이 고개를 숙이고 봉련이 한 말이다.

"물가가 올라 하민들의 살림이 고된 것이 아닌지."

민씨 부인의 말.

"소녀, 물가완 상관없이 살고 있사오니 알 수 없나이다."

"그것 다행이로군."

"선친의 유업이 있사와, 고생 모르고 살고 있사옵니다."

소소한 질문 따위엔 관심이 없다는 봉련의 태도 표명이었다.

민씨 부인은 한동안 잠잠해 있더니,

"듣건대, 그대는 대단한 신통력을 가졌다며?"

하고 봉련을 쏘아보듯 했다.

"소녀에게 신통력이 있는 것이 아니라 옥황상제의 은총이 있을 뿐입니다."

"그대는 옥황상제를 믿는가?"

"예, 믿사옵니다."

"무엇을 근거로 믿는가?"

"제게 주신 은총이 근거이옵니다."

"그 은총이 곧 신통력이란 말인가?"

"예, 그러하옵니다."

부대부인 민씨는 빙그레 웃었다.

"네 그 신통력이라고 하는 것을 보고 싶구나."

황봉련이 화사하게 웃었다. 그리고 다소곳이 말했다.

"소녀의 신통력은 구경거리로 보이는 건 아니옵니다."

민씨 부인의 왼편 눈썹이 살큼 치켜졌다.

그러나 말은 부드러웠다.

"내가 보자고 하는데두?"

"황공하오이다. 옥황상제의 위광威光 때문이옵니다."

"내가 자네의 그 신통력인가 하는 것을 보아야, 옥황상제의 위광인가 뭔가 하는 것을 믿을 수 있을 것이 아닌가?"

"옥황상제는 부대부인께옵서 믿으시건 안 믿으시건 계시옵니다."

"글쎄, 그걸 내가 믿도록 해달라는 말 아닌가."

"서양 사람은 천주님이라고 하옵죠."

부대부인이 펄쩍 뛰었다.

"뭐라구? 옥황상제가 천주님이라구?"

"예, 그러하옵니다. 똑같은 하느님을 서양 사람들은 천주님이라고 하고, 우리 사람들은 옥황상제라고 하옵니다."

"그럼, 자넨 천주학을 믿는단 말인가?"

"아니옵니다."

"그것 이상하지 않은가?"

"조금도 이상하지 않사옵니다. 서양 사람은 서양 사람 풍속대로 하느님을 믿고, 우리는 우리 풍속대로 하느님을 믿으면 되는 것이옵니다. 천주학은 서양 사람이 하느님을 믿는 풍속이 아니옵니까. 그러니 소녀는 우리 풍속대로 하느님, 곧 옥황상제를 믿어야 한다고 생각하기 때문에 천주학을 믿지 않은 것이옵니다."

정연한 황봉련의 말에, 민씨 부인은 대꾸할 엄두가 나질 않았다. 봉련의 말은 좀 더 계속됐다.

"우선 서양의 말과 우리의 말이 다르지 않사오이까. 천주학을 하더라도 기도는 우리말로 드리는 것이 아니오이까. 천주님은 하나이신데 기도하는 말은 각각이라도 된다면 나름대로 믿어도 좋다는 뜻이며, 그렇다면 우리의 풍속에 맞추어 천주님을 옥황상제로 이름하여 모셔도 될 일이 아니오이까?"

민씨 부인은 일시 혼란을 느꼈다. 황봉련의 말이 옳을진대 무리해서 서양에서 온 신부를 받들 필요가 없는 것이며, 나라가 금하는 짓을 위험을 무릅쓰고 해야 할 까닭이 없지 않은가. 천주교 신앙이 돈독한 민씨 부인은, 우선 마음을 놓는 기분으로 장차 그 일을 생각해볼 작정을 하고 말했다.

"자네의 말을 알겠네. 한데, 어떻게 하면 신통력을 보여줄 수 있겠는가?"

"황공하오나…."

황봉련이 부복했다.

"소녀, 재물을 탐함은 결코 아니옵고 오직 옥황상제의 위광을 위해 드리는 말이오니 해량 계시옵소서."

"말을 하게."

"부대부인의 신수를 밝히는 신통력을 위해선 삼만 냥의 사례가 있어야 하겠사옵니다."

"삼만 냥을?"

하고 민씨 부인은 놀랐다. 아무리 신통한 점쟁이로서니, 점채로서 삼만 냥은 너무 심하다는 생각이 들었다. 그런데다 지금의 형편으로선 삼만 냥 돈이 문제될 것이 없지만 그것을 지출하려면 대원군과의 상의가 있어야 할 것이다. 그런 만큼 쾌씸한 마음이 들었다.

"삼만 냥을 내지 않으면 신수를 보아주지 못하겠다는 말이냐?"

민씨 부인의 말이 쌀쌀하게 울렸다.

부대부인 민씨의 심기가 좋지 않다는 것을 눈치챈 황봉련이 공손하게 입을 열었다.

"삼만 냥이란 돈을 요구한 것은 당돌한 소위라고 나무라실 겁니다. 그러나 신통력이 정녕 신통력이라면 그만한 대접을 해야 마땅한 것이옵니다. 신통력의 은총을 받은 자로선 그 은총을 주신 상제의 위신에 합당하도록 처신해야 되겠사옵고, 신통력의 효험을 보실 마님께서도 그만한 예우가 있어야만 보람이 돈독할 줄 아뢰옵니다."

"신통력, 신통력 하고 있지만, 내가 자네의 신통력을 본 적이 없지 않은가."

부대부인의 말에 약간의 노기가 섞였다.

"그러시다면…"

하고 황봉련은 눈을 감았다.

그리고 속으로 어머니의 영혼에게 빌었다.

'앞에 앉은 민씨 부인의 열 살 때 어느 날의 일을 제게 보여주소서.'

눈을 감고 앉은 황봉련의 모습에, 부대부인은 아찔한 기분이 들었다. 어느 때 절에 가서 관세음보살상을 보았을 때의 감동과 비슷한 감정이 고인 것이다. 부대부인은 일순 말을 잃었다.

황봉련이 눈을 떴다. 그리고 다음과 같이 말을 엮었다.

"부대부인께서 열 살이 되시던 가을날이었습니다. 동네 친구들과 함께 뒷산 밤밭에 가서 놀았습니다. 떨어진 밤을 줍기도 하고 장대로 밤송이를 떨어내기도 하며 한동안을 즐겁게 지냈습니다. 그러다가 부인께선 '앗' 하고 외마디 소리를 지른 채 엎드렸습니다. 어느결에 밤나무를 쳐다보는 찰나, 굵직한 밤송이가 떨어져 사정없이 부인의 오른쪽 눈언저리를 때렸기 때문입니다. 친구들이 모여들어 부인을 일으켰을 때, 눈언저리엔 피가 방울방울 솟아 있었습니다. 부랴부랴 집으로 돌아오셨는데, 집안에선 온통 야단이 났습니다. 눈언저리에 흉터가 생길까 봐 겁을 먹은 탓입니다. 같이 갔던 친구

가운데 '점딸'이란 노비의 딸이 섞여 있었는데, 부인을 그런 곳으로 데리고 갔다고 심한 매질을 당했습니다. 매 맞는 점딸을 보고 부인께선 엉엉 우셨구요. 그런데 동네의 '송산'이란 영한 약국의 치료를 받고 눈언저리는 흉터 없이 나았습니다. 그러나 밤송이에 맞은 눈은 완전히 성할 순 없었습니다. 걸핏하면 눈물이 괴는 까닭이 그때에 비롯된 것입니다. 한데, 눈물이 나실 땐 마른 수건으로 닦질 마시고, 물수건을 만들어 닦으시는 게 좋을 것입니다…"

황봉련의 말은 빠르지도 않고 느리지도 않았다. 긴 얘길 했는데도 새삼스럽게 들리지 않고 또박또박 진지해서 듣기가 좋았다.

그러나 그보다도 부대부인을 놀라게 한 것은, 자기 자신도 이미 잊고 있던 열 살 때 한나절 일을 그처럼 소상하게 들먹인 그 사실 때문이었다.

부대부인은 놀람에서 깨어나자 차분히 물었다.

"그런 일을 어떻게 알았느냐?"

"바로 그게 신통력이옵니다."

황봉련이 서슴없이 대답했다.

"누구로부터 들은 것은 아닌가?"

부대부인이 거듭 물었다.

황봉련이 정색을 했다.

"신통력을 모독하지 마옵소서."

그리고 밤밭이 있었던 산의 모양, 같이 간 아이들의 이름까지도 보충해서 말했다. 부대부인은 이미 압도되어 있었다.

"앞날의 일도 그와 같이 알겠는가?"

부대부인의 말이 흥분에 떨었다.

"전부를 다 안다고는 장담할 수 없사옵니다. 그러나 중요한 대강은 알 수 있사옵니다."

황봉련이 겸손을 섞어 말했다.

"그럼, 사직의 앞날, 아니, 우리 대감의 앞날에 대해서 말해줄 수 없겠는가?"

"사정은 미리 말씀드렸사옵니다."

"삼만 냥을 내야 말할 수 있다는 거로군."

부대부인이 말하며 웃음을 띠었다.

황봉련도 웃음을 머금었다.

"그럼, 우리 대감과 의논해서 통지를 할 것이니, 돌아가서 기다리도록 하게."

하고 부대부인은 시녀를 시켜 조그마한 보퉁이를 가져오게 했다. 그리고 그것을 황봉련 앞으로 밀어놓았다.

"모시 두 필이네. 우선 정표로서 가지고 가게."

황봉련은 황공무지하다는 뜻을 말하고 운현궁에서 퇴출했다.

회현동에서 기다리고 있던 최천중은 황봉련의 말을 듣자 회심의 웃음을 웃었다.

"그만해뒀으면 좋소. 한데, 임자가 느낀 대로 그 집 운세는 어떠하옵니까?"

"일시소춘一時小春의 기분이었어요. 결코 그 영화가 길진 않으리다."

"그럼 나하구 동감이로군."

하고, 최천중은

"앞으로 다른 잡사엔 일절 마음을 쓰지 말구, 그 집의 운세를 지레짐작하도록 합시다. 그 예견에 우리의 운세도 걸려 있는 것이오."

그러고는 세심한 밀담이 있었다. 목적은 물론 돈이었다. 줄잡아 이십만 냥의 돈을 빼내자는 것이다.

한편 대원군은 부인의 말을 듣곤,

"요망한 것들이 횡행하여 혹세무민하고 있다는데, 그 여호女狐도 그런 등속 아니겠소?"

하고 언짢은 표정이었지만, 부인이 재삼 탄복하는 소리를 하자

"현숙한 여인께서 그처럼 휘둘리는 걸 보니, 여우라도 보통의 여우가 아니겠군."

하고 껄껄거렸다.

"그렇게 허투루만 생각할 것이 아닙니다, 대감. 만일 앞날의 일을 그처럼 환히 알 수 있다면 그 이상 안심되는 일이 있사오리까? 그러니 대감…"

부대부인은 대원군을 졸랐다.

"돈 삼만 냥을 주어보자는 얘긴가요?"

"일단 주어봅시다."

"돈 삼만 냥을 예사로 들먹이니 부인, 언제부터 그처럼 담대해졌소?"

"농담이 아닙니다, 대감."

부인의 얼굴에 간절한 빛이 있었다.

"부인의 심정이 꼭 그렇다면, 삼만 냥쯤 버리는 요량을 못 할 바는 아니지만…."

하고 대원군은 그래도 씁쓸한 표정으로 덧붙였다.

"대권을 맡은 사람이 일개 점쟁이에게 휘둘려서야 되겠소. 그러니 요물의 수작을 구경하는 셈으로 마음을 찬찬히 가지시오. 돈은 내어드리리다."

대원군은 문갑에서 삼만 냥의 어음을 꺼내놓았다.

"고맙습니다, 대감."

하고 민씨 부인이 그 어음을 집어 들었을 때 대원군의 말이 있었다.

"돈을 주더라도 한 열흘 후에나 주도록 해요. 금방 돈을 보내면 우리가 그 백여우에게 홀렸다는 말이 되잖소."

어음을 쥐고 일어서려는 부인을 보고 대원군이 쏘았다.

"야박하기가 기생년 같군. 돈만 쥐니 달아나려는 걸 보니…."

대원군의 익살은 이미 소문이 난 정도여서 웬만한 말이면 참을 수가 있지만, 기생년 운운하는 말은 참을 수가 없었다.

"나으리, 무슨 말씀을 그렇게 하시죠?"

민씨 부인의 눈꼬리가 살큼 치켜졌다.

"내 말이 틀렸소?"

대원군은 딴전을 보였다.

"나으리의 지체가 높으시면 제 지체도 그만큼 높으오. 일국의 부대부인을 기생년에 비유한다는 게 될 말이오?"

"기생도 앉은 자리에 따라 지체가 높을 수도 낮을 수도 있는 것이오. 내 태생이 그러한데다가 반백이 될 때까지 시정잡배에 섞여 살았으니 어쩔 수가 있소? 점잖으신 부대부인께서 잘 봐주시구려."

하고 일단 민씨 부인의 마음을 누그러뜨리곤 의논하는 투가 되었다.

"한데, 아까 그 뭐랬더라, 황녀黃女의 얘기를 들었소만, 유류類는 유를 통해 안다고, 혹시 그 여인에게 '최천중'이란 관상사가 어디에 살고 있는지 한번 알아보도록 하시오."

민씨 부인은 기왕 남편으로부터 '최천중'이란 관상사의 이름을 들은 적이 있고, 그자를 죽이려 했던 사실도 알고 있었다.

"그 사람을 꼭 없애야 해요?"

하고 물었다.

"아니오, 죽일 작정은 없소. 그럴 필요가 없으니까."

"그럼 뭣 땜에 찾는 거요?"

"왕자의 측근엔 다사多士가 제제濟濟*해야 하는 법이오. 부인도 알다시피 내 주변엔 협객이 부족하지 않소? 능변能辯도 있소. 그런데 관상사가 없단 말요."

"관상은 나으리가 보시면 될 게 아닙니까?"

"그렇긴 해. 그러나 최가란 놈이 측근에 있으면 든든할 것 같애. 내 관상은 세고世故**로써 보는 것이고, 그놈의 관상은 술術로써 보는 거거든. 세고와 술을 합치면 거의 완벽할 것 아니오? 원래 정사란 인인성사因人成事인 거여. 지략 있고, 덕망 있고, 게다가 당자

---

* 많고 성함.
** 세상의 풍속이나 습관 등으로 인한 이러저러한 일.

의 신수 좋으면, 그런 놈을 쓰기만 하면 만사형통인 거요. 그래, 내 측근에 최천중 같은 놈이 있었으면 하는 거요."

"나으리의 옛날 의향을 그만한 사람이 몰랐을 까닭이 없는데, 나으리가 오란다고 오겠어요?"

"오지."

대원군은 자신 있게 말했다.

"불러도 오지 않을 정도의 인간이면 안 와도 무방해. 그놈은 귀신같이 내 의향을 알고 빠져나간 놈이야. 그런 만큼 지금의 내 의향도 알고 있다고 봐야 옳겠지. 그때도 그놈은 나를 이용하려고 했는데, 지금의 나를 이용해볼 생각이 없을 까닭이 없어. 그러니 내가 청한다고 하면 올 거요. 챙겨보슈."

부대부인은 그렇게 하겠노라고 하고 자리를 뜨며 한마디 덧붙였다.

"앞으로 나으리의 말씀 버릇을 고쳐야 할 거요."

부대부인의 치맛자락이 장지 틈으로 사라져가는 것을 보고, 대원군은 싱긋 웃고 중얼거렸다.

'하여튼 민씨 집 딸네들, 뼈대가 거칠기론 여간이 아녀.'

춘풍천리

春風千里

소문은 바람을 타고 천리를 간다.

하물며 춘풍이랴. 삼전도장의 소문은 춘풍을 탔다. 방방곡곡에 그 소문이 퍼졌다.

"한 가지 기술만 있으면 된대."

"잘 먹이고 잘 입히고 칙사 대접이래."

"삼일에 대연大宴이고 나날이 소연小宴이래."

"노름을 잘해도 좋고…."

"이마치길 잘해도 좋고."

"불알 잘 잡는 놈도 좋고."

"돌팔매 잘하는 놈도 좋고…."

"걸음 빨리 걷는 놈도 좋고…."

"도둑질을 잘만 하면 되고…."

"거짓말도 멋들어지게 하면 되고."

"활 잘 쏘는 놈…."

"말 잘 타는 놈…."

"남의 흉내를 잘 내는 놈…."

"짐승 소리 잘 내는 놈…."

"하여간 무슨 기술이라도 가진 놈은 칙사 대접 한다더라."

"아참, 연장 큰 놈도 뽑힐 수 있다던데…."

이런 소문이 호기심을 돋우지 않을 까닭이 없다. 하루하루가 지루한 놈, 살기에 지친 놈들은 그 소문을 듣고 신바람이 났다. 그러나 무언가 기술이 있어야 한다니 그게 난감했다.

'무슨 기술이든 배워야지.'

하고 갑자기 돌팔매질을 하기 시작하는 놈이 있는가 하면, 줄타기 연습을 시작하는 놈이 있고, 나무에 오르는 기술을 익히기 시작하는 놈도 있었다. 이것저것 자신이 없는 놈은 산골짜기 구석진 곳에 앉아 자기의 연장을 내놓고 그 치수를 재어보는 놈도 있었다.

'이것을 좀 키울 수 없을까?'

하고 궁리를 하다가, 벌에 쏘이면 엄청나게 커질 것인데 하는 엉뚱한 생각을 하는 놈도 물론 있었다.

그 소문엔 또 글을 잘하는데 과거에 낙방만 하는 사람도 좋다고 했다. 세도도 돈도 필요 없고 오직 실력으로만 사람을 뽑아 장원이 된 사람에겐 논 백 석지기를 주고, 차석이 된 사람에겐 오십 석, 그 다음의 사람에겐 삼십 석을 준다고 했다.

"뿐만 아니라, 뽑힌 사람이 원하기만 하면 평생에 빈객으로서 대접할 것이라고 하니 오죽이나 좋은가."

하는 말이 전국의 서원이란 서원에 두루 퍼졌다.

동시에,

"틀림없이 변괴라고 할 수 있는데, 된서리를 만날 것이나 아닐까?"

하고 미심쩍어하는 사람도 없지 않았으나,

"인재를 얻기 위한 대원군의 은근한 뜻을 받들고 있는 것이라서 걱정할 건 없다."

는 소문도 따라 돌았다.

"그야말로 태평성대가 되려나 보다."

하고 좋아하는 사람도 있었다.

재주는 있으되 그것을 써먹을 길이 없는 사람들은 얼마든지 있었다. 인구 칠백만인데, 그 가운데 인재가 없을 리 없는 것이다.

삼전도장의 주변에 즐비하게 여관이 들어섰다. 음식점도 생겼다. 구경꾼들도 모여들었다.

매일처럼 각종의 재주를 겨루는 행사가 있었으니, 구경꾼들이 모일 만도 했다.

"삼전도로 가자."

는 말은, 서울 사람들에게 있어서 소풍하러 가자는 뜻으로 통하게끔 되었다.

어느덧 이런 노래가 퍼졌다.

가자 서울로 가자

서울 가야만 삼전도로 간단다

삼전도 가서 꽃을 보면

빨강꽃은 빨강꽃이고

노랑꽃은 노랑꽃이라네

가자 한수漢水로 가자
한수로 가야만 삼전도로 간단다
삼전도 가서 달을 보면
초승달은 초승달이고
둥근달은 둥근달이라네

가자 삼전도로 가자
지겟다리 두드리며 부르던 노래
삼전도서 부르면 명창이 된다네
가자 삼전도로 가자
섧고 서러워서 흘리는 눈물이
삼전도서 흘리면 구슬이 된다네

가자 삼전도로 가자
팔매질 잘하는 너도 가고
투전 잘하는 너도 가고
거짓말 잘하는 너도 가고
도둑질 잘하는 너도 가면
나는 불알만 차고 따라가겠네
얼씨구 좋구나 삼전도로 가자….

청암골의 소년 박종태는 이 노래를 흥겹게 부르며 황토재를 넘어가고 있었다. 황토재는 진주와 하동의 경계에 있는 험한 고개다. 오름 십 리, 내림 십 리에 열두 모퉁이를 헤아리는 고개인데, 어느 곳에선 숲이 우거져 그 속을 걸으면 아득히 하늘만 바라보일 뿐이다.

호랑이를 비롯한 산짐승이 있고 도둑들이 잠복해 있다고 해서, 사람들은 그 고개를 넘으려면 고개 아래 주막에 머물러 있다가 십여 인 동행이 모이길 기다려야 했다.

그런데 박종태는 겁 없이 그 고개를 노래마저 부르면서 태평하게 넘어오고 있는 것이다. 양지쪽에서 이를 잡고 있던 도둑놈 하나가 옆에 누워 있는 놈을 보고 말을 건넸다.

"저 노랫소리 들리재?"

"그럼 내가 귀머거린 줄 알았나?"

하나가 퉁명스럽게 대답했다.

"아이놈 소리 같은데, 그놈 젊어지고 있는 거나 없는지 봐라."

이를 잡고 있던 놈의 말이다.

자고 있던 한 놈이 불쑥 일어서서 나무 사이로 길을 내려다보았다.

"보따리 같은 걸 메고는 있다만, 뭐 대단한 것이 들었을라꼬."

"먼길을 떠나는 놈 같은데 떡 부스러기쯤이야 없겠나? 몇 푼 노자도 있을끼고."

이 잡는 손을 멈추지 않은 채 사나이가 말했다. 길을 내려다보고 있던 놈이 슬금슬금 아래로 내려갔다.

"저놈 혼자 내려가도 될까?"

퉁명스럽게 말하던 놈이 중얼거렸다.

"애새끼 하난데 그걸 감당 못 할라꼬?"

이 잡는 놈이 한 소리다.

"혼자서 이 고개를 넘으려는 놈인데 범상하진 않을 꺼여."

이런 말을 주고받고 있는 동안, 한 놈이 길 옆 나무에 기대서서 소년을 향해 말을 걸었다.

"그 보따리에 뭣이 들었냐. 먹을 게 있거들랑 내놓고 가라."

박종태는 노래를 부르다만 입을 다물고 말뚱말뚱 그놈을 쳐다봤다. 그리고 한다는 소리가,

"너, 도둑놈이구나."

"뭐라꼬?"

도둑놈이 눈을 부릅뜨고 노려보며,

"이놈의 아이 간이 배 밖에 붙었나. 당장 묵사발로 만들어버릴까다." 하고 호통을 쳤다.

"도둑놈을 보고 도둑놈이라고 하는 게 뭐가 나빠?"

박종태는 조금도 겁을 먹은 기색이 없었다.

"이놈의 자식을 당장."

도둑놈이 길 쪽으로 내려 뛰어 박종태를 막아서려고 했다. 그러나 그사이 박종태는 얼른 몸을 날려 도둑놈의 등 뒤 저만큼에 가서 섰다. 비상하게 민첩한 동작이었다.

"이놈 봐라."

도둑놈이 휙 몸을 돌렸다.

박종태는 깔깔대고 웃었다.

"웃긴, 빨리 그 보따리를 풀어놓아라."

도둑놈이 외쳤다.

"너 줄려고 메고 온 보따리가 아니야."

박종태는 여전히 웃는 얼굴이었다.

"생명이 아깝거든 시키는 대로 해."

하고 도둑놈이 와락 달려들었다.

소년은 또 저만큼으로 몸을 날려 섰다. 도둑놈이 두어 발 떼어놓을 사이, 소년은 여섯 발쯤은 움직였다.

이 광경을 내려다보고 있던 놈이 이를 잡고 있던 저고리를 입곤,

"애새끼 하나를 두고 저 꼴인가."

하고 성큼 일어서서 비탈길을 달려 내려갔다. 한 놈은 그 뒤를 따랐다. 그땐 소년은 열 걸음 앞쪽으로 몸을 비키고 있었다. 그러고는,

"야, 재미있다. 도둑놈이 셋이나 되는구나."

하고 생글생글 웃었다.

"인마, 거기 서 있어."

도둑놈 하나가 섰다. 소년을 향해 뛰었다. 그러나 달음박질로써 소년을 잡긴 어림도 없는 일이었다. 달리다가 도둑놈은 길가에 주저앉고 말았다. 그러자 박종태는 다시 발을 돌려 도둑놈의 다섯 발쯤 앞까지 와서 섰다.

"인마, 도망을 할끼몬 도망을 하지, 왜 돌아오긴 하노."

가쁜 숨을 쉬며 도둑놈이 한 말이다.

"몇 걸음도 채 달리질 못하면서 도둑질을 어떻게 하나, 싶은 게 걱정이 안 되나. 그래서 왔다."

박종태는 천연스럽게 말했다.

"그래, 우짤끼고?"

도둑놈이 박종태를 흘겨봤다.

"아무리 흘겨봐도 겁 안 낼 테니, 꼴사나운 짓 하지 말고 내 말 들어. 황토재에서 좀도둑질 해봤자 별수 없을 거고, 붙들리기라도 하면 목 없는 귀신밖에 더 될 게 없으니 나하고 삼전도에나 가자."

박종태가 이렇게 말할 때, 다른 도둑놈도 가까이 왔다. 그들도 박종태를 잡을 생각은 포기한 듯 보였다.

"삼전도가 어딘데?"

아까의 도둑놈이 물었다.

"야, 소식이 불통이구나. 하기야 산속에 숨어 살자니까 소문도 못 들었겠지. 내 노래를 불러볼게, 잘 들어봐."

하고 박종태는 맑은 목소리로 삼전도 노래를 불렀다. 그리고 덧붙 였다.

"도둑질도 잘만 하면 좋은 대우 한다는데, 당신들 솜씨 갖고 될 는지 모르겠다."

"붙들어 죽일라꼬 꾀부리는 수작이겠지, 뭐."

하나가 말했다.

"그런 건 아니래. 아무튼 근처까지 가보면 알 것 아닌가. 밑져야 본전 아냐? 우리 같이 가자."

박종태의 이야기는 도둑놈들의 호기심을 돋우었다. 절박하고 암 담한 나날뿐인 그들에겐 실오라기만 한 희망이라도 커다란 광명이 된다. 어디로 가든 무슨 꼴을 당하든 생명만 부지할 수 있으면 되는 것이다. 게다가 박종태의 생글생글한 인상에 그들은 호감을 가졌다.

"아닌 게 아니라 밀져야 본전 아이가. 총각 따라 우리도 삼전도 란 델 가보자."

하나가 말하니 또 하나가 응했다.

"근처에 가서 살펴보고 안 될 성싶으면 그때 도망가면 될 겐게."

다른 하나도 그렇게 하마고 했다.

세 사람의 의견이 합쳐진 것을 보고, 박종태는 메고 있던 보따리 를 풀밭에 풀어놓았다.

"인절미도 있고 쑥떡도 있다. 와서 묵어라."

박종태는 상냥하게 그들에게 떡을 권했다. 한창 배가 고팠던 터 라 도둑놈들은 한입에 떡 두 개씩을 집어넣고 씹어 돌렸다. 그걸 보고 있더니 박종태는

"너무 급하게 묵으면 배탈난다."

며 웃었다.

어지간히 배가 찼던지 하나가 물었다.

"총각은 뭣 땜에 삼전도 갈라쿠노?"

"하나의 기술만 뛰어나면 잘 대접해준다 해서."

종태는 서슴없이 말했다.

"무슨 기술 가지고 있노?"

"달음박질. 나는 토끼보다도 빠르고 당나귀보다도 빨라. 그만한 기술이면 될 거야."

"그래도 부모님 슬하에 있는 것보다야 나을라꼬."

"내겐 부모님이 없어."

"우쩨된 긴디?"

"내가 어릴 때 죽었대."

"그럼 어디서 컸노?"

"큰아버지 집에서 컸다."

"큰아버지가 널 가라고 하더냐?"

"말렸지만 할 수 있나, 뭐. 가난해서 난 서당에도 못 댕기는 판인데."

"그래, 조그마한 아이가 천리 길을 혼자 나섰단 말이가?"

"그래, 심심해서 도둑놈들인 줄 알면서 너희들을 청하는 것 아니냐."

"도둑놈, 도둑놈 하지 말라. 누가 들을라."

"그럼 뭐라고 할까?"

"내 이름은 창두다. 그리고 저놈은 황두고 이놈은 강두다."

"두자 돌림이구나. 성은 뭐지?"

"우리에게 성이 있으몬 뭣 할끼고."

"그건 그렇다. 도둑놈이 성을 들먹이면 성 버릴 테니."

"도둑놈이라 하지 말라 캐도."

"그러면 성을 도가로 해라. 도창두, 도황두, 도강두. 도가 삼형제로 하면 되겠네. 성이 없다고 하면 사람들이 우습게 여길 것 아닌가."

"네 말 들은께 그렇구나."

"떡 그만 먹고 슬슬 가자."

박종태가 앞장을 섰다. 도둑놈 셋이 뒤따랐다.

고개를 내려 평길에 들어섰을 때, 주막집을 바라보는 지점에서 도둑들은 서버렸다. 그리고 한 놈이 중얼거렸다.

"주막에 포졸이 있을지도 모르는데."

"그럼 내가 먼저 가볼게. 없으면 손을 흔들 테니 곧 따라와."

하고 박종태는 날쌔게 달려가서 주막집을 기웃거리곤 활발하게 손을 흔들었다. 이렇게 해서 그 기묘한 일행은 삼전도를 향해 황토재를 떠났다.

열다섯 살 먹은 박종태가 장정 도둑놈 셋을 거느리는 기묘한 일행이 된 셈인데, 한 모퉁이를 돌아 큰 마을을 바라보는 지점에 이르자 박종태가 우뚝 섰다. 그리고 세 도둑놈들을 번갈아 보더니,

"이것 안 되겠다."

하고 뱉듯이 말했다.

"뭣이 안 되겠다 말이고?"

창두가 물었다.

"너희들 그 꼬라지가 뭐냐. 어디다 내놔도 도둑놈인걸. 백주에 도둑놈들허고 길을 걸을 수가 있나. 더욱이 반촌 앞을 말이다."

"그럼 우쩔끼고, 우리와 같이 가기 싫단 말이가?"

황두의 말이었다.

"그런 건 아니다. 너희 그 도둑놈 꼴이 보기 싫단 말이다."

"도둑놈, 도둑놈 하지 말라카이."

강두가 볼멘소리를 했다.

"아무리 봐도 도둑놈들 꼴인 걸 어떻게 해. 이왕 도둑질을 할 바엔 옷 도둑질도 할 것이지."

"묵는 걸 훔치기도 바쁜데, 옷 도둑질 할 짬이 어딨노?"

창두의 말이다.

"우쨌든 가야 할 것 아니가. 여게 서 버리면 우짜노."

황두가 투덜댔다.

"그런 게 아니라…"

하고 박종태는 동쪽의 산을 가리켰다.

"너희들, 저편 산으로 먼저 가 있거라. 저기 우뚝 솟은 나무 보이지? 그 근처에 가서 숨어 있어. 내 너희 옷하고 먹을 것하고 장만해 갈게."

"누가 옷을 주고 묵을 것을 준다더냐."

강두가 입을 삐쭉했다.

"그건 내가 알아서 할게, 빨리 가."

"너 도둑질할 작정은 아니겠재?"

창두가 걱정하는 빛이 되었다.

"도둑질은 너희나 할 일이지, 내가 왜 도둑질을 해?"

"그럼 우쩐단 말이고?"

창두는 아무래도 걱정인 모양이었다.

"저건 '직전稷田'이란 마을이다. 기와집이 참 많지? 인심이 좋아 뵈는 마을이 아닌가. 그러니까 걱정 말고 먼저 저 산 나무 밑에 가 있어."

"안 오진 않겠재?"

강두가 한 말이다. 그사이 정이 들어, 헤어지기가 싫은 심정이었던가 보았다.

"사람을 뭘로 아는 거야."

박종태는 새침한 표정으로 달리듯 그 자리를 떠났다.

도둑놈들은 종태가 시키는 대로 길 아닌 산허리를 걸어 오르기 시작했다. 그러다가 창두가 뒤돌아보니 박종태는 벌써 동구 앞 정자나무 근처에 다가가고 있었다.

"저것 봐."

"걸음이 우찌 저리 빠르노."

"저건 아이가 아니라 귀신 같대이."

"혹시 여우가 둔갑한 것 아니가?"

세 놈은 멋대로 지껄여댔는데, 일치된 느낌은 박종태에 대한 놀람이었다.

도둑놈 셋은 느릿느릿 산을 기어올라 박종태가 가리켰던 나무 밑에 가서 뒹굴 듯 앉았다.

"백여우가 둔갑한 게 아니면 기인일끼라. 그 조그마한 놈의 담력을 보나, 말솜씨로 보나."

창두가 중얼중얼했다.

이때, 박종태는 어느 대갓집 대문을 들어서고 있었다.

대문을 들어서니 사랑채로 통하는 귓문이 있었다. 그 귓문을 열고 박종태는 사랑채의 축담에 섰다. 바로 대청마루 건너엔 창문을 활짝 열어놓은 방에서 선비가 앉아 낭랑한 목소리로 글을 읽고 있었다. 박종태가 축담에 와 선 줄도 깨닫지 못했다.

박종태는 한참 글 읽는 소리를 듣고 섰다가 말을 던졌다.

"글 읽는 소리 듣기 좋습니다."

선비가 얼굴을 들었다. 마흔 살쯤 되어 보였다.

"너는 누구냐?"

"길 가는 사람입니다."

"그런데 여긴 뭣 하러 왔느냐?"

"글 읽는 소리가 하도 듣기 좋아서 들어왔습니다."

선비는 어이가 없는 듯 나무라서 쫓아버릴까 어쩔까 하고 망설이는 눈치더니,

"글 읽는 소리보다 그 뜻을 알아들을 수 있느냐?"

하고 물었다.

"알아들을 수 있습니다."

"그럼, 무슨 뜻인지 말해봐라."

"예."

하고 박종태는 대뜸 이런 말을 했다.

"그러나저러나 나도 손님인데 앉으란 말도 없는 것이 군자의 예의에 어긋나는 일 아닙니까?"

"거 잘못됐군."

선비는 웃으며 올라와 앉으라고 했다. 보따리를 내려놓고 박종태가 마루로 올라가 앉아 한 말은,

"먼길을 걸어 내 발이 더러워 방으론 들어가지 못하겠습니다. 서로 인사를 해야 될 테니 마루로 나오시죠. 아무렴 문외배門外拜를 할 순 없잖습니까?"

당돌하다는 느낌이 없진 않았으나, 한편 싱그러운 놈이란 느낌도 있었던지 선비는 쓸쓸하게 웃으며 마루로 나와 앉았다. 박종태가

정중히 절을 했다.

"나는 박종태라고 합니다. 반남 박씨입니다. 청암골에 삽니다."

선비도 답례를 하지 않을 수 없었다.

"나는 문영상이다."

하고 자기소개를 했다.

"문씨는 양반이며 대대로 덕망이 있는 집이라고 들었습니다."

박종태가 이렇게 말하자, 문영상은

"고맙다. 그런데 아까 내가 읽은 글 뜻이 뭣인가 말해봐라."

하고 재촉했다.

"그건 쉬운 일입니다. 글이라는 건, 사람이면 예의를 알아야 한다, 덕이 있어야 한다, 불쌍한 사람에겐 인정을 베풀어야 한다, 옳은 일을 해야 한다, 남이 나쁜 짓을 못하도록 말려야 한다, 하는 것들을 가르쳐주는 것 아닙니까."

박종태의 말엔 서슴이 없었다.

문영상은 기가 막혀 껄껄대고 웃었다.

"제 말이 틀렸습니까?"

"아니다. 네 말이 옳다. 글이란 건 원래 착한 일을 권하는 것이니까."

문영상은 연방 웃으며 말했다.

"그래서 전 글 읽는 사람을 좋아합니다."

"넌 글 배웠나?"

"배우지 못했습니다. 검은 것은 글이요, 흰 것은 종이요, 하는 것밖에 모릅니다."

"배우지 않고 글의 뜻을 그만큼 알면 대단하다. 가히 '생이지지生
而知之*가 아닌가."

하고 문영상은 다시 한 번 크게 웃었다.

"그런데 어디로 가는 길인고?"

"삼전도로 가는 길입니다."

"삼전도? 요즘에 소문이 떠돌고 있는 그 삼전도 말이냐?"

"예."

"괜히 뜬소문을 믿고 천리 길을 갈 참이냐?"

박종태를 만만히 보아선 안 된다고 생각했음인지, 문영상의 태
도가 정중하게 되었다.

"이런 노래까지 있지 않습니까."

하고 박종태는 목청을 돋우어 삼전도의 노래를 부르기 시작했다.
낭랑한 목소리도 좋았지만 우선 그 뱃심에 문영상이 놀랐다.

노래를 부르고 나자 문영상이 물었다.

"삼전도에 가서 달을 보면 초승달은 초승달이고 둥근달은 둥근
달'이란 대목이 있는데, 그게 무슨 뜻이냐? 어디에 있어도 초승달
은 초승달이고 둥근달은 둥근달 아니냐?"

"어른께서 몰라서 묻는 겁니까? 알고도 시험 삼아 묻는 겁니까?"

"몰라서 묻는 거다."

문영상의 태도는 진지했다.

"그렇다면 말씀드리죠."

---

* 학문을 닦지 않아도 태어나면서부터 안다.

하고 박종태는 다음과 같이 말했다.

"양반에게 억눌린 상놈들에게 제정신이 있겠습니까. 하루의 끼니를 걱정하는 가난뱅이에게 제정신이 있겠습니까. 그러니 초승달이 초승달같이 보이지 않고, 둥근달도 둥근달처럼 보일 까닭이 없습니다. 그런데 삼전도에 가면 모두 사람 구실을 하게 되니까 초승달은 초승달로, 둥근달은 둥근달로 보인단 말 아닙니까."

"그렇구나. 네 말이 옳다."

며 문영상이 무릎을 탁 쳤다.

"너의 총명이 대단하구나. 한데, 네가 내 집을 찾았을 땐 필시 무슨 용건이 있을 것 아니냐. 그걸 말해봐라."

문영상이 정중하게 말했다.

"그럼, 말씀드리겠습니다. 제가 황토재를 넘어오다가 도둑놈을 셋 만났습니다. 놈들의 의복이 남루하기가 이를 데가 없었습니다. 그런데 놈들은 오늘 밤 옷과 먹을 것을 훔치기 위해 이 동네로 쳐들어올 궁리를 하고 있었습니다…."

"고, 고맙구나. 미리 방비를 하라고 모처럼 찾아온 것이로구나."

하면서도 문영상의 얼굴엔 불안이 있었다.

"아니올시다. 제가 그들을 한사코 말렸습니다. 세 놈은 모두 도끼를 들고 있는데, 아무리 방비를 한다고 해도 놈들이 들어오면 사람이 상할 것 아닙니까. 사람은 사흘을 굶으면 한 길 담을 뛰어넘는다고 합니다. 놈들은 헐벗고 굶주려 있습니다. 내가 말린다고 해도 하루이틀이지, 오래가진 못할 것 아닙니까. 그러니 어른께서 옷 세 벌하고 쌀 넉 되만 주십시오. 그러면 제가 놈들을 이 동네에 접근

하지 못하도록 멀리로 데리고 가겠습니다."

"한 벌이면 몰라도 세 벌이나?"

하고 문영상이 난색을 보였다.

"댁에서 한 벌, 이웃에서 한 벌, 뒷집에서 한 벌씩 내도록 하면 될 것 아닙니까. 놈들이 들이닥치면 무슨 손해가 있을지 모르고, 관가에 알린다고 해도 그 번거로움이 또 어떻습니까. 술 밥 주어야 할 테고…"

문영상은 옷 세 벌, 쌀 닷 되에다 주먹밥 열 개를 만들어 주었다. 그만해도 꽤 큰 뭉치의 짐이 되었다. 그걸 멜빵을 채워 지고 나서는데, 문영상이 말했다.

"네가 원한다면 널 내 집에 있게 하고 싶지만 일행이 있다고 하니 그렇게도 못 하겠구나. 그런데 한 가지 부탁이 있다. 넌 틈을 보아서 글을 배워라. 너만 한 총명이면 쉽게 글을 배울 수 있을 뿐만 아니라, 큰사람이 될 수도 있을는지 모르겠다. 그러나 글을 배우지 않으면 그 총명도 차츰 흐려져 쓸모가 없어진다. 글을 배워라."

"예, 고맙습니다. 꼭 글을 배워 언젠가는 은혜를 갚으리다."

하고 박종태는 그 집을 나섰다.

동편 산 정자나무 밑에서 기다리고 있는 도둑놈들은 박종태가 돌아오는 것을 보고 환성을 올렸다. 뿐만 아니라 세 벌의 옷과 쌀, 주먹밥이 나오는 것을 보자, 감지덕지 기뻐 어쩔 줄을 몰라했다.

"우선 시장할 테니 주먹밥 한 개씩만 먹어."

하고 박종태는 보퉁이를 도로 쌌다.

"옷은 우리 줄 것 아니가?"

강두가 물었다.

"너희들 안 주고 누구 줄려고 얻어 왔겠나. 그러나 이 옷을 입을 려면 몸을 씻은 후라야 해. 때가 누룽지처럼 몸에 붙어 있을 텐데, 그 위에 새 옷을 입으면 뭐 하나."

박종태가 점잖게 말했다.

그리고 주먹밥 한 덩어리씩을 먹어 치우는 것을 보자, 개울의 후 미진 곳을 찾아 내려갔다.

"저기 가서 몸을 씻어."

박종태의 지시였다.

"추운디 우뚜케 씻으라카노."

황두가 볼멘소릴 했다. 하기야 이른봄이라서 개울물에 먹 감기엔 아직 추운 것이다.

종태가 버럭 고함을 질렀다.

"입 꼭 다물고 씻어봐. 그만한 밸도 없는 놈들이니까 도둑놈이 되었지. 겨울에 얼음 깨고 먹 감는다는 말 안 들어봤나. 하여튼 너 희들 몸 씻기 전엔 옷을 안 줄 거야."

"안 되겠다야. 우리 시키는 대로 하자."

며 창두가 개울가로 내려가 옷을 벗기 시작했다. 두 놈도 따라 하 지 않을 수 없게 되었다.

"앗, 차가워."

하면서도 창두는 물속으로 들어가 몸을 문지르기 시작했다.

"이왕이면 그 수건도 씻어."

하고 종태가 고함을 질렀다.

도둑놈들은 이를 악물고 서로 격려해가며 열심히 몸을 씻었다.

차가운 물에 몸을 씻고 나면 따스해지는 법이다. 도둑놈들은 말쑥한 얼굴로 서로를 바라보며 웃고, 종태가 가지고 온 옷을 입었다. 모두들 이목구비가 또렷또렷한 게 전연 다른 사람처럼 보였다.

"면경이 있었더라면 보여주고 싶구나. 너희들은 장가라도 들 수 있겠다. 모두 잘난 얼굴인데, 어쩌면 그리 쑥쑥하게* 살았나."

박종태는 어른이 아이들을 치하하는 투로 말했다. 창두나 황두, 그리고 강두는 격에 맞지 않게 수줍게 웃었다.

"자, 그러면 길을 떠나자. 오늘 밤은 곤양장터쯤에서 가서 자도록 하자."

박종태의 말이 떨어지자, 세 놈은 신나게 걷기 시작했다. 곤양장은 거기서 30리쯤 상거에 있었다. 박종태의 두령으로서의 위신은 이로써 확립된 것이다.

길을 걸으며 물었다.

"너희들 어째서 도둑놈이 되었는지 얘기 한번 해봐라."

종태의 명령은 시행되어야 했다.

"나는 배골 이 참봉 집의 하인으로 있었는디, 참봉 어른의 매질이 어떻게나 심한지 견딜 수 없어 도망을 쳤지. 그란디 붙들리면 죽을끼고, 어디로 가야 할지 모르것고, 하는 수 없이 황토재에 숨었지."

---

*　지저분하다.

"나는 다룸재 김 첨지 하인인디, 소 팔러 가다가 소를 날치기 당
했어. 그냥 돌아가몬 맞아 죽을끼고 해서 황토재로 갔는디, 거게
창두가 있어서…."

이건 황두의 얘기였다.

강두는 말을 꺼내지 않고 우물쭈물했다. 박종태가 따졌다.

"넌 왜 말 안 하냐."

"저놈은 제 입으론 얘기하기가 거북할끼구만."

하고 창두가 가로막고 나섰다.

"강두는 한재 정씨네의 하인인디, 그 집안의 어른이 예쁜 첩산이
를 맞아들였는데, 어느 날 밤 강두가 덮친기라. 그게 인연이 돼 갖
고, 어른이 안 가는 밤이면 저놈이 가고 했는디, 꼬리가 길어 밟혀
버린 기지. 그래도 뭔가를 한 보따리 가지고 있더만. 황두와 같이
저놈을 잡았는디, 잡아놓고 보니 그런 사연이라. 그래, 함께 있게
된 기구만."

"아아, 시시하다."

고 박종태가 한탄했다.

"나는 무슨 대단한 놈들이라고 생각했더니 형편없는 인간이구나."

창두가 '헷헤' 하고 웃었다.

황두가 따라 웃었다.

강두는 딴전을 부렸다.

"도둑질을 시작한 진 얼마나 되나?"

종태가 물었다.

"1년 남짓밖에 안 돼야."

창두의 대답이었다.

"그동안 아주 신난다 싶을 때가 있었나?"

"있었지."

황두가 대답했다.

"그 얘기 한번 해봐라."

"그런께, 작년 가을이었지."

하고 황두는 창두의 눈치를 살피곤 이런 얘기를 했다.

청량하게 맑은 날이었는데, 한 채의 가마가 올라왔다. 가마를 멘
교군이 둘, 짐을 진 지게꾼이 둘, 가마 뒤를 따라가는 한님[奴婢]이
둘, 나귀를 탄 노인이 하나, 이렇게 구성된 일행이 고개를 올라오고
있었다. 세 놈은 의논을 했다. 이편의 사람 수가 많은 것처럼 가장
하기 위해 한 놈은 저편, 한 놈은 이편, 한 놈은 그 중간쯤에 자리
를 잡고, 가운데 자리를 잡은 창두가 먼저 고함을 질렀다.

"가마 올라간다. 우선 일곱 놈만 내려와서 한 놈씩 잡아라."

"예에."

저편에 있던 황두가 소리쳤다.

창두가 이편을 보고 다시 외쳤다.

"아래쪽에 있는 놈들은 도망치는 놈을 빠짐없이 잡아라."

이편에 있던 강두가 소리쳤다.

"예에."

그러자 교군은 가마를 버리고, 짐꾼은 짐을 버리고, 노인은 나귀
를 타고 모두 도망해버렸다. 남은 것은 짐과, 가마 속의 여자와, 한
님 둘이었다.

곤양장터 변두리에 있는 주막집 봉놋방에서 하룻밤을 잤다.

그런데 아침에 한 소동이 있었다.

포목장수 영감이 담뱃대를 잃어버렸다고 수선을 피웠다. 그러자 옹기장수 장년이 호패戶牌가 없어졌다고 야단이었다. 호패란 요즘 으로 말하면 주민등록증 같은 것이다. 그것 없인 성년 남자가 원행 遠行할 수 없게 되어 있다. 성문 출입할 때 필요한 것이고, 더러는 불심검문도 있기 때문이다.

봉놋방에서 이런 소동이 났을 때, 주인은 주인대로 야단법석을 했다.

"돈 다섯 냥을 도둑맞았다. 어떤 놈이 가지고 갔노?"

그러고는 봉놋방으로 들어와서,

"한 놈도 못 나간다. 꼼짝 말아라."

하고 시퍼렇게 설쳤다.

모두들 가진 것을 펴 보이기도 했다.

강두가 투덜투덜했다.

"제에미, 가진 기라곤 불알밖에 없소. 그거라도 볼라요?"

주인과 포목장수 노인과 옹기장수 장년이 설쳐댔지만 담뱃대도 호패도 돈도 나오질 않았다.

"참말로 귀신이 통곡하겠네."

하고 주인이 울상을 지었다.

"새벽에 나간 놈 없나?"

창두가 한마디 했다.

"아, 그 소장수 한다는 사람이 새벽에 나갔다."

하고 황두가 말했다.

"잊었다는 기 거짓말이 아니몬 그 소장수 수작이로고만."

강두의 말이었다.

박종태는 또랑또랑 눈동자를 굴리며 모두들의 얼굴을 둘러보고 있더니,

"불난 게 아니니까 다행이군."

뚜벅 한마디 했다.

"앞이마에 쇠똥도 안 벗겨진 게 무슨 소릴 하노. 사람 보골* 채우나?"

주인이 꽥 소리를 질렀다.

"안 그렇소? 불이나 났으면 이 집이 다 타버렸을 텐데, 돈 다섯 냥 없애고 그만하니 다행 아니오?"

박종태의 말은 또박또박했다.

"돈 잃은 기 애통해서 죽겄는디 무슨 소릴 하노?"

주인은 펄펄 뛰었다.

"여보시오."

박종태의 말이 날카로워졌다.

"벽장 속에 쇠통을 채워놓은 상자에 들어 있는 돈을 누가 훔쳐 가도 모를 판이었으니, 누가 불을 질러도 몰랐을 것 아니오. 조심이 모자라 돈을 도둑맞았으면 그만이지, 손님 자는 방에까지 와서 이러기요?"

---

* 허파.

"뭐라꼬?"

하며 주인은 몸을 부들부들 떨었지만 대꾸할 말이 없었다. 종태의
말은 사리에 어긋남이 없었다.

종태는 노인을 보곤,

"담뱃대와 쌈지를 잃어버렸다니 안됐소. 그러나 돈 많이 버는 모
양이니 새 걸로 좋은 걸 하나 사시죠."

하고, 호패를 잃은 장년 보곤

"호장보고 새로 하나 만들어달라고 해요. 그리고 옹기 짐이 호패
대신 안 하겠소. 그러니 그만한 일 갖고 시끄럽게 맙시다. 도둑놈은
없어졌는데 남아 있는 사람끼리 서로 서먹서먹할 게 뭐요."

"자네 말이 맞다."

하는 포목장수 노인의 말이 보태지자, 모두들 조용하게 되었다.

박종태, 그 일행 네 사람이 하룻밤 먹고 잔 몫으로 쌀 한 되를
내어놓았다. 주막집 주인의 얼굴이 벌겋게 달아올랐다.

"우린 흙 파다가 밥 만든 줄 아나?"

"밥하고 흙하곤 다르다는 걸 아니까 쌀 한 되 주는 것 아니오?"

박종태는 아무렇지 않게 말했다.

"이것 갖곤 안 돼!"

주인의 호통이었다.

"여보시오, 주인. 우린 먼길을 가야 할 사람이오. 한양 천리 길을
갈 사람이오. 한 톨의 쌀도 쪼개가며 먹어야 할 판이오. 이런 사정
을 알면 공밥이라도 먹여주는 게 인정인데 왜 이러시오."

"선심 쓸라꼬 이 장바닥에 나와 앉아 있는 줄 아나?"

"이익도 보고 선심도 쓰고, 그게 살아가는 재미 아뇨?"

종태는 생글생글 웃고 있었다.

"이 애놈의 새끼를 당장."

주막집 주인이 주먹으로 허공을 휘둘렀다. 그러자 박종태는 창
두를 돌아보고 어른스럽게 말했다.

"황두랑 강두 데리고 먼저 길을 떠나라. 환덕으로 가는 길 물어
그 길로 가다가 재몰랑이에서 기다려라. 내 걸음이 빠르니 곧 따라
갈 게다."

그리고 빨리 가라고 눈짓을 하며, 자기의 괴나리봇짐을 황두에
게 던졌다.

종태를 신뢰하고 있는 그들은 뒤도 돌아보지 않고 떠났다.

종태는 한 걸음 다가서며 주인을 똑바로 쏘아보았다.

"아까 뭐랬지? 애새끼라고?"

"그랬다. 어쩔 테냐?"

주인이 눈을 부릅떴다.

"양반 유세 하긴 싫다만, 상놈인 주제에 양반 욕을 그렇게 해 갖
고 그 주둥아리가 성할 줄 알아?"

종태의 말은 야무졌다.

"이 새끼 당돌하구나. 양반이면 양반의 법을 배워. 주막에 와서
공짜 밥 묵을라쿠는기 양반가?"

주인은 종태의 멱살이라도 잡을 듯 덤볐지만 잡힐 듯하면서도
살금살금 빗나갔다. 어느덧 구경꾼이 주막 안에 모여들고 있었다.

"나는 공밥 안 먹는다. 그 대신 외상이다. 한데, 양반법 한번 써

218

볼까?"

하더니, 박종태는 어느 사이 몸을 날려 울타리에 기대놓은 몽둥이를 집어 들었다. 그러고는,

"상놈 버릇 고치는 데는 몽둥이찜질이 제일이라더라."

며 주인 정강이를 후려쳤다.

"아이구."

하는 소리와 함께 주인이 땅바닥에 뒹굴었다. 이때, 안주인이 달려와 울부짖었다.

"모두들 뭣 하는기요. 말리지도 않고. 그런데 넌 뭐꼬. 아이놈이 어른을 치다니…."

"아이놈이 어째? 요것도 한번 맛을 봐야 하겠구나."

하고 종태가 몽둥이를 치켜들었다.

"아이구, 아이구. 이놈이 사람 칠라쿠네."

하고 안주인은 소리를 지르며 모인 사람들의 구원을 청했다.

"뭐라고? 이놈이라고?"

박종태는 그렇겐 강하지 않게 몽둥이로 여자의 어깨를 때렸다.

"이놈의 애새끼, 맛을 볼라쿠나?"

하고 사내 주인이 몸을 틀며 일어섰다.

"여전히 말버릇을 고치지 못하는구나!"

박종태는 몽둥이를 짚고 서서 주막집 주인을 노려보았다.

잔뜩 흥분한 주인은 몸을 떨며 다시 한 번 덤벼들었다. 종태는 날쌔게 몸을 피하며 몽둥이로 살큼 주인의 가슴을 쳤다. 주인은 이번엔 보기 좋게 궁둥방아를 찧었다.

그러자 종태는 조용히 말했다.

"이번엔 덤비면 골통을 쪼개버릴 거다."

그러고는 모여든 사람들을 보고,

"나는 양반 유세 할라고 이놈을 때린 게 아니라 이놈의 심보가 나빠 때린 거요. 먼길을 나선 가난한 사람이 밥 한 끼 얻어먹고 쌀한 되 내놓았는데, 그게 부족하다고 붙들고 실랑이를 할 뿐 아니라 입에 담지 못할 욕을 퍼부어대니 가만있을 수가 있겠소?"

하고 설명을 했다.

"주인이 잘못했군."

하는 소리가 이곳저곳에서 일었다.

종태는 다시 주인을 향했다. 그리고 몽둥이를 주인 코앞으로 내밀며,

"무릎을 꿇어. 그리고 잘못했다고 해."

하고 소리를 질렀다.

주인은 코앞에 있는 몽둥이를 잡아낚으려고 했다. 그러나,

"이 녀석이."

하는 말과 동시에 몽둥이는 주인의 이마를 향해 날았다.

"아이쿠, 이놈이 사람 죽인다."

하고 주인은 엄살을 부렸다.

"빨리 무릎 꿇어. 이번엔 참말로 골통을 쪼개버릴 거다."

하고 종태는 몽둥이를 치켜들고, 주인의 머리를 노리는 자세를 취했다.

안주인이 남자에게 엉겨 붙었다.

"여보, 빨리 사과를 해요. 빨리요."

주인은 시부적시부적 무릎을 꿇었다.

"이마를 땅에 댓!"

종태의 호령이 있었다.

주인은 시키는 대로 했다.

"'죽을죄를 지었으니 잘못했습니다, 살려주이소'라고 해."

종태가 다시 호령하자, 주인은 시키는 대로 중얼중얼댔다. 그러자 종태는 몽둥이를 멀찌감치 던져버리고,

"장바닥에 앉아 장사를 하려면 인정 쓸 줄도 알아야 하고 소년 대접할 줄도 알아야 해."

하는 말을 남겨놓고 휑하니 사립문 밖으로 나가버렸다.

그런데 이상도 했다. 아차 싶었을 땐 박종태는 들 가운데를 걷고 있었고, 눈 깜짝할 사이 저편 산속의 길로 사라져버렸다.

"아무래도 저 소년은 도술을 하는 술자인 것 같애."

하는 말도 나왔고,

"주인, 잘못 걸려들었어."

하는 말도 있었다.

그리고 모두들 오늘 집으로 돌아가서 할 얘깃거리가 생겼다고 수군거렸다.

"제에미, 오늘은 일진이 나빠 돈 닷 냥 도둑맞고 몽둥이찜질까지 당하고."

주인은 겨우 몸을 틀고 일어서며 투덜투덜댔다.

"아따, 그만하기가 다행이오. 본께 그 소년의 몽둥이질은 당신 골

통을 깨고도 남을 것 같던디, 그래도 사정을 보아가며 몽둥이질을
합디다."

　자초지종을 보고 있던 포목장수 영감이 한 말이었다. 안주인은
어깨를 만지며 부엌 쪽으로 걸어갔다.

　박종태가 고갯마루에 이르렀을 때, 창두는 담뱃대를 뻐끔거리고
있었고, 황두는 호패를 만지작거리고 있었고, 강두는 돈 꾸러미를
찰랑대고 있었다.

　그들의 얼굴엔, 칭찬을 들으려다가 꾸지람을 당하지나 않을까 하
는 두려움이 섞인 어색한 표정이 나타나 있었다.

　박종태는 창두의 손에서 담뱃대를 뺏어 들었다. 그리고 그걸 이
모저모로 살펴보며,

　"은으로 만든 거네. 썩 좋은 담뱃댄데."

하고선 도로 창두의 손에 넘겨주었다.

　"옛날부터 이런 것 하나 가지고 싶었던기라."

　종태의 입에서 꾸지람이 나오지 않자, 창두는 기쁜 듯 담뱃대를
만지작거렸다.

　"호패 좀 보자."

하고 종태는 황두의 호패를 받아들었다. 누르스름하게 때 묻은 호
패를 한참 동안 들여다보고 있더니 뚜벅 말했다.

　"넌 사람 구실을 훔친 셈이구먼."

　이번엔 강두가 돈 꾸러미를 내밀었다.

　"그건 만져보지 않아도 돼."

하곤 종태가 물었다.

"주막집 내외가 자고 있는 방에 들어가서 잘도 훔쳐냈네. 어떻게 한 건지 얘기 좀 해봐라."

강두는 싱글벙글하고 있더니 이런 얘길 했다.

"난 봉놋방의 안방 쪽에 붙은 벽에 귀를 바싹 대고 누워 있었거든. 연놈들이 일을 시작하나 어쩌나 하고. 밤중이 조금 지나서야 연놈이 시시덕거리기 시작하는기라. 옳지, 됐다 싶은데 꽤 짭지게* 하더만. 그 짓을 듣고 있을라쿤께 제에미 환장하겠더라야. 하는 수 있나, 기다렸지. 조금 있은께 코 고는 소리가 나데. 보통 사람이면 그것 하고 난 뒤면 천지를 모르고 자는기라. 더욱이 연놈은 하루 종일 손님 상대하기에 눈코 뜰 사이도 없었을 낀디, 게다가 일까지 쳐냈으니 우찌될끼라. 이때다 싶을 때 슬그머니 일어나 기어 봉놋방을 나갔지. 안방 문을 열라고 한께 안으로 고리가 걸려 있더만. 손끝에 침을 발라 창호지를 뚫고 문고리를 살큼 제끼고 방으로 들어갔지. 벽장 쇳대가 안주인 치마끈에 달려 있다는 걸 봐두었거든. 치마는 머리맡에 벗어놓고 있대. 그리곤 그렇고 그런 거지, 뭐…."

"아침에 찾았을 땐 어디다 숨겨뒀어?"

"사립문 밖 보리밭에 살짝 던져놓았지. 내 눈 가늠은 영락이 없어."

강두는 득의만면하게 말했다.

"담뱃대는 어쨌나?"

이번엔 종태가 창두를 보고 물었다.

---

* 재미있게.

"측간 가는 도중에 있는 짚등 사이에 쑤셔 넣어놓았지."

창두는 아무렇지 않게 말했다.

"호패는?"

"머리칼 속에 넣어 상투로 묶었지."

황두의 답이었다. 황두는 머리숱이 유별나게 많았다.

"도둑질을 하고 본께 뭔가 이상하네."

창두가 우물우물 중얼거렸다.

"도둑놈이 도둑질하는 게 이상하나?"

박종태가 웃음을 머금고 다음과 같이 덧붙였다.

"굶어서 죽는 것보다야 도둑질을 해서 사는 게 낫지만, 너희들 무사히 보내려고 죄 없는 사람에게 몽둥이찜질을 했으니 난 별로 기분이 안 좋다."

"그럼, 아침에 사달이 났을 때 우리가 한 짓이란 걸 알았나?"

강두가 물었다.

"내가 멍청이인 줄 알아?"

박종태가 뱉듯이 말했다.

박종태는 그들을 데리고 고개를 몇 개 넘은 뒤, 눈 아래에 큰 마을이 보이는 곳까지 왔다.

"저 동네가 아마 '환덕還德'이라는 곳일 거다. 어제 장터에서 물으니 오늘 저 동네 조 부자 집에 환갑잔치가 있는 모양이더라. 떡도 있고 술도 있을 테니 실컷 얻어먹고 가자. 그런데 너희들 버릇이 가만있을 수 없을 테니 한마디 하겠다. 내 말 잘 들어라."

하고 세 놈을 그의 둘레에 앉혔다.

종태는 세 놈들을 둘러보며 일렀다.

"저 동네에 들어갈 땐 따로따로 들어간다. 뭣을 얻어먹을 때도 서로 아는 체를 말아라. 그리고 저 동네를 떠나거든 옥천사 뒷산에서 만나자. 무작정 동쪽으로 삼십 리쯤 가서 옥천사가 어디에 있는지 물어라. 모레 안으로 거기서 모이자. 아무 짓도 안 했거들랑 내가 떠나는 걸 지켜보고 있다가 뒤따라오너라. 그럼, 내가 먼저 가겠다."

박종태는 훌쩍 일어서서 비탈길을 횡하게 내려가기 시작했다. 그런데 눈 깜짝할 사이에 박종태는 그들의 시야에서 사라졌다.

"아무래도 저 도련님은 범상한 사람이 아닌기라."

창두의 입에서 '도련님'이란 말이 저절로 새어나왔다.

"범상한 사람이 아니다마다."

황두가 맞장구를 쳤다.

"도련님이 주막집 주인과 승강이를 벌이지 않았더라면 보리밭에 던져놓은 돈을 찾아오지 못했을끼라."

강두도 중얼중얼했다.

"그건 그렇고, 우리도 의논이 있어야 할 것 아니가."

하고 세 놈은 뭐라고 소곤대기 시작했다. 이때, 박종태는 환덕의 마을로 들어서고 있었다. 대밭을 배경으로 커다랗게 솟은 기와지붕이 조 부자의 집일 것이고, 사람들이 들락날락하고 있는 골목이 그 집으로 통하는 골목일 것이다.

골목을 조금 걸어 들어가니 차일을 쳐놓은 마당이 있었고, 그 마당 건너에 대문이 보였다. 차일 안엔 근처의 농민들이 모여 앉아 음식을 먹고 있었고, 한쪽 편 돌담 근처엔 거지들이 올망졸망 기다리고 있었다.

박종태는 차일과 거지떼 사이를 걸어 대문 안으로 쑥 들어서며, 하인인 듯싶은 노인을 붙들고 척 한마디 했다.

"나는 청암골에서 온 '박종태'라고 하는 소년인데, 이 댁 주인께서 소년 대접을 어떻게 할 것인지 물어 오너라."

노인은 귀가 어두운 듯,

"뭐라고 했소?"

하고 그를 말끄러미 바라보았다. 박종태는 목청을 높였다.

"청암골 박종태가 수연壽宴 축하로 왔는데, 소년 대접을 어떻게 할 거냐 물어보라고 하지 않았느냐."

바깥마당, 안마당에서 우왕좌왕하고 있던 사람들의 시선이 일제히 박종태에게 쏠렸다. 이때, 젊은 선비 하나가 웃음을 머금고 다가오더니 박종태를 바깥사랑으로 안내했다.

바깥사랑 대청마루엔 성찬이 차려진 상을 가운데로 하고 손님들이 둘러앉아 있었다. 박종태를 인도한 선비가 오늘의 수연의 주인공인 듯싶은 어른을 향해,

"이 소년이 영감님께 축하드리러 왔답니다."

하고 말을 전했다.

옥색 명주 도포에 복익관複翼冠을 쓰고 당당한 풍채를 보이는 조 부자의 말이 있었다.

"소년이 나의 수연의 하객으로 오다니 기특하구나."

하고는 물었다.

226

"어디서 왔다 했지?"

그러자 박종태가 발끈했다.

"비록 내가 소년이고, 이곳이 수연이라고 하지만 청상廳上, 청하廳下로 어찌 인사가 되오리까."

"아차, 그렇구나. 이리로 올라오게."

하고 조 부자는 너그러운 웃음을 띠었다. 박종태가 마루로 올라섰다. 그곳 손님들이 자리를 비집어 종태가 앉을 자리를 만들었다. 종태는 나부시 절을 하고,

"영감님의 회갑 충심으로 축하하옵니다. 영감님의 후덕이 널리 알려져 있기에 청암골에서 한양 길을 떠나며 이렇게 길을 들러 축하드리러 왔사옵니다."

하고 낭랑한 목소리로 축의를 올렸다.

"고마우이. 이런 날 총명한 소년의 축하를 받으니 참말로 고마우이. 모처럼 왔으니 우리 집에서 푹 쉬었다가 한양으로 떠나게. 한데, 한양엔 무슨 용무로 가는가?"

"차차 말씀드리겠습니다."

"그렇게 허세."

하고 조 부자는 아까의 선비에게 일렀다.

"이 소년을 집안 아이들이 노는 곳으로 모시게."

선비가 박종태를 안내한 곳은 조 부자의 동생 집 사랑이었다. 형제의 집이 중문으로 연결되어 있었다.

그 집 사랑엔 조씨 일족 대소가의 아들들이 모여 있었다. 종태는 거기서 환대를 받았다.

배불리 먹은 뒤 놀이를 하자는 제의가 있었다. 박종태의 차례가 되었다. 박종태는 목침木枕을 모을 수 있는 데까지 모아 오라고 이르곤, 목침이 십여 개 모이자 그 대소大小가 각각 다른 목침을 천장 높이 가까이까지 쌓아올렸다.

모두들 아슬아슬하게 보고 있는데, 십 수 개의 목침이 위태롭게 쌓였는데도 무너지지 않았다. 그것만 해도 모두가 탄복할 만했는데, 박종태는 쌓아올린 목침의 중간쯤에 있는 목침을 한 손으로 살짝 빼내어 그것을 도로 맨 위에 올려놓는 것이 아닌가. 한 개를 빼내면 그 위의 목침이 소리 없이 그 자리로 내려오는데도 십 수 개의 목침이 무너지지 않고 그대로 있는 것이다.

모두들 달려들어 각기 목침을 쌓아올려보았지만, 대개 육칠 개를 겨우 쌓아올릴 수 있을 뿐, 그 이상은 어림도 없었다. 하물며 목침을 무너뜨리지 않고 그 중간을 빼어낸다는 것은 엄두도 내지 못할 일이었다. 그런데 박종태는 힘들이지 않고 십 수 개의 목침을 무너뜨리지 않고 빼내어 맨 위에 얹은 동작을 수없이 되풀이할 수 있었다.

하도 신기해서 조 부자의 손자가 물었다.

"넌 무슨 재주가 있길래 그렇게 잘하노?"

이에 대한 박종태의 대답은

"공든 탑이 무너지랴."

하는 것이었다.

그리고 풀이를 하길,

"무슨 일이건 연습만 하면 안 될 일이 없다."

박종태의 재주 얘기가 바깥사랑에까지 전해진 건 물론이다. 종태는 그날 그 잔치 자리에 총아가 되었다.

"그 밖의 기술은 또 없느냐?"

목침 쌓기와 빼기의 종태 묘기에 홀린 조 부자가 물었다.

"추일지십推一知十. 하나로 미루어 열 가지를 알 수 있다고 하는데, 어찌 다른 기술이 없겠습니까?"

종태의 말은 자신만만했다.

"그렇다면 그 기술도 보여줄 수 없겠는가?"

조 부자의 말은 간절했지만 종태는 단호히 거절했다.

"군자불기君子不器'라고 하지 않습니까. 군자는 무슨 그릇일 수가 없으니 하물며 구경거리일 수가 없습니다."

"그런데도 자넨 아까 기술을 보여 구경을 시키지 않았는가?"

"그렇게 한 덴 두 가지 뜻이 있습니다. 하나는 영감의 수연을 축하하기 위해 제 성의를 다하려 한 것이고, 하나는 공든 탑은 무너지지 않는다는 뜻을 영감님 자제들에게 가르치기 위함이었습니다."

박종태의 말이 이렇게 이론이 정연하고 보니 조 부자는 그 이상 강권할 수가 없어, '우리 집에 오래 머물러 편히 쉬라'고 거듭 말했다.

"뜻은 감사하오나 갈 길이 바빠 내일 아침엔 떠날까 하옵니다."

"그럴 순 없어."

하고 조 부자가 못내 아쉬워하는 바람에, 박종태는 하루만 더 쉬기로 했다. 그렇게 한 덴 물론 나름대로의 속셈이 있었던 것이다.

그날 밤.

잔치가 파한 뒤 조 부자는 조용히 박종태를 불러 한양으로 가려는 내력을 알고 싶다고 했다. 종태는 일단 삼전도로 가서 거기서 머물다가 과거를 보겠다고 했다.

　"과거를 볼 참인 것을 보면 꽤나 학문을 할 것이로군."

　"아직은 글 한 자 모릅니다."

　"그러고서 과거를?"

　"학문을 시작했다고 하면, 1년으로서 남의 10년을 당해낼 자신이 있습니다. 그러니 2년으로서 대과에 장원은 문제가 없습니다. 한데, 내 나이 아직 어리므로 시기를 보고 있는 것이옵니다."

　박종태의 이 말을 조 부자는 의심할 수가 없었다. 글자를 한 자도 모른다면서 '군자불기'의 이치를 알고 있는 박종태의 총명을 의심할 수 없었기 때문이다.

　"학문을 해서 과거를 할 양이면 우리 집에 머물러 학문을 하는 것이 어떠냐. 자네의 글동무가 될 수 있는 아이들도 있고 하니."

　조 부자는 슬금 욕심이 생긴 것이다. 박종태는 '그 호의에 감사한다'고 하고,

　"그러나 시작부터 훌륭한 학자의 제자가 되고 싶습니다."

하며 사양하고,

　"제가 한양에 가서 크게 성공하면, 그때 귀댁의 자제들을 모셔 출세의 길을 틔워드리겠습니다."

하는 말까지 보탰다.

　조 부자는 과년한 손녀딸이 있었기 때문에 이 특출한 소년을 손주사위로 삼았으면 하는 뜻이 일지 않는 바 아니었지만, 이만한 인

연을 미리 맺어놓으면 후일을 기할 수도 있을 것이란 생각에 발설을 삼갔다.

이래저래 환덕에서의 박종태는 일등빈객으로서 하룻밤을 지내게 되었다.

그 이튿날 아침.

조 부자의 집 안에선 일대 소란이 일어났다. 그 소란 통에 잠을 깬 박종태는 마루로 나가, 뜰에서 우왕좌왕 부산을 떨고 있는 하인들에게 물었다.

"무슨 일이냐?"

"어제 잔치를 위해 대소가의 은기銀器를 모두 큰집으로 가져다 놨는데 그걸 몽땅 도둑맞았습니다요."

하인 가운데 하나가 말했다.

"뿐만 아니라 안집 광에 넣어두었던 돈 가운데 천 냥이나 축이 났답니다요."

"간도 큰 도둑놈들이지, 그걸 당나귀에 싣고 도망을 친 모양입니다요."

"어떻게 그런 꼴을 당했을까?"

박종태는 창두, 황두, 강두의 수작인 줄로 짐작했지만, 넌지시 중얼거려보았다.

"어제 새벽부터 밤늦게까지 바쁘게 서둘다 보니, 오늘 새벽녘엔 모두 깜박 깊은 잠에 빠져버린 거예요. 도둑놈들은 그 틈을 타서…"

하인 가운데 하나가 신이 오른 듯 이런 설명을 했다.

"도둑놈이 누군진 대강이라도 알았나?"

박종태가 묻자, 모두들 고개를 설레설레 흔들었다.

"수수 백 명이 모였고, 이곳저곳 사랑에 자고 간 사람만 해도 백 명이 넘을 텐데, 누가 한 것인지 알 수가 있습니까."

이런 말을 주고받고 있는데, 중문이 후닥닥 열리더니 또 하나의 하인이 뛰어 들어와서 고함을 질렀다.

"느그들 여기서 뭣 하노. 영감님께서 노발대발 야단이 났는디. 빨리 큰집 사랑 앞뜰로 모여."

그 고함소리에 모두들 허둥지둥 달아나버렸다. 박종태는 슬슬 따라가보았다.

조 부자는 대청에 앉아 담뱃대로 마룻바닥을 두드리며 소리소리 지르고 있었고, 대소가의 일가들은 축담에, 하인들은 뜰에 꽉 몰려서서 웅성거리고 있었다.

"…바보 같은 녀석들. 도둑을 맞고도 한 놈도 몰랐다니 그게 될 말인가."

조 부자는 흥분을 누를 수가 없어 몸을 부들부들 떨었다.

이윽고 관가에 알리는 한편, 동서남북 사방으로 하인들을 풀어 추적하기로 의견이 일치되었다. 그러고는 누구를 어디로 보낼 것인가 하는 의논에 들어갔다.

"놈들의 패거리가 많을지 모르니, 적어도 오륙 명씩은 작당을 해야 한다…."

"놈들은 벌써 사오십 리쯤은 달아났을지 모른다…."

"옳은 길을 갔을 턱이 없을 거다. 산속으로 도망쳤을 것이 뻔하다…."

중구난방으로 떠들어대고만 있었지, 행동을 시작하려는 놈은 없었다. 그게 또 비위에 거슬린 모양인지, 조 부자는 꽥 고함을 질렀다.

"뭣들 하고 있는 거냐, 빨랑 서두르지 않고…."

이런 정황을 보고 있던 박종태가 조 부자 가까이 다가서서,

"그 많은 실물을 하셨으니 상심이 여간 크신 게 아니겠습니다."

하는 위로의 말을 올렸다.

"아랫것들의 조심이 모자라 이 꼴이 된기라. 실물보다는 우선 창피해서 원…."

하고 조 부자는 쯧쯧 혀를 찼다.

"사람을 보내면 놈들을 붙들 수가 있겠습니까?"

박종태가 은근히 물었다.

"붙들 수 있건 없건 가만있을 수야 있나."

"관가에 고해 무슨 보람이 있겠습니까?"

다시 박종태가 물었다.

"우선 괘씸해서 견딜 수가 있나. 놈들을 붙들어 경을 치게 해야지."

조 부자는 흥분이 좀처럼 가라앉지 않는 모양이었다. 박종태가 중얼거렸다.

"하여간 배은망덕한 놈들이여. 좋은 선물 받고 잘 얻어먹고도 그짓이니…. 영감님, 어제 베푸신 옷만 해도 상당하지 않습니까?"

불쌍한 사람들을 위해 많은 옷을 베푸는 것을 박종태가 보았던 것이다.

"어제 나눠준 옷만 해도 백여덟 벌이었네. 나눠준 쌀이 백여덟 되나 되고…. 나는 내 환갑치레를 위해 그만큼 선심을 썼는데도 놈들이…."

"영감님의 역정은 당연하십니다. 그런 배은망덕한 놈들은 언젠가 벌을 받을 겁니다. '천망天網은 회회恢恢하여 소이불루疎而不漏'* 란 말이 있지 않습니까."

"마땅히 그래야지."

"그러니 영감님, 이쯤 하시고 역정을 거두시는 게 좋을까 합니다. 사람을 사방으로 보내 떠들썩하게만 해놓고 붙들지 못한다면 그것도 창피 아닙니까. 그리고 관가에 고한들 무슨 소용이 있겠습니까. 설혹 잃은 물건을 그들이 찾았을 때 포졸들이 고스란히 그 재물을 돌려주겠습니까. 놈들이 착복하곤 그 때문에 애썼다고 또 보수를 바랄 것이 뻔하지 않습니까."

조 부자는 '흐음' 하고 박종태의 말에 귀를 기울였다.

"영감님께선 환갑에 즈음하여 많은 선심을 쓰시지 않았습니까? 잃으신 재물도 선심을 쓰신 가운데 넣도록 하시면 마음이 편하실 것 아닙니까?"

"괘씸한 놈들에게 어떻게 선심을 쓰노."

"괘씸하니 불쌍하다고 여기소서. 그리고 인생은 원래 '공수래공수거' 아닙니까. 환갑에서 무일푼으로 다시 인생을 시작하라는 뜻이 있지도 않겠습니까. 은그릇이 몽땅 없어졌다는 것이 바로 그 뜻

---

* 하늘 그물은 크고 엉성해 보이지만 결코 그물에서 빠져나갈 수 없다.

인 줄 압니다. 빈손으로 다시 시작하는 셈치고 잃은 것은 잊으소서. 사실 그만하기가 다행이 아닙니까. 그 많은 재물을 감쪽같이 잃을 수 있었다면, 불이 나서 집을 태워도 몰랐을 수도 있지 않았겠습니까?"

조 부자는 박종태의 말에 귀를 기울이고 있더니,

"여봐라."

하고 소리를 높여 모두에게 일렀다.

"그만들 둬라. 관가에 가는 것도 그만두고, 놈들을 쫓는 것도 그만둬라. 내가 선심을 쓴 것으로 하겠다. 그런데 꼭 일러둘 것은, 앞으론 이런 일이 없도록 모두들 조심하고 특히 불이 안 나도록 각별히 마음을 써라. 어제 이래 모두들 피곤할 테니 돌아가 쉬거라."

"영감님의 한량없는 도량 우러러보겠습니다."

박종태가 공손히 말했다.

"소년을 스승으로 해야 한다는 말이 있는데, 자네로부터 좋은 말 들었네."

하고 조 부자는 자리에서 일어섰다.

"우리 아침밥이나 같이 먹세."

박종태가 떠나는 날, 조 진사는 후한 선사물을 나귀 등에 가득 실었다. 옷이 세 벌, 버선이 한 축, 돈이 백 냥, 가죽신 두 켤레, 그 밖에 미숫가루 석 되….

그러고는 조 부자의 간절한 말이 있었다.

"꼭 내 아들이나 손자를 먼 곳으로 보내는 심정이로구나. 한양

가서 있을 곳을 정하거든 행편을 얻어 기별을 하게나."

박종태는 도둑놈의 방조자인 스스로를 부끄럽게 여겼으나, 실토
할 수도 없어 그저 고맙다는 인사만으로 그 집을 떠났다.

아침에 떠나 나귀를 몰아세워 달리며 길을 물었다. 옥천사까진
육십 리가량의 거리였다. 그 뒷산에 도착한 것은 점심시간이 될 락
말 락 한 시각이었다.

골짜기에 숨어 있던 창두, 황두, 강두가 나타났다. 모두들 반가운
빛이었다.

"너희들 뒤쫓으려는 것을 만류하느라고 혼이 났다."
하고 박종태는 대강의 사정을 말하곤,

"이만했으면 삼전도까지 갈 노자는 넉넉하게 장만한 셈이 되었으
니 앞으론 도둑질을 삼가라."
고 일렀다.

그러고는 말했다.

"좀도둑치곤 지나치게 간 큰 짓을 했는데 어떻게 된 거냐?"

창두가 머리를 긁적긁적하며 답했다.

"도련님의 꾀를 믿고 한탕 해버린기라요."

"영락없이 나도 도둑놈의 한패가 된 셈이로구면."
하고, 박종태는 은그릇의 부피가 마음에 걸린다고 했다.

"은그릇장수를 하는 척하면 되지 않을까?"

강두의 말이었다.

"그것 좋은 꾀다."
하고 황두가 맞장구를 쳤다.

"안 돼, 안 돼."

창두는 반대였다. 창두가 내세우는 이유는 다음과 같았다.

"우리는 과거 하러 가는 도련님을 모시고 한양으로 가는 일행인 척 꾸밀 작정인디 은그릇장수 노릇을 하다니…"

이때, 박종태가 꾀를 냈다.

"'함안 가야伽倻'라고 하는 데 가면 은을 녹이는 데가 있다더라. 거기 가서 전부 녹여 은덩어리로 만들자."

반대가 있을 까닭이 없었다.

잔칫집에서 얻어 온 떡으로 요기를 하고 함안 가야를 향해 길을 떠났다.

강두는 무척 기분이 좋은 모양인지, 목청을 돋우어 노래 부르기 시작했다.

"춘삼월 호시절에 제비가 돌아오네. 우리도 제비 따라 한양으로 간다네. 어야디야 얼씨구 좋구나 춘삼월이로다."

황두가 노래를 받았다.

"춘삼월 호시절도 배고프면 악시절, 배불리 먹고 나니 강산도 좋을씨고. 어야디야 얼씨구 좋구나 춘삼월이로다."

"제기랄, 조금 배가 부르면 저 꼴이고, 조금 배가 고프면 죽상이고…. 사내가 어찌 그처럼 쩨쩨하노."

창두의 핀잔은 핀잔 같지가 않았다.

"말 말게. 이렇게 노래 불러보는 것도 얼마 만인가. 1년도 넘었다. 1년이 훨씬 넘었어."

강두의 말에 감회가 있었다.

"노래를 불러도 좋고 춤을 춰도 좋다만, 과거 보러 가는 도련님 시중드는 일행이란 사실만은 잊지 말아야 한다."

창두의 말이 점잖았다.

"그렇게 하고말고."

황두와 강두는 입을 모아 외쳤다.

함안 가야라는 곳에서 은을 녹여 은괴를 만들었더니 열 근짜리 뭉치로 스무 개가 되었다. 한 개를 백 냥쭝으로 치면 2천 냥쭝, 거기에다 천 냥 돈을 합치면 삼천 냥쭝.

"우린 부자가 되었구만."

하고 손뼉을 쳤다.

"두둑하니 돈이 생겼으니 한잔하고 가자."

고 한 것은 황두였다.

"큰일날 소리. 은기를 녹였다는 소문이 나봐. 당장 관속들이 들이닥칠 텐데 여기서 어정어정해? 지체 말고 이곳에서 멀어져야 한다."

고 박종태가 몰아세웠다.

관속이 들이닥칠 것이란 말 이상으로 도둑놈들이 겁내는 것은 없다. 세 도둑놈은 나귀의 궁둥이에 매질을 하며 달리기 시작했다.

박종태는 언제나 한 마장가량 앞에 서서 갔다. 도중에 방해자가 있을까 보아 그것을 미리 챙겨야 하기 때문이다. 그들 일행이 겁을 내야 할 것은 두 가지다. 하나는 관속, 하나는 도둑.

"제기랄, 이젠 우리가 도둑놈을 겁내야 하는 계제가 되었구나."

한 것은 창두였는데, 그것은 즐거운 비명이랄 수도 있었다.

박종태는 앞장을 서 가며 인가를 찾아선 길을 물었다. 영산靈山

까지 구십 리가 된다는 것을 알곤 밤을 새워서라도 영산까진 가야 안전할 것이라고 작정했다.

그런데 도둑놈 셋의 걸음이 늦은 데다가 그날 밤은 달이 없어 하는 수 없이 산속에서 자야 할 형편이 되어버렸다.

노숙을 하더라도 장소를 골라야만 했다. 그래서 이곳저곳을 찾고 있는데, 어느 골짜기에서 불빛을 보았다.

"아마 절인 것 같다."

며 박종태는 그리로 가자고 했다.

절 가까이에 왔을 때 박종태는 돈과 은괴를 땅을 파서 묻고, 내일 아침 알아볼 수 있도록 돈을 묻은 근처의 나무에 표를 해두라고 일렀다.

"연장도 없는데 뭘 갖고 구덩이를 파느냐."

고 강두가 투덜투덜했다.

"몽땅 뺏기는 것보다 낫지 않느냐."

고 종태가 나무랐다.

"중놈에게 뺏겨?"

강두는 여전히 불평이었다.

박종태가 소리를 낮추어 말했다.

"저 절엔 중 아닌 사람들도 많은 것 같다. 귀를 기울여봐라. 웅성거리는 소리가 울려오고 있지 않느냐."

창두와 황두는 벌써 흙을 파기 시작하고 있었다. 강두도 거들지 않을 수가 없었다.

은괴와 돈을 묻어놓고 그 위에 나뭇잎과 풀을 걷어다가 덮었다.

그러고서 절간으로 들어섰다.

종태가 주지 화상을 불러 하룻밤 묵고 가겠다는 사정을 하고 있을 때, 어둠 속에서 수명의 장한壯漢이 쓱 나섰다. 살펴보나마나 도둑놈들이었다.

"네놈들, 가지고 있는 것을 다 내놓아라."

그 가운데 한 놈이 위협했다.

"가진 것을 다 내어놓은들 별게 없다. 여기 내 가진 돈 백 냥이 있는데 이걸 반씩 나누자. 한데, 이 돈을 갖고 빨리 이곳에서 떠나라. 고개 너머 주막에 포졸들이 우글우글하더라. 언제 여기에 들이닥칠지 모른다."

"그 돈 다 내놔라. 그렇지 않으면 네놈들 껍데기까지 벗기겠다."

또 한 놈이 이렇게 으르렁댔다.

"우리 도련님한테 무슨 말버릇이냐?"

고 강두가 팔을 걷어 올렸다.

"하룻강아지 범 무서운 줄 모른다더니…."

저편 도둑놈도 팔을 걷어 올렸다.

종태는 어느 새 당나귀 짐에 꽂아놓았던 막대기를 내들고 강두를 뒤로 밀어냈다.

"너희들, 정상이 가련해서 쉰 냥 돈을 적선하려고 했더니, 마음보가 돼먹지 않았구나."

"요 조그만 것이 주둥아리만 까 갖고 덤벼?"

하고 도둑놈 하나가 냉소를 했다.

이때, 종태의 막대기가 획 바람을 일으켰다. 종태를 향해 냉소한 놈이 엉덩방아를 찧었다.

"요게."

하고 일어나려는 찰나, 옆에서 덤비려는 놈의 정강이를 쳐서 거꾸러뜨리고, 일어서려는 놈의 어깨를 쳤다. 그러고는 종태가 소릴 질렀다.

"창두와 황두는 이놈들을 묶어라. 묶어뒀다가 포졸들에게 넘겨 줘야겠다."

그러자 두 놈이 싹싹 빌어 올렸다.

"도련님, 살려주십쇼. 도련님을 몰라보고 큰 죄를 지었습니다요. 살려주십시오."

"어처구니없는 놈들. 비록 배가 고파 도둑질을 해먹는 놈이로서니 경우가 없기로 한량이 없구나. 부처님 계시는 곳을 문란케 하는 죄도 뭣한데, 먼길 걷는 사람의 노자를 몽땅 탐하는 놈을 그냥 둘 수가 없다. 관가에 넘겨 장독을 들여 맛을 보여야겠다."

창두와 황두가 어디서 밧줄을 찾아왔는지, 그걸로 두 놈을 묶으려고 했다. 놈들의 패거리가 두세 명 더 있었던 모양인데. 온데간데가 없다. 등명燈明이 거기만 켜져 있고 다른 데는 어두웠으므로, 그 어둠 속 어디서 숨을 죽이고 있을 것이다.

창두와 황두가 밧줄을 대려고 하자, 놈들은 질겁을 하고 비명을 질렀다.

"도련님, 살려주십쇼."

박종태는 못 이기는 체하고 놈들을 풀어주었다. 그리고 돈 꾸러미를 놈들 앞으로 던져주며,

"가려거든 빨리 가라. 포졸들이 벌써 산을 넘었을지도 모른다."
고 일렀다.

놈들은 아픈 다리를 절면서도 그 돈 꾸러미를 갖고 어둠 속으로 사라졌다.

강두가 또 투덜댔다.

"놈들에게 돈 줄 것은 뭔가."

"아니다, 강두야. 놈들은 배가 고프다. 배고픈 놈은 그냥 쫓아도 또 돌아온다. 사흘 굶어 담 안 뛰어넘을 놈 없다고 하지 않더냐. 앞일을 귀찮게 하지 않으려고 돈을 준 거다."

"나무아미타불."

하는 소리가 처마 밑에서 들렸다. 자초지종을 보고 있던 중의 염불이라기보다 탄식이었다.

"스님, 도둑놈들한테 빼앗긴 것 없소?"

박종태가 물었다.

"이 절엔 빼앗길 게 아무것도 없습니다. 내일 아침 동냥해 오지 않으면 내일도 굶고 지낼 판입니다."

하는 중의 대답이었다.

"그렇다면 강두야, 쌀을 내려라. 오늘 밤은 우리가 공양주 노릇을 해야 하겠다."

종태의 말이 카랑카랑 울렸다.

나귀의 등에서 쌀자루가 내려지자, 온 절간에 갑자기 활기가 돌았다. 이곳저곳의 등명이 켜지고, 아까까진 보이지 않았던 중들의 우왕좌왕하는 모양이 불빛 아래 나타나기도 했다. 웃는 소리마저 들렸다.

박종태와 그 일행을 관음전 뒷방으로 안내하면서 주지승이 중얼거렸다.

"쌀만 보면 저렇게 환장을 하니 부처님 마음이 어떠실지."

박종태는 그 말을 흘려듣지 않았다.

"스님, 무슨 말씀을 하시는 겁니까?"

"아닙니다. 저놈들은 밥 끼니를 굶었습니다. 그러다가 쌀을 보니 기운이 나는 모양입니다."

하며 주지승은 쓸쓸하게 웃었다.

"이 절이 그렇게 곤궁합니까?"

박종태가 물었다.

"원래 넉넉하지 못한 절인데, 요즘은 춘궁기가 아닙니까. 마을마다 궁색에 지쳐 있는데 탁발인들 제대로 되겠습니까. 하기야 절에 양식이 있다고 하면 견뎌내지 못합니다. 아까 그놈들을 보지 않았소. 놈들도 배가 고파 뛰어들어온 놈들입니다."

주지는 이렇게 말하고 방문 하나를 열었다. 훈기와 더불어 먼지 냄새가 물씬했다.

"누추하지만 불을 지핀 방은 관음전에선 이 방뿐이오. 식사가 되면 통지할 터이니 쉬고 있으소."

하고 주지승은 관솔에 불을 붙여놓고 돌아갔다.

그러자 강두가 불안한 얼굴로 물었다.

"묻어놓은 것 괜찮을까?"

"안 괜찮으면 너 가서 파 올래?"

하고 황두가 빈정댔다.

"재물을 가져본께 세상 사람들이 모두 도둑놈으로만 보이는 기라."

강두의 말이 하도 천연덕스러워 종태가 피식 웃으며 말했다.

"도둑놈이 도둑놈을 챙기려고 하니 포졸들 하품하게 생겼구나."

"도둑놈 도둑놈 하지 마. 인자 우린 부자니라."

창두가 뚜벅 한마디 했다.

"그러나저러나 오늘 밤은 쭉 발 뻗고 자게 되었고마."

황두는 자못 만족스러운 표정이었다.

이런저런 얘기를 도란거리고 있는데 밥 먹으러 오라는 전갈이 왔다.

종태의 일행이 안내된 장소로 갔더니 십 수 명으로 보이는 중들이 희미한 불빛 밑에 앉아 있는 것이, 유귀幽鬼의 마을에 온 느낌이었다. 하나같이 뼈가 앙상하게 드러나 있는 여윈 중들이었다. 반찬은 산나물을 소금에 절인 것 하나, 국 대신 찬물, 밥은 똑같이 바라의 밑바닥에 깔린 정도. 그건 종태와 그 일행에게도 마찬가지였다.

"밥이 왜 이리 적노."

강두가 낮은 소리로 투덜대는 것을 종태가 나무랐다.

"춘궁 땐 아껴 먹을 줄도 알아야 한다."

식사는 조용히 진행되었다.

그런데 구석 쪽에 앉아 있는 마흔 남짓한 사람만은 다른 중들관 달리 네모나게 접은 검은 두건 같은 걸 쓰고 있었는데, 그 안광眼光이 보통이 아니었다.

종태는 식사를 하면서도 그쪽으로 마음을 쏟았는데, 두건 쓴 사나이도 종태를 예사로 보고 있지 않았다. 그런 사실도 종태는 알고 있었다. 그리고 마음속으로 중얼거렸다.

'기인奇人은 도처에 있는 거로군.'

식사가 끝나자, 박종태 일행은 관음전 숙소로 돌아왔다. 빨리 자고 새벽에 깨어 짐을 챙겨 떠나기로 의논을 합치고 자리에 누우려는데 문밖에서 텁텁한 음성이 울렸다.

"객인들께 할 말이 있소이다."

종태가 문을 열었다.

네모꼴 두건의 사나이였다.

들어오라고 했다.

객인은 들어서서 좌정을 하자,

"덕분에 요기를 했소. 감사하오."

하는 인사와 더불어 자기소개를 했다.

"내 이름은 장풍이오, 베풀장, 바람풍."

"나는 박종태요."

장풍은 종태와 그 일행을 한 번 둘러보더니,

"나는 지금 절에 있지만 중은 아니오. 당신은 장자莊子를 아시는가?"

"모릅니다."

"그럼, 노자老子는 아는가?"

"모릅니다."

"기껏 공자를 알고 부처님을 알 뿐이오?"

"공자도 부처도 난 잘 모르오."

그러자 장풍은 가슴을 펴곤 장중하게 말을 꾸몄다.

"그렇다면 제가 장자를 가르쳐드리리다."

박종태는 가만히 있었다. 창두, 황두, 강두는 숨을 죽였다.

장풍은 숨을 몰아쉬더니 다음과 같이 도도의 변을 토했다.

"소지小知는 대지大知에 미치지 못하고, 소년少年은 대년大年에 미치지 못한다. 왜 그런가. 조균朝菌은 회삭晦朔*을 모르고, 혜고蟪蛄는 춘추春秋를 모른다. 이것은 소년이기 때문이니라. 초남楚南에 명령冥靈이란 나무가 있다. 5백 년간을 봄으로 하고 5백 년간을 가을로 한다. 또 상고上古에 대춘大椿이란 나무가 있었다. 8천 년간을 봄으로 하고 8천 년간을 가을로 했다. 한데, 지금 팽조彭祖라는 사람이 장수長壽했다고 대단히 여기고 있으니 가련하지 않은가. …이것이 장자의 가르침이오."

"그게 어떻단 말이오?"

종태가 물었다.

"요컨대 장자는 큰 것을 가르친다, 이 말이오. 적어도 8천 년을 봄으로 하고, 8천 년을 가을로 하는 장수를 가르치는 게 장자의 교훈이오. 곧바로 대지大知를 가르치는 거요. 공자나 석가가 가르치는 것은 소지일 뿐이오. 인간은 만물의 영장이라 하였소. 모름지기 대지를 배워 대춘이 되어야 할 것이 아니오."

"큰소리만 하면 대지를 배우는 게 되는가요?"

종태가 쌀쌀하게 말했다.

---

* 조균: 아침에 피었다가 저녁에 스러지는 버섯. 회삭: 그믐과 초하루.

"사람이 혜고, 즉 매미처럼 춘추를 모른대서야 되겠소? 공자와 석가는 사람을 혜고로 만들려는 거요. 장자는 사람을 붕조鵬鳥로 만들려는 거요."

이때, 강두가 능청스럽게 하품을 했다. 종태가 얼른 말했다.

"대춘도 좋고 붕조도 좋습니다만, 우린 자야 하겠소. 내일 아침 일찍 길을 떠나야 하니까요."

"내일 아침 길을 떠나요? 이것 큰일날 소릴 하는군."

장풍은 훌쩍 뛸 듯이 놀라며 신음했다.

"우리가 길을 떠나는데 당신께서 왜 그렇게 놀랍니까?"

박종태가 물은 말이다.

"안 놀라게 됐소, 어디."

하고 장풍은 심각한 표정으로 말을 이었다.

"당신들이 가고 나면 내일부터 내가 굶을 판이니 놀랄밖에요."

하면서도 농담 같진 않았다.

"그럼, 우리가 당신 먹여 살릴라꼬 여기 있어야 되겠네요."

황두가 어이없다는 듯 말했다.

"굶고 안 굶고는 내 사정이고. 당신들 아니, 당신이 이 사람들을 데리고 내일 길을 떠났다가는 큰 봉변이 있을 것이오."

장풍의 말이 장중한 투로 되었다.

종태는 잠자코 장풍의 말을 기다렸다.

"그 까닭을 이 사람들 있는 데서 말해도 될까요?"

"물론이오."

종태의 말이 단호하자 장풍이 말했다.

"당신들은 서울로 가는 길이죠?"

"그렇소."

"기러기가 날아간다고 누구나 서울 갈 수 있을 줄 아시오?"

장풍의 말은 점점 해괴했다.

"물론 당신이야 갈 수가 있지."

하고 장풍은 턱으로 종태를 가리켰다.

"하나, 그것도 이 사람들 데리곤 안 되우."

강두가 발끈했다.

"듣자듣자 하니 이 양반 큰일날 소리 하는구나. 왜 우리를 데리고 가면 안 된단 말이오?"

"그 까닭을 내가 여기서 얘기할까?"

"해보소."

하고 황두가 흥분했다.

장풍은 그들의 흥분엔 아랑곳없이 얄미우리만큼 침착한 소리로 시작했다.

"나는 사흘 앞까지의 일을 볼 수가 있는 사람이오. 한 달 앞을 볼 수 있으면 대귀大貴가 되고, 일 년 앞까지 볼 수 있으면 대선大仙이 될 수 있지만, 나는 기껏 사흘 앞밖엔 보지 못하오. 그래, 겨우 면천免賤*하는 정도요, 소제小濟**할 능력밖엔 없소. 그래서 하는 말인데, 내일 길을 떠나면 엄청난 변을 당할 것이 뻔하오. 그래

---

* 천한 것을 면함.
** 작은 도움을 줌.

서 말리는 것이오."

"글쎄 그 까닭을 말해보란 말이오. 괜히 아는 척 말고."

이번엔 창두가 나섰다. 장풍이 종태와 그들을 이간하는 것 같은 낌새를 맡은 모양이다.

"듣자 하니 당신들은 이 소년을 도련님으로 받들고 있는 것 같소만, 참으로 이 도련님을 위하려거든 내 말을 들으소."

하고 장풍은 세 사람을 향해 말했다.

"말해보시오."

강두가 무뚝뚝하게 나섰다.

"희미한 불빛 아래서도 난 당신들을 찰색할 수가 있소. 당신들은 탐대담소貪大膽小한 인간들이오. 말하자면, 탐하는 욕심은 큰데 담은 작다, 이 말이오. 살펴건대, 당신들은 당신들의 분수에 없는 재물을 요 며칠 동안에 입수한 모양이오. 그런데 그 재물은 삼일을 넘기지 못하게 되어 있소. 그리고 그 재물을 잃을 때 당신들의 생명은 물론이요, 이 도련님의 생명까지도 같이 잃게 만들 위험이 있다는 얘기요. 그래서 나는 당신들의 내일 출향을 삼가라는 말을 하고 있는 것이오. 내 말을 예사로 듣지 마시오."

"제에미! 밤중에 남의 다리 긁는 소리 다 듣겠네."

강두가 버럭 화를 냈다.

"긁을 지경이라 겁이 나몬 얼만가를 달라고 할 일이지."

창두도 노골적으로 불쾌감을 털어놓았다. 종태는 이들을 진정시키고 장풍의 말을 독촉했다.

"당신들이 이 도련님을 소중히 할 생각이 있으면 내 말을 들으소. 결국은 당신들을 위하는 말도 될 거요."

하고 장풍이 계속했다.

"당신들의 일행을 관속이나 서원의 젊은 선비들이 보았다고 합시다. 붙들어놓고 살피고 묻고 하면 어떻게 할 거요. 몽둥이찜질을 당해낼 뱃심이 있소? 내가 보기엔 몽둥이가 볼기짝에 닿기도 전에 솔솔 다 불어버릴 것이 뻔해. 사세가 다급해지면 이 도련님이 시켜서 한 일이라고까지 떠벌릴 치들이오, 당신들은…."

성미 급한 황두가 벌떡 일어나더니 장풍의 멱살을 잡았다.

"네게 달린 주둥아리라고 함부로 네 맘대로 놀려?"

"황두야, 네 자리에 가 앉거라."

박종태가 조용히 말했다.

"도련님은 이자의 말을 듣고만 있을 거요?"

황두가 숨 가쁘게 말했다.

"아니다. 듣는 데까진 들어보자."

종태의 말은 어디까지나 조용했다. 그만큼 위엄이 있었다. 황두가 제자리로 돌아가자, 종태가 장풍을 향했다.

"말씀 계속하시오."

"나는 당신들을 위해서 하는 말이오. 그 몰골로선 재물을 걸머지고 원행할 수 없다는 얘기를 하고 있는 거요. 내일 아침 이 절을 떠나면 사흘 안으로 목이 날아가게 돼 있소. 내 말이 듣기 싫거든 내일 아침 떠나시오. 그때 가서 내 말 뜻을 알아차릴 거요. 나는 가서 자겠소."

하고 장풍이 일어서려고 했다.

종태가 만류했다.

"화가 닥칠 거라는 말을 했으면, 그것을 어떻게 막아야 할 것인가도 일러줘야 될 게 아니오."

"모두들 듣기 싫다는데 말해 무얼 하겠소?"

"내가 듣고 있지 않소."

"그럼 당신만 날 따라오시오."

장풍의 다음의 말은 이랬다.

"첫째, 이 절에서 보름 동안만 머물렀다가 가시오. 둘째, 저기 있는 세 사람 가운데 두 사람은 삭발하고 중이 되시오. 한 사람은 호패를 가지고 있는 모양이니, 그냥 도련님의 하인노릇을 하기 위해 중이 안 되어도 좋소. 그리고 보름 동안 열심히 염불을 외고 독경도 하여 도첩度牒을 지니고 중의 행색으로 길을 떠나시오. 당나귀는 도련님 탈 것 하나만 남기고 한 마리는 남겨두소. 식량과 의복 외의 물건은 모두 배낭에 넣어야 하오. 그 다음에 할 일은 임기응변해서 하시오. 그리고 도련님은 보름 동안 내게서 글을 배우시오. 총명만 하고 무문無文이면 익기도 전에 곯아버린 감이나 한가지요. 총명엔 글이라고 하는 음식을 먹어야 하오. 덕택으로 나나 이 절이 보름 동안 기갈을 면해야 하겠는데, 그만한 값은 치를 만할 거요…."

그 절의 이름은 석천사石泉寺라고 했다. 종태 일행은 석천사에 묵기로 했다. 장풍의 의견에 들을 만한 것이 있다고 종태가 판단하고 창두, 황두, 강두를 설득했기 때문이다.

박종태 일행이 석천사에서 묵고 있을 동안, 우리는 잠시 삼전도와 최천중의 소식을 알아둘 필요가 있지 않을까.

삼전도는 어느덧 은성殷盛*한 시가市街를 이루기에 이르렀다. 모여드는 손님을 가늠하여 상인들이 여관을 짓고 가게를 냈기 때문이다. 그런 만큼 땅값이 거의 서울의 종로 바닥에 맞먹을 만큼 치솟았다.

"이런 형편이면 땅 판 돈만으로도 삼전도장의 살림을 너끈히 해나갈 수 있겠습니다."

최천중이 여운 선생에게 한 보고였다.

원여운은 먼저 각지에서 사귀어둔 친구들을 삼전도로 불렀다. 여운이 친교를 맺을 만한 사람들이었으니, 예외 없이 안광眼光이 지배紙背에 철**할 수 있고, 일견 폐부를 찔러볼 수 있는 능력의 소유자들이다.

원여운이 거처하는 곳은 중청中廳이었는데, 이 친구들이 번갈아 외청外廳에 앉아 놀며 찾아오는 사람들의 검분檢分을 했다. 그 검분에 통과되면 삼전도장의 동서북 삼청三廳 가운데 한 집의 빈객이 되는 것이다.

여운은 사람을 다음 십주十疇로 나눴다. 사士, 객客, 무武, 한漢, 협俠, 기技, 술術, 풍風, 동童, 잡雜.

사는 정통적인 유학을 공부한 재사들을 말한다. 통칭은 갑인甲人

---

* 번화하고 성함.
** 안광이 종이를 뚫음.

252

이라고 하고, 할당된 숙소의 이름은 갑랑甲廊이다. 그래서 여운이 그곳에 있는 손님이 보고 싶을 땐 갑랑 모某를 불러오라고 이르면 된다.

객은 학문을 하되 사문斯文에 구애되지 않는 사람, 즉 과거 같은 것은 안중에 없이 유불선을 흥미에 따라 공부한 선비들을 말한다. 통칭은 을인乙人이다. 물론 숙사의 이름은 을랑乙廊이다.

무는 무술을 익힌 사람으로서, 원래 무과를 지원하려던 부류를 말한다. 통칭은 병인丙人, 숙사는 병랑丙廊. 한은 무과를 목적함이 없이 그저 무기武技를 익힌 사람, 통칭은 정인丁人, 숙사는 정랑丁廊. 학식과 무술은 부족해도 호협한 사람은 무랑戊廊에 모신다. 이른바 협인데 통칭은 무인戊人.

기는 특별한 기능의 소유자. 줄타기, 제자리뛰기, 달리기, 팔매질 등을 잘하는 사람. 통칭은 기인己人, 숙사는 기랑己廊. 술은 마술 또는 도술을 할 줄 아는 자. 통칭은 경인庚人, 숙사는 경랑庚廊. 풍은 가무음곡을 잘하는 사람. 통칭은 신인辛人, 숙사는 신랑辛廊. 어린아이들로서 탁월한 소질이 있으면 동으로 대접하고, 통칭은 임인壬人, 숙사는 임랑壬廊. 잡雜은 문자 그대로 잡놈들, 즉 노름 잘하는 놈, 강정強精한 놈, 그 밖의 잡기에 능한 부류를 말하는데, 이곳에서의 통칭은 계인癸人이라고 한다.

이처럼 '갑을병정무기경신임계' 십간十干으로 분류하여 수용해놓곤, 매일 후대하여 끼리끼리의 절차탁마를 권장하는 것이다.

그런 방식으로 나눠 빈객을 수용한 것이 이미 57명이었다. 선발자는 물론 여운의 구우舊友들인 노인들이다. 그들의 방침은 '재고책절才高策絕'*해도 인품이 야비하면 이를 뽑지 않는 것으로 되어 있었다.

어느 날 밤, 최천중이 오랜만에 삼전도장을 찾았다. 여운 선생과 단둘이 있는 자리에서 최천중이 물었다.

"아무리 재고책절해도 인품이 야비하면 빈객으로 뽑지 않는다고 들었는데 그게 사실입니까?"

"그렇다."

는 여운의 대답이었다.

"그렇게 하는 건 달갑지 못하지 않습니까?"

하고 최천중이 다음과 같이 얘기를 했다.

"때에 따라 비열한 놈의 독이 군자의 약보다 나은 경우가 있지 않겠습니까? 비열한 놈이라야 가지는 독이란 것도 있지 않겠습니까? 땅꾼이 독사를 찾는 것은 독사가 예뻐서 하는 짓은 아닐 줄 아옵니다. 비열 간사한 놈이라도 재고책절 한 군데만 있으면 수용하소서."

여운이 빙그레 웃었다. 그리고 하는 말이,

"다사제제多士濟濟를 모으고 각양각색의 사람을 모아 각기 그 재능을 활용하려면, 먼저 그 바탕에 굳건한 반석이 깔려 있어야 하느니라. 굳건한 반석이란, 화합한 기풍을 말한다. 독사를 기르되 안전한 우리가 있어야 할 것 아닌가. 지금 우리는 그 우리를 만들고 있는 것일세."

---

* 재주가 좋고 꾀가 뛰어남.

"방불한 인재가 모였다고 생각하십니까?"

최천중이 묻자, 여운은 고개를 살래살래 흔들었다.

"꼭 한 사람 있어."

"누굽니까?"

"'공갑청'이라고 하는 사람인데, 계랑癸廊의 손님이여."

"계랑이면 잡부雜部가 아닙니까?"

"그렇지. 그자는 노름꾼이다. 혼자 있기가 심심할까 봐 일행 셋을 함께 있으라고 했지."

"선생님이 그 기술을 보셨습니까?"

"유공柳公이 접견하고 있는 걸 먼빛으로 보았지만, 가히 입신지기入神之技라고 할 수가 있어. 투전이 소매 속으로 기어들어가고 목덜미에서 나오고 하는 것은 되놈 요술과 같은 것이지만, 투전 묶음을 한번 쥐어보기만 하면 그 순서를 죄다 알아버리는 거야. 마흔 냥 투전의 순서를 한 냥 틀림없이 순식간에 알아버린다는 건 범상한 재주가 아녀. 놈에게 글을 가르쳐 첩자로 쓰면 요긴할 거란 말야."

"말이 그렇지, 노름꾼을 어디에 써먹겠습니까?"

"그런 것도 아녀. 기회가 있기만 하면 대국을 털어먹을 놈이니까. 그래서 주사위를 얻어다 줬지. 주사위노름이 대국에선 널리 퍼져 있대. 유공의 말이지만, 보름만 기한을 달랬다고 하니까 주사위 갖고도 한 바람 불릴 거여."

"그 밖엔 볼 만한 것이 없습니까?"

"아직은 없어. 갑랑에 선비 다섯을 넣어놨더니, 매일처럼 글자 하나를 갖곤 말꼬리를 잡고 늘어져 시끄럽기가 동자들이 모인 글방 같다느만."

"율랑엔 아직 없습니까?"

"없어."

"제일 많은 곳이 어딥니까?"

"무랑이다."

무랑이면 협객을 수용하는 곳이다.

"요즘 운현궁의 동정은 어떠한가?"

여운이 물었다.

최천중은 그 무렵 황봉련과 거의 교대로 운현궁에 드나드는 처
지가 되어 있었다.

"기고만장, 안하무인 병이 가까스로 고황에 들려는* 지경인가 봅
니다."

최천중이 웃으며 답했다.

"안하무인은 원래 그 사람의 성품이라고 하더만…."

여운이 혀를 찼다.

"게다가 기고만장을 겸했으니…."

하고 최천중이 다음과 같은 얘기를 덧붙였다.

"평안도 의주에서 온 놈인데, 허가虛哥라고 하는 개망나니 같은
녀석을 두고 자기 대신 욕을 시키는 장난을 시작했어요. 점잖은 선
비가 찾아 들어오면 '야, 내 아들놈 같은 놈'이라니 '얼음판에 미끄

---

* '膏肓에 들다': '고(膏)'는 심장의 아랫부분, 황(肓)은 횡격막의 윗부분으로, 이 사
이에 병이 생기면 낫기 어렵다고 함.

러진 소눈깔 같은 놈'이라니 하고 마구 욕을 해대니 모두들 어리둥
절해지는 거죠. 무슨 까닭으로 그런 짓을 하는지 알 수가 없습니다."

"소인이 대복大福을 만나놓으면 고깔을 뒤집어쓰는 수도 있으니.
한데 자네도 그 욕쟁이에게 당해보았는가?"

"어림이 있습니까. 허가 놈이 나를 보고 뭐라고 하기에, '기구망
측상을 가진 놈이 돼놓으니 꼴 맞추어 주둥아리를 놀리는구나' 하
고 윽박질러주었죠."

"운현이 보는 앞에서?"

"물론이죠. 그랬더니 대원군이 묻습디다. 기구망측상이 뭐냐고.
그래서 대답했죠. 배고픈 개[기구飢狗]가 측간을 바라보는[망측望
側] 꼴이라고 했더니, 대원군은 허헛 하고 웃고, 그놈의 상은 푸르
락붉으락 하구…."

"기구망측상은 좋았어."

"뿐만 아니라 대원군 자신의 입이 대단히 나쁩니다. 이런 일이
있었죠. 시골에서 어느 선비가 왔는데, 대원군이 '자네 처가가 어디
냐'고 물었을 때, 그가 '황문黃門에 취처娶妻했습니다.'하는 대답을
했어요. 그랬더니 대원군, 대뜸 한다는 소리가, '흠, 똥구멍에 장가
를 갔어' 하잖겠습니까."

여운 선생은 배꼽을 잡고 웃었다. 그러곤,

"어설픈 문자를 쓰는 놈에게 정문일침頂門一針한 거로구면. 그런
건 좋지 않은가."

했다.

"하기야 따끔한 맛은 있는 분입니다. 일전입니다. 마침 제가 옆에

있었는데, 고을살이로 새로 부임할 신관新官이 왔습니다. 대원군 말씀이, '그놈 들어오거든 관상을 보고 그놈은 알아듣지 못하게끔 한마디만 하라'는 것이었습니다. 그자가 들어오는데, 그 얼굴에 그날 안으로 낭패를 볼 거라는 찰색이 나타났습니다. 그래서 대원군 보고 말을 했죠. '아무래도 오늘 안으로 낭패를 당할 것 같다'구요. 대원군이 그자를 보고 '자네 고향이 어딘가' 하고 묻대요. 그랬더니 그자의 답이, '전라도'란 것이었습니다. 그러자 대원군이 호통을 쳤어요. '절라도면 절라도지 전라도가 뭐냐'는 겁니다. 그러고는 당장 물러가라고 하면서 부임할 필요가 없다는 겁니다. 그날로 삭탈파직된 셈이죠. 그래 놓고 날 보고 하는 소리가 '자네 참으로 명관상사로군…'"

"운현다운 데가 있어 좋지 않나."

여운은 한가로이 웃었다.

"환재완 내왕이 있느냐?"

여운이 물었다.

환재란 박규수를 말한다. 최천중은 가끔 박규수와 만나고 있었다. 최천중의 대답은 이랬다.

"만나긴 합니다만, 차분히 얘기할 기회는 별로 없었습니다."

"그건 왜 그런고?"

"생각해보십시오. 환재가 한성판윤이 된 건 지난달 그믐날, 즉 2월 29일이었사온데, 이레째인 3월 7일엔 홍문관 제학이 되어 있사옵고, 그랬는가 했더니 또 닷새째는 공조판서가 되어 있다 이 말씀입니다. 공조판서에 보임 받은 날짜가 을축년(고종 2년) 3월 12일이니, 보름 동안에 관직이 세 번 바뀐 것이 아닙니까?"

"좌불안석이겠군."

"한데, 왜 그렇게 관직을 바꿉니까? 차분히 경륜을 펼 수 있도록 해주는 것이 환재 같은 인물에겐 필요할 텐데 말입니다."

"난들 어떻게 알겠나?"

"그래서 제가 생각해본 겁니다. 관찰사 같은 건 수년을 유임합니다. 그런데 한성판윤이 고양이 눈빛처럼 바뀌는 것은 뇌물을 내직內職들이 직접 먹기 위해서가 아닌가 합니다. 지방의 뇌물은 관찰사를 통해서 먹을 수밖에 없으니 지리인정地理人情에 통하도록 오래 머물게 해야 할 필요가 있지만, 한성의 뇌물은 직접 먹을 수가 있으니 자꾸만 판윤을 바꿔 치우는 게 아닌가 합니다. 판윤을 오래 그 자리에 머물게 하면 뇌물이 그곳으로 모일 테니까요. 하여간 약삭빠른 내직들의 장난일 겁니다."

"그럴듯하구나. 한데, 운현이 인사권을 잡고 있는데도 그 모양인 것은?"

"대원군이 직접 뇌물을 먹겠다, 이것 아니겠습니까?"

"이도吏道의 기강을 세워야 한다고 야단이라며? 운현이."

"자기가 먹는 건 뇌물이 아니라고 치고 있겠죠. 하늘 아래 한 치의 땅도 왕의 소유 아닌 것이 없고, 한 푼의 돈도 왕의 소유 아닌 것이 없다고 치고, 대원군은 자기를 왕지왕王之王이라고 생각하고 있는 것 아닙니까?"

"그럴듯한 말이로군."

이처럼 시국에 대한 얘기가 오가다가 최천중이 화제를 바꿔 물었다.

"언제쯤이면 근사한 인재를 이곳에 모을 수가 있겠습니까?"

여운은 눈을 감고 생각에 잠기는 듯하더니,

"서두를 필요가 없네. 기다릴 필요도 없구. 기불기期不期에 구애됨이 없이 나날을 보내고 있으면, 결국은 세월이 금을 만들고 옥을 만들 것이여. 일엔 초조함이 없어야 하고, 바람엔 조급함이 없어야 하느니라."

하는 준절한 말이 있었다.

최천중은 여운 선생의 그 말씀에서 도리道理를 보았다.

"앞으론 초조하고 조급하게 기다리는 마음을 없애버릴까 하옵니다."

최천중은 나부시 절을 하고 여운의 방에서 물러나왔다.

이렇듯 삼전도장에 재사, 기사가 백화요란百花燎亂하기엔 먼 훗날을 기다려야 하는 것이다. 그러나 물줄기가 바다를 향하듯 뜻 있는 자의 마음은 이미 삼전도를 향하고 있었다.

甲山

春風

갑산에도 춘풍이

춘풍은 남쪽에서만 부는 것이 아니다. 북쪽에서도 춘풍은 불고 있었다. 그 춘풍을 타고 삼전도의 소식은 북도 갑산甲山에까지 당도했다.

　3월이 되면 갑산의 얼음도 녹는다. 약초 캐는 일을 생업으로 삼는 심 노인이 한 되가량의 미숫가루와 한 줌의 소금덩어리, 얼마간의 건병乾餅을 넣은 망대를 메고 갑산으로 들어간 것은 3월도 거의 지나고 내일모레면 4월이 될 어느 날이었다.

　심 노인은 3월에 산속으로 들어가 동짓달이면 하산을 하는 생활을 30년래 지탱해온 사람이었는데, 이번엔 호곡虎谷을 더듬어볼 생각을 했다.

　호곡은 갑산 줄기 사이에 있는, 문자 그대로 호랑이가 사는 골짜기다. 이곳 호랑이와 만주 흥안령興安嶺의 호랑이는 사돈으로 맺어진 사이여서 그들의 왕래가 빈번했고, 이곳을 중심으로 해서 호랑이가 조선 팔도에 깔려 있기도 하다는 얘기여서, 호곡을 '호도虎都'

라고 부르기도 했다.

　　호곡에 들어간 사람이 돌아오는 것을 아직 보지 못했노라.

　　(입호곡이래入虎谷而來 환자미유견야還者未有見也.)

　　이것은 지지地誌에 적힌 문자이다.

　　그런 만큼 호곡에 들어갈 생각을 하는 사람은 아무도 없었다. 금은보화가 그곳에 소장되어 있기로서니 생명과 맞바꾸어 그것을 갖길 탐할 까닭이 없는데 그곳엔 호랑이만 있다는 것이고, 게다가 수수첩곡을 오르내려야 하는 험준하기 짝이 없는 산세이기도 했다.

　　그런데도 심 노인이 그곳으로 갈 작정을 한 것은, 인족미답人足未踏의 땅엔 반드시 희귀한 약초가 있으리란 신념도 있었거니와, 약초를 캐러 나가는 것도 이해가 마지막이 아닌가 하는 생각이 들었기 때문이다.

　　'정명이 다 되었다면 호랑이 배 속에 장사를 지낸들 어떠리. 호랑이가 죽으면 명산에 묻힌다고 하니, 덕분에 명산에 유택을 얻을 수도 있지 않겠는가.'

하고 단단한 각오를 세우기도 했다.

　　심 노인은 사흘 동안을 아주 겸행한 끝에, 어느 산허리에서 호랑이 우는 소리를 들었다. 한 마리가 울자 곧 호응하는 소리가 있었다. 그 소리 소리가 메아리가 되어, 적막했던 심산이 돌연 와들와들 진동하는 느낌이었다.

　　드디어 호곡에 도착한 것이다. 해는 이미 서산에 기울고 골짜기는 그늘 속으로 접어들었는데, 심 노인은 하룻밤을 새울 자리를 찾아야만 했다. 우로雨露를 막을 만한 움푹한 곳이 있으면 되었다. 그런 곳을 찾아 헤매는 동안에 밤이 되었다. 그렇다고 해서 아무 데나 몸을 누일 순 없었다. 호곡에 온 첫날 밤 호랑이의 밥이 되어버리긴 아쉬운 생각이 들었던 것이다. 그믐께라서 달이 없었다.

희미한 별빛 아래서 심 노인이 기력을 다해 몸 누일 곳을 찾아 헤매고 있는데, 이상도 한 일이었다. 골짜기 바닥으로 짐작되는 곳에서 불빛이 비치고 있는 것이 숲 사이로 보였다.

'이런 곳에 사람이 사나?'

했지만 그럴 까닭이 없어,

'혹시 도깨비불이 아닐까?'

하고 심 노인은 그 불빛을 향해 가파른 비탈을 기어 내려갔다.

가까이 가보니 그건 분명 사람의 집이었다. 통나무를 쌓아올려 벽을 만든 듯한 꽤 큰 높이의 집이었는데, 불빛은 한 군데만 도려내어 만든 들창으로부터 흘러나오고 있었다.

집 안에서 기침 소리가 있었고, 그 기침 소리 사이로 도란도란 얘기가 계속되었지만 알아들을 순 없었다. 심 노인은, 나무토막을 세로로 엮어놓은 문을 두드렸다. 집 안의 말소리가 뚝 그쳤다. 다시 한 번 두드렸다.

동탁하는 소리가 난 듯하더니 말이 있었다. 심 노인이 목청을 돋우었다.

"행인이오. 하룻밤 묵고 갈까 하오."

문이 반쯤 열렸다. 불빛 아래 비쳐진 방이 벽이며 마루며 할 것

없이 온통 호피虎皮로 덮여져 있는 게 심 노인의 눈에 띄었다.

"들어오슈."

한 것은 스물 안팎의 청년이었다.

심 노인은 어슬렁어슬렁 방안으로 들어갔다. 안쪽으로 침상이 한 자쯤 높게 놓였는데, 흰머리 흰수염의 노인이 비스듬히 누운 채 이편을 바라보고 있고, 침상을 향해 앉아 있던 두 청년이 이편으로 고개를 돌리고 있었다.

심 노인은 침상 가까이로 가서 무릎을 꿇고 절을 했다. 그렇게 하게 만드는 위엄 같은 것이 그 방안엔 있었다.

"어디서 온 사람인가?"

침상의 노인이 말했다. 몹시 기력이 쇠해 있는 듯한 목소리였다.

"저는 명주에서 온 약초 캐는 사람이외다."

심 노인은 공손히 대답했다.

"여기가 어딘 줄 아시고 오셨소?"

청년의 하나가 물었다.

"호곡입죠."

"호곡인 줄 알고 오셨소?"

"그렇소."

"살아서 돌아갈 생각이 없는 모양이로구먼요."

아까의 청년이 한 소리다.

"인정사정없는 호랑이기로서니 뼈만 남은 노인을 탐하겠습니까?"

그때, 침상 위로부터 말이 있었다.

"먼길을 온 사람, 요기라도 시켜야지."

그 말이 떨어지기가 바쁘게 또 하나의 청년이 일어서더니, 포장이 쳐진 방 한구석으로 갔다. 뭔가 음식을 마련하려는 모양이었다.

그러는 동안 침상 위의 노인은 심 노인의 신상이며 몇몇 사람의 이름을 들먹이고 물었다. 심 노인의 신상 설명은 간단했지만, 노인이 들먹인 사람들에 관해선 아는 바가 없었다.

"그도 그럴 것이여. 오십사 년 전의 사람들 소식을 알 까닭이 있겠나."

하고는 노인이 기침을 했다.

청년이 마련해다준 음식은 율무죽과 수리치나물, 고기포 등이었다. 고기포를 집어 들고 먹기 시작하자, 옆에 있던 청년이

"그 포는 호랑이고기포요. 맛이 어떻소?"

하고 물었다.

"호랑이 밥이 되기 전에 호랑이를 밥으로 한다는 것도 멋이 있습죠."

심 노인은 기껏 객담을 해본 셈인데 청년들에겐 통하지 않는 듯, 한 사람이 말했다.

"호랑이고기를 많이 먹어두면 호랑이가 덤비지 않소."

어쨌든 심 노인은 식사를 맛있게 끝냈다. 그러자 침상 위의 영감이 심 노인을 가까이 오라고 했다.

"궁금하던 차에 잘 오셨소. 세상 소식이나 좀 들읍시다."

"그러기 전에 묻겠습니다. 이곳에 오신 지가 얼마나 되었습니까?"

하는 심 노인의 질문에 침상 위의 영감의 답은,

"나는 오십 년이고 저 사람들은 이십 년쯤 되었소."

침상의 노인이 물었다.

"임금도 대가 바뀌었겠지?"

"재작년 섣달에 임금이 죽고 새 임금이 들어섰소."

심 노인이 말했다.

"재작년에 죽었다면 그 임금 퍽이나 오래 살았군."

침상의 노인이 한 말이었다.

"오래 살긴요, 서른 몇 살에 죽었는데요."

심 노인은 이렇게 말했는데, 따지고 보니 침상의 노인은 정조의 아들 순조가 재작년에 죽은 것으로 짐작한 것이었다.

심 노인은 순조가 죽은 지 벌써 삼십여 년이며 그사이 헌종, 철종으로 이어졌는데, 재작년 섣달에 죽은 임금은 철종이고, 철종이 무후無後했기 때문에 지금 즉위한 임금은 이하응의 둘째아들이라고 했다.

"그러고 보니 내 대에 여섯 임금을 겪는 셈이로구나."

하고 침상의 노인은 감개무량한 듯 말의 여운을 남겼다.

"요즘 사람 살긴 어떻소?"

한 것은 아까 문을 열어준 청년이었다.

"권세자는 어깨로 바람을 꺾고, 부자는 포식해도 남을 것이 있고, 빈궁자는 굶주려 그 색이 처량한 것은 예나 다름이 없소."

심 노인이 담담히 대답했다.

이어 청나라의 사정을 묻기도 하고, 민란이 있는가 하는 질문도 있었다. 그러다가 지금 세도를 잡고 있는 것이 누구냐는 얘기도 나왔다.

"순조, 헌종, 철종 삼대에 걸쳐 장동 김씨의 권세가 당당하더니 지금은 그 빛이 바래졌고, 그 대신 현왕現王의 아버지인 이하응이 권세를 한 손에 장악하고 있는 듯하데요."

하는 답이 있자 침상의 노인은 회상되는 것이 있는 듯

"김익순金益淳이도 장동 김씨였지."

하고 중얼거렸다.

그러나 그 말의 뜻을 심 노인이 알 까닭이 없었다.

"되게 재미나는 일은 없습니까?"

하고 청년의 하나가 물었다.

심 노인은 잠깐 생각한 끝에,

"참."

하고 시작한 것이 삼전도의 얘기였다.

삼전도에 으리으리한 집을 만들어놓고 재주는 있으되 뜻을 얻지 못한 사람들을 환영한다는 얘기, 문무는 말할 것도 없고 별의별 잡술 잡기까지 재주로 쳐주어 우대한다는 얘기를 신나게 늘어놓았다. 그러고는,

"야무유재野無遺才'라고 해서, 재주 있는 사람을 버려두지 않는다는 취지인가 봅니다."

하고 말을 맺었다.

"관에서 하는 일인가?"

침상의 노인이 물었다.

"아니올시다. '원여운'이라고 하는 도인이 하는 일이라고 들었소."

"원여운? 강원도 원주의 원여운?"

침상의 노인이 벌떡 몸을 일으키곤 중얼거렸다. 돌연 무슨 기억이 되살아난 모양이었다. 심 노인이 물었다.

"한데, 영감님과 청년들은 누구이시며, 여기서 무엇을 하십니까?"

"우리가 누구인가를 묻지 마시오."

청년의 하나가 말했다.

그러나 심 노인의 궁금증이 문제일 것은 없다. 삼전도장의 소식이 춘풍을 타고 들어온 심 노인의 입을 통해 삼수갑산 호곡에까지 전해졌다는 사실이 중요한 것이다.

침상의 노인은 우창후禹昌厚.

54년 동안 세상을 등지고 갑산의 호곡에서 산 사람이다.

그는 홍경래 휘하의 장군이었다. 그리고 살아남은 유일한 장군이었다. 구체적으로 말하면, 부원수副元帥 김사용金士用의 직계인 좌익장左翼將 변대익邊大翼의 부장副將이다. 총명하여 문무를 겸하고 몰의도沒義道한 조정에 항거하여 천공天空에 무지개를 그린 것이 33세, 관군의 압박에 견디지 못해 정주성定州城이 함락될 때 기적적으로 탈출에 성공한 것이 우창후였다.

신미년(1811년) 거사 이래 연전연승을 거듭하여 평안도를 거의 석권했으나 수적으로 우세한 관군에 밀려 정주성에서 농성하게 된 것이 그해 그달의 19일. 그로부터 4개월 동안 사력을 다해 버텼으나, 드디어 양도糧道가 끊겨 송피松皮를 먹었기 때문에 성내의 소나무가 모두 백립白立할 정도에 이르렀다.

270

정주성은 함락 직전에 이르렀다. 드디어 4월 18일 밤, 장수들의 회의가 있었다.

그때 김사용이 우창후를 조용한 곳으로 불렀다. 그리고 하는 말이,

"명재경각命在頃刻이다. 그러나 자네만은 살아야 한다. 자넨 살수가 있다. 빠르길 질풍과 같고, 신중하길 바위와 같으니 영력靈力을 다하면 기필코 살 수가 있다. 무슨 수단을 써서라도 이곳을 빠져나가되 부참모 김창시金昌始의 손자, 후문장 윤후험의 손자, 수송총관 이희저李禧著의 손자들만은 데리고 나가거라. 그들은 모두 7, 8세 또래의 아이들이다. 이 성이 함락되어 백성들이 붙들리게 되면 혹시 아녀자들은 살아남을지 모르지만, 그 세 아이만은 참살을 당할 것이다. 다행히도 다른 장수의 손자들은 이곳에 없다. 그러니 내 마음에 걸리는 것은 오직 그들뿐이다."

그리고 나서, 김사용은 사람을 시켜 그 세 아이를 데리고 왔다.

우창후는 한 아이를 업고, 두 아이는 양쪽 겨드랑이에 하나씩 끼고 새벽의 효암曉闇을 이용하여 남문을 빠져나갔다. 그 창우검림槍雨劍林 사이를 어떻게 빠져나왔는지 알 수가 없다. 삼십 리쯤을 달려 어느 고갯마루에 이르렀을 때, 우창후는 뇌성을 치는 것 같은 굉음을 들었다. 정주성 북장대北將臺가 폭파되는 소리였다. 동시에 그것은 홍경래를 비롯한 장수들과 병정들이 그 웅장한 꿈과 함께 산산이 부서지는 소리이기도 했다.

뒤에 들은 얘기지만, 이때 붙들린 홍경래의 군병들은 부녀자와 어린아이들을 제외하고 모두 참살되었다고 한다. 그 수가 1천917명.

그러나 그런 것에 감상感傷하고 있을 사이가 없었다.

우창후가 할 일은 오직 세 아이를 살리는 것이었다. 그러자면 자기가 살아야만 했다.

그렇게 해서 들어온 곳이 삼수갑산의 호곡.

우창후는 사냥도 하고 메밀과 조를 심기도 해서 세 아이들을 10년 동안 정성스럽게 길렀다. 그리고 다시 그들을 세상에 내보내면서 이른 말이,

"너희들은 세상으로 돌아가 이름을 숨기고 살아라. 그리고 장가를 가서 아이를 낳거든 그중 하나씩은 내게로 보내라. 나는 너희들의 아들들을 홍 원수의 뜻을 위해 바치리라."

우창후는 장군들의 손자들을 세상에 내보낸 뒤 홀로 20년을 산속에서 지냈다. 그러나 하루도 게으르게 보낸 적이 없었다.

일편단심 홍 원수의 소지素志를 이룰 날을 빌고 또 바랐다. 자기 일생 동안에 안 되는 일이면, 세상으로 돌려보낸 아이들이 낳은 아들을 통해 그 뜻을 전하리라 마음을 먹었다.

뜻만을 전한들 무슨 소용이 있겠는가. 그는 수단까지도 같이 전할 결심을 세웠다. 전할 수단을 스스로 가지고 있어야 한다고 생각한 것이다.

우창후가 생각한 수단이란 무술이었다. 개인이 백인百人을 당적하고 천인千人을 당적할 수 있는 무술이라야 하며, 그 탁월한 무술에 곁들여, 만인, 수백만인을 거느릴 수 있도록 지모智謀의 개발도 있어야 할 것이었다.

우창후는 검·창·편·궁의 사기四技로부터 시작해서 둔신遁身·

축지縮地의 이기二技를 터득하기에 전심전력을 기울였다. 원래 우창후는 그가 지닌 탁월한 무술로 인해 젊은 나이에 부장副將으로 발탁되었고, 그 인품의 진실됨으로 해서 부원수 김사용의 특별한 청탁을 받은 것이다.

갑산 호곡으로 들어온 지 30년째, 우창후의 검기劍技는 칼을 갖다 대기만 하면 낙락장송도 풀줄기처럼 베어지고, 칼끝을 뻗어 노리기만 하면 사나운 호랑이도 고양이 앞의 쥐처럼 움츠러들게끔 되었다. 창기槍技는 바위를 쪼갤 수가 있었고, 편기鞭技는 한 번 휘둘러 수십 마리의 새를 잡을 수가 있었다. 궁기弓技에 이르러선, 그 소리만 듣고도 쏘면 목적물에 백발백중시킬 수가 있었다. 둔신, 축지가 자유자재한 것은 말할 나위가 없다.

20년 기다린 보람이 있었다. 김창시의 증손 김권金權이 일곱 살의 나이로 입산했다. 그 뒤 윤후험의 증손 윤량尹亮이 여섯 살의 나이로 입산하고, 이 소식에 초조했던지 이희저의 손자는 다섯 살이 채 못 되었는데도 자기 아들을 보내왔다. 이름은 이책李策이다.

우창후의 기쁨은 이루 형언할 수가 없었다. 우창후는 김권, 윤량, 이책에게 형제의 서열을 주었다. 그리고 그 사이 엄격한 예절에 따라 행동하도록 분부하고, 그들이 온 지 1년 동안은 사냥하는 데 데리고 다녔을 뿐 아무것도 가르치지 않았다. 그들의 소질을 알기 위해서였다.

1년이 지나자 각기 특색이 나타났다. 김권은 칼을 가지고 놀기를 좋아하고, 윤량은 창을 갖고 놀기를 좋아하고, 이책은 채찍[鞭]을 갖고 놀기를 좋아했다. 우창후는 그들의 취미에 따라 가르치기 시작했다. 그는 타고난 교육자였다. 결코 강압하는 법 없이 같이 놀면서 그들의 흥을 돋우어, 그들 자신이 배우고자 안달을 하게끔 해놓고 서서히 가르쳐나갔다.

그러는 동안 짬이 있으면 홍경래 이하 여러 장수들의 일화며, 전쟁 얘기를 들려주어 피를 끓게 했다.

기술을 통해 정신을 가꾸고, 가꾸어진 정신으로 기술을 닦는 부절한 수련이 계속되었다. 우창후는 세 소년에게 자기의 꿈은 물론, 처참하게 죽어간 수만 장수들의 꿈을 위탁하려 했던 것이다.

우창후는 세 소년이 열 살 안팎이 되었을 무렵, 홍경래가 거사할 때 돌린 격문을 가르쳤다.

"이 격문은 김권의 증조할아버지, 김 창자昌字 시자始字라는 어른이 지은 것이니라. 이 격문에 우리의 원怨이 있고 한恨이 있다. 뿐만 아니라 나와 너희들이 이곳에 있게 된 까닭도 이 격문에 있다. 여기 담겨진 원을 풀고 한을 푸는 데에 너희들의 사는 보람이 있을 것이니라."

이렇게 서두하고 일러준 격문의 내용은 다음과 같다.

평안대원수平安大元帥가 급히 격문을 날리는 바이니 우리 관서부로자제關西父老子弟와 공사公私의 천인들은 모두 이 격문을 들으라[감청차격咸聽此檄]. 무릇 관서는 기성箕城의 고역古域이며 단군檀君의 구굴舊窟로서 이관이 높아 제제하고 문물이 병명炳明한 곳이니라. 임진왜란에 있어선 나라를 바로잡은 공로가 있었고, 정묘지변丁卯之變에 있어선 극수양무지충克輸襄武之忠이 있었으며, 둔암

遜菴 선생의 학문과 월포月浦 홍경우洪儆禹 선생의 재능도 모두 서토西土에 났거늘, 조정이 서토를 버리길 분토糞土와 다름없이 하고, 심지어는 권문노비權門奴婢마저 서토인西土人을 보길 평한(平漢=평안도치)이라고 부르니 서토인인 자 어찌 억울하지 않을손가. 완급緩急이 있을 땐 반드시 서토 사람의 힘에 의뢰하고 과거 때를 당하면 반드시 서토지문西土之文을 빌었으니, 이 사백 년래 조정에 신세 끼친 일이 무엇이란 말인가. 이제 어린 임금이 위에 있고 권신과 간신이 나날이 설침에[권간일치權奸日熾], 김조순, 박종경 같은 무리들이 나라의 권세를 농락하니, 어진 하늘도 재앙을 내리어 겨울엔 우레와 지진이 있고, 혜성이 나타나선 풍재와 박재가 없는 해가 거의 없었도다. 이로 인하여 큰 흉년이 거듭되어 굶주린 사람이 길에 가득 차고 노약자는 구렁텅이에 쓰러져서 생민들은 금시 죽을 지경이었느니라. 이에 이르러 다행하게도 제세지성인濟世之聖人이 청북淸北 선천宣川 검산 일월봉 밑 군왕포 위쪽 가야등 홍의도에 탄강誕降하셨도다. 나면서부터 신명스러운지라, 다섯 살에 신승神僧을 따라 중국에 들어갔고, 장성하자 강계江界 사군四郡의 여연閭延에 음거하시다, 다섯 해 동안 황명皇明의 세신유손世臣遺孫을 거느리니 철기鐵騎가 십만이더라. 드디어 동국東國을 밝힐 뜻을 가졌으나, 관서關西는 곧 풍패豊沛 고향인지라 차마 짓밟지를 못하고, 먼저 관서의 호걸들로 하여금 기병구민起兵救民케 하니, 의기義旗가 가는 곳마다 모두 소생하길 기다리지 않을 이 없으리라. 모든 열부군후列府郡後에게 격문을 띄우니, 일절 동요하지 말고 성문을 열어 우리 군사를 맞이하라. 만일 망동하여 완강히 거역하는 자가 있다면 마땅

히 철기 오천으로 짓밟아버릴 것이니라. 속히 명을 받들어 거행함
이 의당하니라. 여차 격문을 안주병사安州兵使, 우후목사虞侯牧使,
숙천부사肅川府使, 순안현령, 평안감사, 중군, 서윤, 강서현령, 용강
현령, 삼화부사, 함종부사, 중산현령, 영유현령에게 내리노라. 대원
수인大元帥印.

우창후가 소년들에게 글을 가르치는 방법이 또한 묘했다. 격문은
같은 글자의 반복을 빼면 삼백여 자로 되어 있는데, 그 글자 하나
하나를 기간基幹으로 많은 문구를 가르쳐나갔다.
　이를테면 '평안대원수平安大元帥'라고 하면, '평자平字' 하나를
평민平民, 평생平生, 평화平和, 평야平野, 평균平均, 평면平面, 평측
平仄, 평등平等, 평인平人, 태평泰平, 불평不平 등으로, '안자安字'이
면 안심安心, 안민安民, 안녕安寧 하는 따위로 가르치는 것이다.
　뿐만 아니라 '수帥'를 예를 들면, 장수將帥, 원수元帥의 뜻으로
시작해서 '가탈삼군지수可奪三軍之帥' 같은 문장까지에, 이렇게 해
서 그 격문을 골자骨字로 윤리와 도덕, 병법, 전술을 가르치기도 했
다. 지식을 주입시키는 것이 아니라 지식을 고무하는 방법이다.
　우창후는 또한 홍경래 대원수가 이 격문을 읽는 광경을 얘기하
기도 해서 소년들을 흥분시켰다. 이럴 때의 우창후의 어조는 사뭇
장중하며 정념情念에 넘쳐 있었다.
　"시유時維 신미辛未 12월 17일."
하고 우창후가 목청을 가다듬으면, 세 소년은 침을 꿀꺽 삼키고 귀
를 기울인다.

"늠렬凜烈한 한기 속에 장병의 심신은 긴장하고 맑은 양광陽光에 서기瑞氣를 느낄 즈음, 홍 대원수가 장대將臺에 오르니 황기黃旗는 바람결에 휘날리는데, 남북군 천여 명 장병들이 칼과 창과 조총으로 무장한 삼엄한 질서 속에 엄숙한 군례軍禮가 행해졌다. 남군 선봉장은 홍총각洪總角, 오초마를 타고 칼을 빼어 든 그 늠름한 위세. 북군 선봉장은 이제초李濟初, 백마를 타고 철퇴를 뽑아 든 그 용맹스런 기상. 장수들은 전립戰笠에 전복戰服, 군사들은 붉은 수건으로 머리를 동인 삼상한 모습…."

이렇게 그 장면을 우창후가 엮어나가면, 소년들은 몇 번을 되풀이해 듣는 얘긴데도 매번 넋을 잃는다.

그리고 우창후는 꼭 얘기를 다음과 같이 맺었다.

"대원수 이하 모든 장수, 장병의 몸은 죽어도 그 정신은 살아 있다. 격문의 취지가 관철되지 않은 한, 이 격문은 아직도 우리의 금과옥조다. 대원수의 뜻은 우리 평안인平安人의 원한을 푸는 데 있었다. 동시에 정도에 의해 이 나라 백성도 잘살게 하자는 데 있었다. 그것은 또한 너희들의 부조父祖의 염원이기도 했다. 너희들은 지금 사대四代에 걸친 집념과 평안인 백만의 염원을 어깨에 짊어지고 있다. 너희들은 짐승과 다르다. 일반 사람과도 다르다. 면려하라, 정진하라!"

김권, 윤량, 이책은 이렇게 해서 나날을 감동 속에서 지냈다.

그러길 벌써 20년의 세월이 흘렀다. 우창후는 어느덧 이들을 다음과 같이 부르게 했다.

김권을 '김검金劍'이라고 했고, 윤량을 '윤창尹槍'이라고 했다. 이책은 '이편李鞭'이라고 했다. 삼인은 똑같이 궁술에 능했고, 둔신, 축지의 술도 터득했다. 임중林中에 들면 나무로 화하고, 하루 삼백 리를 예사로 왕래했다.

우창후는 세 명의 청년에게 줄 것은 다 주었다고 생각했다.

'나는 이제 죽어도 한이 없다. 나의 모든 희망을 그들에게 위탁하면 된다.'

이런 마음에 젖어들면서부터 그는 사기死期가 가까이 왔음을 알았다.

'대원수 홍경래를 떳떳이 만날 수 있겠다. 부원수 김사용에겐, 부원수 나리, 나는 부원수의 청을 완수했소이다 하고 자랑스럽게 복명할 수 있을 것이고, 김창시에게는 장군의 증손자가 당신보다 몇 배나 영특하다고 말할 수 있을 것이며, 윤후험, 이희저에게도 똑같은 말을 할 수 있으리라… 그런데 아직 시운時運이 돌아오지 않았는데 저애들을 어떻게 해야 할까?'

이런 생각과 더불어 그는 병상에 눕는 몸이 되었다. 병상에 누워서도 항상 그 걱정이었다. 저만큼 장성했으니 세상으로 내보내야 한다. 그러자면 무슨 계기가 있어야 하고 방도가 있어야 한다.

'화전을 일구며 시대를 기다리라고 할까? 시중에 숨어 살며 때를 바라보라고 할까? 별성명으로 양갓집에 양자 들게 하여 무과에 올려 기회를 기다리라고 할까?'

그러던 차에 심 노인이 삼전도 소식을 전한 것이다.

우창후는 원여운을 알고 있었다. 아득히 60년 전 철산鐵山의 어느 암자에서 1년 동안 같이 수학修學한 적이 있었다. 원여운은 20여 세의 젊은 나이인데도 벌써 초탈한 기품이 있었고, 바둥바둥 출세욕에 마음을 태우는 우창후를 안타까운 눈으로 보았다는 기억마저 떠올랐다. 그러면서도 원여운은 우창후를,

"세상이 세상 같으면 출장입상出將入相할 그릇인데."

하고 높은 평가를 했다.

'원여운이면 분명 그 원여운이다. 그 사람에게만은 안심하고 내 청년들을 맡길 수가 있다.'

는 생각을 하자, 우창후는 밤에 잠을 이룰 수가 없었다.

드디어 세 청년을 원여운에게 보내기로 결심했다. 결심하고도 망설이는 것은, 지금 보내느냐, 내가 죽은 뒤에 가라고 하느냐를 결정할 수 없었던 때문이다.

'이별이 얼마나 서러울까. 죽어 헤어지는 것은 차라리 운명이라고 하려니와 살아 영이별을 한다는 것은 차마 견딜 수 없으리라.'

우창후는 이별을 예상하고 몰래 울었다. 그 수많은 이별을 겪고도 태연했던 그가, 어떻게 이 마당엔 그 이별을 견딜 수 없느냐 말이다. 우창후는 스스로 늙었다고 느꼈다.

어느 날 새벽이었다. 우창후는 마지막 결심을 했다.

'지금 당장 그들을 보내야 한다'고.

노인은 조석朝夕을 알 수 없다는 관념에 사로잡힌 것이다.

'여운이 살아 있을 때 보내야 한다. 여운을 만나기만 하면 그들에게 앞날의 지시를 해줄 것이다.'

이렇게 마음먹은 우창후는, 심 노인이 약초를 캐러 나간 시간을

기다려 세 청년을 불렀다.

"너희들, 오늘은 아무 데도 가지 말고 내 곁에 있거라. 아마 마지막이 온 것 같다. 너희들과 상의할 일이 있구나. 햇빛이 건너편 월봉月峯 허리를 비출 때 나를 깨워라."

월봉은 바야흐로 피어난 진달래꽃으로 하여 만산홍滿山紅이었다.

집 바깥으로 내어놓은 상궤床几에 호피로 무릎을 덮고 앉은 우창후는, 그 만산홍을 한참 동안 바라보고 있더니 숙연히 중얼거렸다.

"인생불만백人生不滿百 상회천세우常懷千歲憂."*

그러고는 세 청년을 둘러보고,

"그러나 나는 무우징심無憂澄心**으로 이 세상을 떠날 수가 있다."

며 주름 속에 웃음을 새겼다. 그것은 너희들이 있으니 걱정할 게 없다는 뜻이었을 것이다.

"검아."

하고 우창후가 불렀다.

"예."

하고 김권이 앞에 와 섰다.

"오늘 너의 검술을 보고 싶구나. 백원검白猿劍 이십사법二十四法을 골고루 해보아라."

우창후가 영을 내렸다.

---

* '백년을 살지도 못 하는 사람이 늘 천년어치의 걱정을 하고 산다.'
** 아무 근심 없는 맑은 마음.

김권은 민첩한 동작으로 이십사 검법을 순서에 따라 순역順逆, 사십팔법四十八法으로 해치우는데, 천마天馬, 전광電光을 뚫는 것처럼 빨랐다.

"목화검木化劍은?"

하고 우창후가 재촉하자, 김권은 도약하여 나뭇가지 하나를 꺾어 들더니, 그 나뭇가지로써 일선 가까이에 있는 장송長松을 베었다. 연약한 나뭇가지가 일순 예리한 칼로 변한 것이다. 비스듬히 베어진 나무의 하얀 절구切口가 아침 햇빛에 여자의 부드러운 살결처럼 빛나고 있었다.

"과연 신검神劍이로군."

가르친 우창후로서도 이렇게 경탄하지 않을 수 없었다.

"이왕에 송엽연검술松葉連劍術도 보자꾸나."

우창후의 말이 떨어지기가 바쁘게 김권은 솔잎을 한 움큼 뜯어 쥐더니, 가까이에 있는 바위를 향해 수리검의 요령으로 던졌다. 송엽 하나하나가 꼬리에 꼬리를 물고 칼날처럼 바위에 꽂히는 광경은 실로 장관이 아닐 수 없었다. 일순 후 바위에 꽂힌 솔잎은 시들었지만, 그 솔잎은 모두 바위에 한 치씩은 파 들어가 있었다. 사람이 맞으면 치명상이 될 것이다.

"앞으로 네가 잊어선 안 될 일은 정신의 전일專一이다. 그렇게만 하면 너는 능히 일당천의 맹자猛者가 될 수 있을 것이다."

이렇게 말하고 우창후가 윤량을 불렀다.

"창아, 이리 나오너라."

"예."

하고 윤량이 앞에 섰다.

"양가창이십법楊家鎗二十法을 보고 싶구나.

우창후의 말이 떨어지자, 윤량은 직자법直刺法부터 시작해서 점창법點鎗法으로 하여 압창壓鎗, 회마창回馬鎗, 도전창법挑戰鎗法으로 이어, 마지막 살수창법殺手鎗法에 이르는 이십법을 눈 깜짝할 사이에 해치웠다. 그 민첩함이 가히 전광석화라고 할 수 있었다.

"목화창木化鎗은?"

하자, 윤량은 아까 김권이 하는 식으로 나뭇가지 하나를 꺾어 들곤 숲속으로 뛰어들어 종횡무진으로 휘두르니, 부근의 나무들이 모조리 절단이 났다. 그 뒤에 적수창赤手鎗의 묘기가 있었다. 맨손을 내밀어 기합으로 십 보 앞의 나무를 쓰러뜨리는 것이다.

"자, 이젠 편의 차례구나."

편이란 이희저의 증손자 이책을 말한다. 이책은 그중에서 제일 어렸지만 체구는 가장 컸다. 게다가 미장부였다. 짙은 눈썹이 길어, 눈을 뜨면 그 눈엔 신비가 피었다.

이책이 우창후 앞에 섰다.

"회천편법回天鞭法 십이술十二術을 해보아라."

회천편법이란 우창후가 안출案出한 고금독보古今獨步의 무술이었다. 백원검법, 양가창법 등도 물론 우창후의 고안이 가미되어 있는 것이긴 하나, 그 연원은 중국에 있었다. 그러나 이 회천편법만은 우창후의 독창이었다. 편은 짤막한 채찍이라도 좋았고, 짚으로 만든 새끼줄도 좋았고, 칡넝쿨로도 가죽끈으로도 대신할 수 있다.

이책은 먼저 호주머니에서 사려놓은 삼 끄나풀을 꺼냈다. 그 끄

나풀 끝엔 낚싯바늘 같은 것이 달려 있었다. 이책은 그 끄나풀을
빙빙 돌렸다. 끄나풀에 가속이 붙었을 때 뻗으니 십 보 저편의 나
무를 휘감아 뿌리째 뽑아버리고, 그것을 풀었다 했을 때 이편 나뭇
가지에 앉아 있는 새를 낚싯바늘로써 찍어 내려오고 그것을 땅위
에 털어놓곤 이번엔 날아가는 새를 휘감아 내렸다. 가로 뻗으면 십
보 주위의 적을 쓸어버릴 수가 있고, 세로 뻗으면 열 길 높이에 있
는 적을 쓰러뜨릴 수가 있는 자유자재한 이책의 편술은 실로 눈이
황홀할 지경이었다.

우창후는 만족한 웃음을 띠고 세 청년을 가까이에 와서 앉으라
고 했다.

그러고서 다음과 같이 말했다.

"너희들에게 더 이상 가르칠 것이 없다는 것을 오늘 나는 새삼스
럽게 느꼈다. 능히 일당백 일당천할 기량이다. 그러나 그건 공수攻
守에 있어서 그렇다는 뜻이다. 한데, 방술防術은 어떨지, 그것이
걱정이로구나. 검아, 너의 방술은 어떠냐? 말해보아라."

"상대방의 검창편이 미치지 않는 곳을 골라 자리를 잡되, 공격할
땐 그에게 접근하여 지체 말고 물러서는 민첩한 동작을 방술의 제
일로 치겠습니다."

김권이 한 대답이었다.

"창아, 넌?"

"송엽창은 원거리에서 쓸 수 있으니, 부단한 경각심이 방술의 제
일요령이 될 수 있을 것으로 압니다."

윤량의 대답이었다.

"편아, 네가 말해라."

"적지불입敵地不入을 원칙으로 하되, 일단 적지에 들어갔다고 하면 기선을 제制해 섬멸해버림으로써 후환이 없도록 하겠습니다."

이책이 당당하게 말했다.

우창후는 그들의 말을 마저 듣고 한참 동안 생각에 잠기는 듯하더니,

"그 얘기들은 모두 초심자들이 하는 소리가 아니냐? 한데, 그 방술로썬 언제나 중과부적일 뿐이다. 나는 과로써 중을 대하도록 가르쳤다."

하곤 다음과 같이 말을 맺었다.

"방술의 요령은, 적에게 너희들의 체양體樣을 보이지 않는 데 있다. 이편을 보여주지 않고 하는 결정적인 공격이 곧 제일의 공수이며 제일의 방술이니라…"

적에게 공격자의 체양을 보여선 안 된다는 것은, 일단 이편의 정체를 드러내 보였으면 그땐 상대방이 죽어 있어야 한다는 함축도 겸한 말이었다. 말하자면, 싸움이 붙었다고 하면 견적필살見敵必殺하라는 것이다.

그런데 우창후의 가르침에 의하면, 적이란 다음과 같은 것을 말한다.

내게 대해서 결정적으로 해의害意 또는 살의를 가진 자.

대의를 행하는 데 있어서 결정적으로 방해가 되는 자.

동지에게 대해 결정적으로 해의나 살의를 가진 자.

그렇지 않은 자에 대해선 언제나 겸허하고 유순하며, 이편이 다

소의 상처를 받을 만큼 얻어맞는 경우가 있더라도 참으라고 했다. 대봉大鳳이 연작燕雀 따위를 상대로 싸움할 수 없다는 얘기다. 그러니 적이 나타날 때까지는 일체의 무장을 금했다. 이른바 부대검不帶劍, 부지창不持槍, 불휴편不携鞭이라야 한다는 것이다.

하기야 막대기가 목화검 하고, 가지가 지화창 하고, 덩굴이 만화편 하는데 번거롭게 무장할 필요가 있을 까닭이 없다.

문제는 중衆을 상대로 싸워야 하는 부득이한 경우였다. 이럴 경우를 위해 우창후가 이미 가르친 교훈은,

"수백 수천의 적이 덤벼도 당황할 필요가 없다. 아무리 수가 많아도 팔방에서 덤비는 적이 여덟 명을 넘을 순 없다. 그 이상의 수는 자기들끼리 상처를 입힐 위험이 있기 때문이다. 설혹 여덟 명이 덤빈다고 해도 각기 완급이 있다. 거리의 원근도 있다. 거리와 완급을 살펴 기민하게, 그리고 침착하게 대응하면 너희들의 무술로써 충분히 감당할 수가 있다. 이를테면 백 명의 공격을 받아도 한 사람을 대하는 요령으로 대처할 수가 있다. 적이 다수일 경우엔 진퇴에 혼란이 있어 자중지란을 면할 수가 없고, 아울러 다음다음으로 자기편이 쓰러지는 것을 보면 겁을 먹어 결국엔 오합지졸이 된다. 다수를 상대할 때 명심할 것은 치명상을 입힐 요량으로 서둘지 말라는 것이다. 가슴 한 군데를 찔러도 좋고 팔을 끊어도 좋다. 가볍게 무기를 휘둘러 상대방을 조금씩 상하게 해놓아도 무방하다. 그로써 전의를 잃고 후퇴하면 그만큼 적에게 겁을 주는 결과가 되기 때문이다. 대전大戰이나 있으면 모르되 그런 일이야 흔하겠냐만, 어떤 일이 있어도 너희들은 생명을 보전하여 대사를 성취시켜야 한

다."

우창후는 만감이 벅찬 눈초리로 세 청년을 바라보고 있더니 먼저 김권을 불렀다.

"너는 살이 오동통하게 찐 꿩을 다섯 마리만 잡아 오너라."

윤랑에겐,

"넌 노루 두 마리만 잡아 오너라."

하고 분부를 내렸고, 이책에겐

"넌 멧돼지를 한 마리만 잡아 오너라."

라고 시켰다.

그리고 덧붙이길,

"오늘 밤 큰 잔치를 할까 한다. 그러나 해가 떨어지기 전에 돌아오지 말라."

우창후는 청년들이 멀어져가는 것을 보고 한참 동안을 섰다가 나무막대기 하나를 주워 들곤 집 안으로 들어갔다. 우창후의 눈에 장난기가 서렸다.

우창후는 침상 둘레에 장막을 치고, 장막 입구의 기둥 위에 안쪽으로 나무막대기를 살큼 얹어놓았다. 장막을 열어젖히면 떨어지게 나무막대기를 얹어놓은 것이다.

우창후는 침상에 누워 이 생각 저 생각 하던 끝에 잠에 빠졌다. 우창후가 눈을 떴을 땐 해가 지고 있었다. 귀를 기울였다. 청년들이 돌아온 기척이 있었다.

"편아."

하고 우창후가 불렀다.

이책의 대답이 있었다.

"이리로 들라."

우창후의 말이 있자 이책이 다가오더니 장막 입구의 포장 자락을 잡았다. 자락의 촉감으로 이상을 느낀 이책은 살며시 손을 틈사이로 넣어 그 위에 얹힌 나무막대기를 쥐고 한 손으로 장막을 열었다.

"됐어."

하고 우창후는 이책에게 일렀다.

"그 막대기를 원래 있던 곳에 얹어 놓고 이리로 오너라."

그러고서 다음엔 윤량을 불렀다.

윤량은 무심코 장막을 열었다. 나무막대기가 떨어져 내려오자, 가볍게 한 손으로 받아 쥐곤 안으로 들어왔다.

"됐어."

우창후는 윤량에게도 그 막대기를 자리에 올려놓고 자기 곁으로 오라고 했다. 마지막으로 김권을 불렀다.

김권이 장막을 헤쳤다. 나무막대기가 떨어져 내렸다. 어느 새 준비하고 있었던지, 김권은 칼을 빼 들어 떨어지는 나무막대기를 쳤다. 막대기는 두 동강이 나며 바닥에 떨어졌다.

그런데 우창후의 입에서 이번엔 '됐어' 하는 소리가 나지 않았다. 김권의 얼굴을 물끄러미 바라보고 있을 뿐이었다. 이윽고 원래의 표정으로 돌아간 우창후는

"너희들의 이전 동작을 보고 있으니, 너희들 증조할아버지를 만난 것 같구나. 이희저 총관은 매사에 신중했다. 포장 하나를 잡고 그 감촉의 이상을 안 이책이 미리 나무막대기를 내려놓은 그 신중

함은 바로 네 증조부의 신중이다. 돌발적인 사태를 당해도 당황하지 않고 처리하는 윤량의 그 태도는 영락없이 네 증조부의 태도이구. 한데, 김권의 그 불같은 성미야말로 창자昌字 시자始字 어른의 성미를 꼭 그대로 이어받은 것이로구나."

하고 회심의 웃음을 띠었다.

"그럼 자, 오늘 밤의 잔치 준비를 해라. 오래간만에 산신령이 마련해준 고기를 안주로 술을 한잔하고 싶구나."

병석에 누운 이래 우창후는 술을 끊었었다. 그러한 어른이 술을 마시고 싶다는 바람에 세 청년은 신이 났다. 그만큼 건강이 회복되었다는 징조로 보았던 때문이다.

다행히도 심 노인이 산채를 잔뜩 캐 가지고 왔다. 가을에 뽑을 요량으로 약초가 있는 자리를 살펴나가다가 왠지 산채를 캘 생각을 했다는 것인데, 오늘 밤 잔치를 한다는 소리를 듣자,

"나도 하루 일진은 본 셈이구나."

하며 기뻐했다.

그리하여 갑산의 그날 밤은 흥겨운 밤이 되었다. 우창후는 병든 노체를 이끌어 '역발산혜기개세'를 읊으며 검무를 했다.

힘은 산을 뽑고
기개는 세상을 덮치는데
시운이 불리하구나
추騅는 가지를 않는구나.
가지 않는 추를 어떻게 하리

288

우虞야 우야, 당신을 어떻게 하리.

시창과 검무를 끝낸 우창후의 눈에 눈물이 서린 것을 발견한 이책은 오늘 하루에 걸친 우창후의 동정이 범상치 않음을 깨달았다. 불안한 예감이 괴었다.

시창과 검무를 끝내고 우창후는 침상 쪽으로 갔다. 그러고는 조그마한 술병 하나를 들고 나왔다. 자리에 도로 와 앉더니, 술병을 식탁 위에 놓으며 심 노인을 향해 물었다.

"노인 나이가 몇이시우?"

"일흔일곱이오."

"살 만큼 사셨구려."

"그러하외다."

"자식들이 장성했겠소?"

"손주가 다섯이나 되는걸요."

"좋은 평생이었구려. 오래오래 살았으면 싶지요?"

"그렇지도 않소이다."

우창후는 술병 마개를 끌렀다.

"우리 이 술 한 잔씩 합시다. 우리 노인들끼리만."

하고, 우창후는 먼저 심 노인의 잔에 술을 따르고 자기의 잔에도 따랐다.

"자, 듭시다. 불로장수하는 술이오."

하고 우창후는 쭉 잔을 들이켰다.

심 노인도 그 잔을 비웠다.

그런데 이상도 했다. 심 노인은 잔을 비우자마자 그 자리에 쓰러졌다. 부축을 하려고 옆에 있던 김권이 일어서자, 우창후가 만류했다.

"당분간 그냥 둬두어라."

먼저 이책이 그 장면이 의미를 알았다. 벌떡 일어서서 우창후의 무릎을 안으며 '선생님' 하고 통곡을 터뜨렸다. 그제야 김권도, 윤량도 짐작을 했다. 우창후와 심 노인이 마신 것이 독이 들어 있는 술이라는 것을.

"듣거라."

하는 우창후의 늠연한 소리가 있었다. 세 청년은 질린 얼굴을 들었다.

"내 마지막 시간이 왔다. 나는 내가 해야 할 일을 다했다. 마지막 남은 일은 너희들을 세상에 내보내는 일이다. 내 숨이 끊어지는 것을 기다려 나를 저 남봉南峯에 묻어라. 너희들이 갈 곳이 남쪽이니 너희들 가는 쪽으로 묻어라."

세 청년은 함께 통곡을 터뜨렸다.

"정신 차리고 내 말을 들어!"

이렇게 호통을 치고 우창후는 말을 계속했다.

"나는 남고, 너희들만 보내려고 했더니 그럴 수가 없었다. 나는 너희들과 함께 이곳을 떠나기로 했다. 너희들은 나를 묻어버리곤 지체 말고 남쪽으로 향하라. 심 노인이 말한 삼전도를 찾아가라. 삼전도는 한양 땅 삼십 리허에 있다. 삼전도에 가서 원여운 선생을 찾아라. 여운 선생을 찾거든 내 이름을 들먹여라. 그렇게 하면 그 어른으로부터 지시가 있을 것이다. 그 지시를 따라 앞날을 경영하라. 많은 아들을 낳아라. 그리고 아들들에게 내 가르침을 전하라.

내가 너희들에게 줄 것은 다 주었다. 내가 줄 수 없는 것은 여운 선생이 주리라…."

우창후의 상체가 쓰러질 듯 흔들했다.

세 청년은 그를 부축해서 침상으로 옮기려고 했으나, 우창후는 양손을 식탁에 버텨 짚고 말했다.

"나를 누일 생각은 말아라. 이제 누우면 나는 영원히 누워 있어야 한다. 기력이 있는 동안 너희들의 얼굴을 보아두고 싶구나…."

말소리에 가래 끓는 소리가 섞였다. 쇠해가는 기력이 눈에 보이는 듯했다. 그래도 우창후는 다음과 같이 말을 이었다.

"결단코 시운을 앞지르는 일이 있어선 안 된다. 용맹을 바깥으로 나타내서도 안 된다. 내 걱정은 검아, 너한테 있다. 네 성질이 너의 증조부를 닮아 불칼 같구나. 편처럼 미리 그 나무토막을 치울 수도 있고, 창처럼 나무토막을 태연히 받아 치울 수도 있는 것일진대, 하찮은 나무토막을 상대로 칼질을 왜 하는고. 그 기상 나쁠 것이 없다만, 성깔대로 한다면 세상에서 하루도 생명을 부지할 수 없을 거다. 대사를 앞둔 사람은 한신韓信처럼 놈팽이의 사타구니 밑을 길줄도 알아야 하느니…."

우창후의 말은 꺼져가는 불길처럼 희미하게 되어갔다.

"검아, 창아, 편아, 수만 원령들의 한이 너희들에게 매달려 있구나. 내 눈엔 그게 보인다. 홍 원수의 눈이, 김 부원수의 눈이, 너희들 증조부의 눈이 내겐 보인다. 앞으로 너희들 셋은 몸은 세 개로 되 마음은 하나라야만 한다. 어떤 이간책에도 넘어가지 말 일이요, 티끌만 한 시기심도 품지 말아야 한다. 너희들 사이에 불화가 있으면, 나는 나를 묻은 무덤을 박차고 일어나 번갯불처럼 너희들에게 달려가 벌을 내릴 것이니라. 나를 보듯 원여운 선생을 받들고 원여운 선생의 말에 순종하라…"

우창후의 말은 가물가물 기어들었다.

그러나 우창후는 마지막 기력을 돋우어,

"심 노인의 장사를 정중하게 지내라. 너희들을 세상에 내보내기 위해 뒤탈을 없애려고 나는 그에게 동행하기 청했다. 저승에 가면 사과를 하지. 때가 오거든 그의 자제를 찾아 삼수갑산 명당에 이 우창후와 함께 나란히 누워 잔다고 전하려무나. 아… 마지막이 온 것 같구나…. 너희들의 손을 이리로 내라."

우창후는 세 청년이 내민 손을 잡았다. 그러나 잡았다고 하기보다 포갰다는 말이 적당할 것이다. 이미 힘은 빠지고 열은 식어 우창후의 손은 얼음장처럼 차가웠다. 그런데 어디서 나오는 힘일까. 우창후는 세 청년의 손을 자기 양손으로 움켜쥐고 번쩍 들며 외쳤다.

"홍 원수 만세!"

다음 순간 우창후의 몸은 마른나무처럼 쓰러졌다.

홍경래 휘하 마지막 대왕생大往生이었다. 세 청년의 통곡 소리가 이윽고 갑산 산곡에 메아리쳤다.

이때 천심天心엔 삼월 보름의 달이 있었고, 만산은 깃을 여민 듯 조용했다.

크나큰 하나의 별이 동쪽에서 서쪽으로 하늘을 가로질러 긴 광망을 남기고 사라져간 것을 본 사람은 아무도 없었지만, 하늘에 새겨둔 우창후의 별이 그의 유혼을 따라 허공을 누빈 것이다.

흔히들 갑산이라고 하지만 갑산은 산 하나의 이름이 아니다. 천봉산天鳳山, 장평산長平山 등 거산을 비롯해서, 남으로 성대산聖代山, 후치현厚致峴까지를 포함하여, 북으로 백두산 가까이에 이른 군산군봉群山群峯의 총칭이다.

지지地誌에서 이르길, 원래는 허천부虛川府라고 해서 오랫동안 여진족이 점거하고 있었던 터라 빈번히 병화兵火를 겪어 인거人居가 없었던 것을, 고려 공양왕 때 처음으로 갑주만호부甲州萬戶府를 놓았고, 조선조에 이르러 태종 13년에 갑산도호부甲山都護府라고 개칭하게 되었다고 한다.

허천강虛川江을 사이에 두고, 서부가 이른바 삼수三水이다. 삼수란 곧 허천강, 혜산강惠山江, 운총천雲籠川이 이곳에서 합친다는 뜻에서 연유한 이름이다.

우창후가 50년을 지낸 호곡은 이 갑산 지방의 오음회령五音會嶺 가운데 있다. 갑산에서도 가장 험준한 곳이다. 이곳에서 한양까진 1천433리.

김권, 윤량, 이책이 1천433리 상거에 있는 한양 땅 삼전도를 향해 갑산 호곡을 출발한 것은 을축년 사월 일일, 서기로는 1865년으로 치는 해이다.

그들은 보름 동안에 걸쳐 우창후와 심 노인의 장례를 치르고, 그들의 이름을 새긴 비석까지 세웠다. 우창후의 묘비엔 '우창후 대장군禹昌厚 大將軍'이라고 새기고, 후면에 '의자義子 검 김권劍 金權, 창 윤량鎗 尹亮, 편 이책鞭 李策'이라고 연서했다.

"언제 다시 이곳에 올 수 있을까?"

하는 김권의 울먹이는 말에 이어,

"이십 년 후 이날 여기에 와보기로 하자."

는 윤량의 제안이 있었고,

"그렇게 하자. 비록 흩어져 사는 경우가 되더라도 20년 후 이날 이 무덤 앞에서 모이자."

며 이책은,

"그때는 갑신년 사월 일일이 된다."

고 다짐을 했다.

노자로 쓸 겸 그들은 호피 수십 장을 나눠 지고, 해뜨기를 기다려 도호부都護府를 피하는 길을 택해 단천端川으로 빠지는 방향을 잡았다.

그들의 복색은 전신이 가죽으로 된 것이어서, 남의 눈을 끌 염려가 있었다. 단천군에 들어 어느 산마을을 찾아 보통의 옷으로 바꿔 입을 작정을 하기로 했다.

고산 지대의 사월은 이른봄의 날씨다. 하늘은 청명하게 맑았고 신록의 향내가 코를 찔렀다. 그들의 가슴은 희비喜悲가 엇갈리는 감정으로 벅찼다.

인적 없는 산속이라고 하지만 20년을 살았던 고장이었다. 엄부와 자모를 겸한 우창후 선생의 무덤이 있는 곳이었다. 이를테면 정이 들 대로 든 고향을 등지는 마음은 한없이 슬펐고, 앞으로 전개될 미지의 생활을 생각한다면 뛸 듯이 기쁜 마음이었던 것이다.

그들은 세상의 험난을 겁내는 마음은 조금도 없었다. 그들이 익힌 무술은 적과 싸우는 데 있어서만 자신을 갖게 한 것이 아니라,

어떠한 난관을 박차고도 살아갈 수 있는 생활에의 자신을 불어넣어준 것이기도 했다. 가는 곳마다에서 재잘거리는 새소리를, 그들은 그들의 출발을 축복하는 소리로 들었다.

갑산의 세 청년이 한양을 향해 빠른 걸음을 옮겨놓고 있을 무렵, 한양의 정계에선 회오리가 일고 있었다.

대원군이 드디어 정사의 전면에 나선 것이다. 그 첫 시책이 곧 서원철폐령이다. 서원철폐령은 만동묘萬東廟부터 시행되었다. 실록에 가로되,

전자일田子日(3월 29일), 대왕대비의 명으로 공충도公忠道 서원현西原縣에 있는 만동묘를 철폐하고, 지방위紙榜位와 편액編額은 판돈녕부사判敦寧符事 이경재李景在와 예조판서 김응균으로 하여금 배봉陪奉하여 황단경봉각皇壇敬奉閣에 수장케 하고 황조구적皇朝舊蹟도 모두 봉래奉來케 하나 조보朝報에 게재치 못하게 하다. 또 승지를 화양서원華陽書院에 보내어 치제致祭하다.

만동묘는 청주 화양서원에 있는 묘지다. 전국 서원의 총본산 격이다.

그것을 없애라고 하니, 전국의 유림들이 깜짝 놀라지 않을 까닭이 없다. 조정의 대신들도 이 조처엔 경악을 금치 못했다.

사실 서원은 그 보탬보다 폐단이 큰 곳이었다. 서생, 처사, 유림들이 그 서원을 근거로 하여 서민들을 수탈하고 지방행정을 문란케

하는 등 방자한 짓을 횡행했던 것이다. 그런 만큼 유생들은 그들의 특권이 박탈되는 것이므로 맹렬한 반발을 일으켰다. 그러나 일반 백성들과 뜻있는 선비들은 이를 장거라고 칭송했다.

"드디어 영감이 파사현정破邪顯正의 보도寶刀를 뺀 셈이로군." 하고, 축배를 드는 지사들도 적지 않았으니, 유림의 반발이 있다고 해도 이 시책은 끝내 시행되고야 말 것이었다. 이렇게 해서 47개의 서원만 남기고 6백여 서원이 철폐된 셈이다. 47개가 남은 것은, 향사鄕祠는 하나, 선유先儒에 한해선 두 개 서원, 문묘文廟에 배향配享된 거유巨儒에 대해선 하나의 서원만을 인정했기 때문이다.

대원군의 영이라고 해도 너무나 지나치다고 해서 전국의 유생들이 서울로 몰려들어, 돈화문 앞은 탄원하는 인사들로 붐볐다. 혹은 자리를 깔아놓고 엎드려 비는 사람도 있었고, 혹은 도포자락을 걸어 젖히고 시위하는 사람들도 있었다. 그러나 대원군은,

"네놈들이 밤낮 떠들어봤자 소용없는 일이다." 하고 콧방귀만 뀌고 있었다.

이런 소란이 나고 있는데, 대왕대비는 경복궁의 중건을 명했다. 같은 해 4월 2일의 일이다.

대왕대비의 명령이라고 하나, 대왕대비의 영이 곧 대원군의 뜻이라는 것은 천하가 다 아는 일이었다. 당시의 사정을 실록은 다음과 같이 기록하고 있다.

병인 사월 이일 대왕대비, 경복궁의 중건重建을 명하고, 사월 삼일 시원임대신時原任大臣들을 회정당에 불러, 중건 대사를 대원군에

게 위임하여 매사를 반드시 강정講定하라고 한다. 이어 영건도감
營建都監을 설치하여 조두순, 김병학을 도제조都提調로 하고, 홍인
군, 최용, 김병기, 김병국, 이돈영, 박규수, 이재원, 임태영, 이경하, 허
계, 이현직, 이주철을 제조提調에 임명하다….

서원 철폐엔 갈채를 보낸 사람들도 경복궁을 중건한다고 듣자 이
맛살을 찌푸렸다.

경복궁은 태조 3년에 착공하여 이듬해 9월에 완공한, 중국 황성
을 본떠서 지은 궁전이다. '경복궁'이란 이름은 정도전鄭道傳이 붙
인 것으로서, 그 출전出典은 '시경詩經'의 '군자만년개이경복君子萬
年介爾景福'이다. 이 궁전은 1533년 명종 8년에 불이 나 소실된 것
을 이듬해 증수했는데, 1592년 임진왜란 때 난민의 방화로 또다시
회진灰塵으로 돌아갔다. 그리고 그로부터 270년 동안 폐허로서 방
치되었던 것을 대원군이 중건하려고 든 것이다.

이미 있었던 규모로 봐서 경복궁의 중건은 거창한 역사役事가
될 것이었고, 도탄에 빠진 민생엔 어울리지 않는 일인데도, 대원군
이 그 중건을 서두르는 이유가 어디에 있을까 하고 식자들은 의아
해했다.

더구나 지난 3월 의정부를 수리하고 있는 도중 글이 새겨진 돌
이 발견되었는데, 그 돌에 새겨진 글은 다음과 같았다.

계미갑원癸未甲元 신왕수등新王雖登 국사우절國嗣又絶 가불요재
可不燿哉 경복궁전景福宮殿 갱위창건更爲創建 보좌이정寶座移定 성

자신손聖子神孫 계계승승繼繼承承 국복갱연國福更延 인민부성人
民富盛

그리고 뒷면엔,

동방노인비결東方老人祕訣 간차불고看此不告 동국역적東國逆賊

이라고 되어 있었다.

이것을 풀이하면,

'계미 갑원엔 신왕이 등극했다고 하지만, 후사가 또 끊어지게 될
형편이니 두려워하지 않을 수가 있는가. 경복궁전을 새로 지어 보
좌를 옮기기만 하면, 성자신손이 다음다음으로 이어져 나라의 복
은 뻗치고 인민들은 부성해질 것이니라. 이는 동방노인의 비결이니
이것을 보고 알리지 아니하면 동국의 역적이 될 것이로다.'

대원군이 꾸민 계교라는 것은 뻔한 일이었다. 그는 조정 내 권신들
의 반대를 예상하고, 이러한 계교로써 미리 그 반대를 봉쇄해버린
셈이다. 이를테면 경복궁 중건에 반대하는 자는 역적이란 것이다.

대갓집 사랑마다에선, 대원군 하는 짓이 이렇게 빗나가기 시작하
면 앞으로 무슨 일이 생길지 모르겠다고 수군거렸다. 삼전도에 모
인 이들도 소리를 낮추어 개탄했다.

"신왕등극神王登極에 노호방자老狐放恣이니라."

이런 소릴 듣자, 원여운은 본청本廳엔 물론 빈청賓廳의 각 동마
다에 다음과 같은 문자를 써 붙였다.

298

국사막언國事莫言 정심수양精心修養 화조풍월花鳥風月 낙재기중
樂在其中

서원 철폐에 따른 서생들의 동요와, 경복궁 중건에 따른 민심의
동요가 진풍에 섞여 불안의 독소를 뿌리기 시작했지만, 갑산에서
호랑이와 더불어 겨루던 세 청년 건각健脚은 하루 이백 리를 걷고
도 너끈했고, 그들의 마음은 피어나는 꽃, 돋아나는 새싹처럼 싱그
러웠다.

그들이 함흥부를 지날 무렵엔 세 사람 모두 날씬한 선비 모습이
되어 있었고, 짐꾼 셋을 동반하고 있었다. 단천읍 근처의 기원基源
에서 그들은 호피 한 장으로 말쑥하게 치장하는 동시에, 여구일식
旅具一式을 갖출 수 있었던 것이다.

갑산을 출발한 지 닷새 만인 날, 세 청년은 문천文川을 지나게
되었다.

그들은 반룡산盤龍山 영덕사靈德寺에서 그날 밤을 묵을 작정으
로 걸음을 바삐 하고 있었는데, 저녁나절이 가까웠을 무렵 비를 만
났다. 비는 봄비 같지 않게 굵다란 줄기로 쏟아졌다. 하는 수 없이
외딴 마을로 들어가 비를 피하게 되었다. 마을의 호수는 4, 5호나
될까. 그 가운데서 명색이 기와집을 찾아들었는데, 지붕에는 잡초
가 빗발 속에 젖어 있었고, 돌담은 퇴락한 채 방치되어 있었다.

대문을 흔들었으나 응답하는 소리가 없어 허물어진 돌담을 넘어
사랑채로 들어섰다. 대청마루에 먼지가 뿌옇게 쌓여 있었다.

"사람이 살지 않는 집 같은데…"

하고 김권이 마루의 먼지를 훔치기 시작했다. 윤량이 방문을 열었다. 물씬한 곰팡이 냄새가 났다. 이책은 안채로 들어갔다. 안채의 축담엔 서너 켤레의 여자 미투리가 가지런히 놓여 있었고, 대청마루에 걸레질도 깔끔하게 되어 있었다.

"여보시오."

하고 이책은 정중하게 불러보았다.

응답이 없었다.

"응답이 없으면 방문을 열겠소이다."

역시 정중하게 말했다.

그러자 방문이 삼분의 일쯤 열리더니, 백발이 된 여자의 머리가 어른거렸다. 그러고는 곧 사라졌다.

문틈으로 말이 새어나왔다.

"무슨 일로 오신 손님이신지…."

"길을 가다 비를 만나 들른 나그네올시다."

이책은 상대방이 보이진 않았지만 허리를 살큼 굽히며 말했다.

"누추한 곳이지만 비가 갤 때까지 계시다가 가옵소서."

"고맙습니다."

하고 돌아서려는데, 방으로부터 말이 있었다.

"이 집엔 남자라곤 없소. 그러니 접대할 사람도, 접대할 아무것도 없으니 그렇게 아시오."

"계속 비가 오면 하룻밤 묵고 가야 할지도 모르겠습니다."

하고, 이책은 방에서 나올 말을 기다렸다.

"사랑방은 십 년을 묵혀둔 방이고, 땔감도 없는데…."

하는 한숨 섞인 말이 있었다.

이책이 사랑으로 돌아 나와 이 사연을 전하자, 윤량이 중얼거렸다.

"아무래도 무슨 곡절이 있는 집 같애."

"곡절이야 있건 없건, 이 비는 좀처럼 멎지 않을 비다."

하고 김권이 투덜투덜했다.

이책이 마루 저편에서 쉬고 있는 짐꾼들을 불렀다.

"오늘밤에는 여기서 묵고 가야 할 것 같으니, 이집 저집을 들러 땔감을 얻어 오시오."

하고 이르는 한편,

"이 마을의 사정을 잘 아는 남자를 데리고 오시오."

하는 부탁도 했다.

짐꾼들이 사라지고 세 청년만 남았다.

"내 기분으로, 아무래도 오늘 밤 이상한 일이 생길 것 같은데…."

하고 이책이 생각하는 눈빛이 되었다.

"이 외딴 마을에서 일이 생겨봤자 별게 있겠나?"

한 것은 김권.

"무슨 일이라도 있으면 좋겠다. 심심해서 어디…."

하고 웃는 것은 윤량이었다.

비는 멎을 것 같지 않았다.

이책이 곰팡내 나는 방으로 들어가 거미줄을 털고 비질을 하고, 헝겊 조각을 찾아 걸레를 만들어 빗물에 적셔진 방바닥을 닦았다.

김권은 거들려고도 하지 않고, 청소하고 있는 이책을 지켜보며,

"누가 뭐라고 한들 책이가 제일이라."

며 웃었다.

"비는 멎을 것 같지도 않은데 어떻게 해. 이 방에서 신세를 질 수밖에."

청소하는 손을 멈추지 않고 이책이 말했다. 윤량은 기둥에 기댄 채 마루 끝에 다리를 딛고 앉아 생각에 잠겨 있는 듯했다. 날씨에 따라 기분의 변화가 심한 것이 윤량이었다.

'선생님의 무덤에 잔디가 잘 자라겠군.'

이런 마음이 그의 가슴에 피었다.

바깥으로 나갔던 짐꾼들이 땔감을 한 아름씩 안고 들어왔다. 그걸 보더니,

"인심이 좋은 마을인가 보구나."

하고 김권이 반겼다. 그러곤 아궁이를 찾아 마루에서 내려섰다.

"마을 사람을 하나 데리고 올 일이지."

윤량이 이렇게 말했을 때 짐꾼 가운데 하나가 답했다.

"영감을 하나 오라고 했소."

이윽고 허술한 차림의 노인이 절룩거리며 나타났다. 다리 하나가 병신이었다.

상노로 보이는 영감은, 윤량의 앞에 서자 넙죽 절을 했다.

"전 재봉이라고 합니다요. 이 댁 하인인뎁쇼."

윤량은 절을 받고 얼떨떨했다. 나서부터 이날까지 남으로부터 절을 받아본 적은 그때가 처음이었다.

"이 집은 누구 댁이오?"

윤량이 물었다.

"이 진사 댁인뎁쇼."

"이 진사는 어디에 계시는가?"

"돌아가셨는뎁쇼. 아드님 삼형제가 있었지마는, 모두 돌아가셨는
뎁쇼."

"병으로 죽었소?"

윤량이 놀란 얼굴이 되며 물었다.

"서울에서 죽었는뎁쇼."

노인은 덤덤히 말했다.

"서울에서? 병으로?"

"아닌뎁쇼."

"병으로 죽은 게 아니라면…."

"그런 사정이 있었는뎁쇼."

"모를 일이군."

하고 윤량은 노인의 말을 기다렸으나, 노인은 그 이상 말하기가 싫
은 눈치였다.

"까닭을 알고 싶은데."

윤량이 노인의 마음을 끌어보았으나 노인은 화제를 바꾸었다.

"선비님들은 어디서 오셨는뎁쇼?"

"우리는 백두산에서 왔소."

"백두산?"

하더니 노인은,

"혹시 이 댁과 무슨…."

하곤 우물쭈물했다.

"우리는 이 댁과는 아무런 상관도 없는 사람이오. 그랬다면 무슨 까닭으로 아까 이 집이 누구 댁이냐고 물었겠소."

윤량의 입에서 이런 말이 떨어지자, 노인의 얼굴이 눈에 보이게 달라졌다. 그러고는 한다는 말이 이상했다.

"이리 쳐도 저리 쳐도 이 집 일로 오신 분이 아니거든, 빨리 여기서 떠나는 게 좋을 것인뎁쇼."

윤량은 아연 긴장했다.

방 하나를 청소하고 나온 이책이,

"이왕이면 건넌방 소제도 할까?"

하며 마루를 격해 있는 방문을 열었다.

"그 방은 또 왜?"

하고 윤량이 물었다.

"짐꾼들을 재워야지."

이책의 대답이었다. 이때 노인이,

"방 소제는 제가 하겠는뎁쇼."

하고 마루로 뛰어올라, 이책의 손으로부터 비를 뺏어 들었다.

윤량은 노인이 아까 한 이상한 말을 따지지 않았는데, 그 까닭은 마루 끝에 앉아 들을 일이 아니라고 짐작했기 때문이다. 그는 기회를 기다릴 요량을 했다.

방 소제를 하고 난 뒤 노인은 안집으로 들어갔다 나오더니, 그 얼굴에 수심이 꽉 차 있었다. 윤량이 물었다.

"노인, 무슨 일이 있었소?"

"손님들 대접을 해야 하는데 양식이 없다는뎁쇼. 하기야 있을 까

닭도 없는뎁쇼. 소인들이 구걸하다시피 해서 먹여 살리는 형편인뎁
쇼."

그 말을 듣자, 김권은 짐꾼을 불러 비상미로 유류해둔 쌀부대를
내리라고 했다.

"한 말 쌀은 될 거요. 그걸 갖다 주고 밥 좀 해달라고 하시오."

김권이 노인에게 일렀다.

노인은 좋아라고 그 쌀부대를 안아 들고 안집으로 들어갔다.

땐 군불이 금세 보람을 나타냈다. 매캐한 내음이 있었으나 그런
것쯤이야 고통스러울 것도 없었다. 방바닥이 따스하니 전신이 풀어
지듯 기분이 좋았다.

반찬은 푸성귀를 무치고 국으로 끓이고 한 것인데도 그런 대로
맛이 있었다. 한 그릇씩 밥을 먹어 치우고 짐꾼들을 다른 방으로
물린 뒤, 재봉이라는 하인을 불러들였다.

하인의 말에 의하면, 그 집의 사연은 다음과 같았다.

이 진사는 음죽陰竹 이씨李氏였다. 이 근방에선 토호로 알려져
있었다.

그 아우가 서울에서 교리校理 벼슬을 하고 있었는데, 4년 전 역
모에 연좌되었다고 해서 참형을 당했다.

형刑은 이 교리 일신에만 그치지 않고, 그의 아들은 물론, 형과
조카들에게까지 미쳤다. 그래서 이 진사 형제를 비롯해서 아들과
조카를 합쳐 도합 여덟 명의 남자가 몰살을 당했다.

뿐만 아니라 이 교리의 부인과 이 진사의 부인은 관비가 되어 전
라도 지방으로 귀양을 가고, 교리의 큰며느리와 진사의 큰며느리도

같은 지경이 되었는데 행방을 모른다는 것이다.

그래서 남아 있는 식구라야 이 진사의 노모와 작은며느리 둘, 딸 하나 해서 안식구가 모두 넷이었다. 노모는 사기死期를 기다리고 있는 처지라서 형의 면제를 받고 있지만, 남은 며느리와 딸은 불원 관비가 되어야 할 처지여서 관의 처분만을 기다리고 있다고 했다.

세 청년은 그들의 운명에 진심으로 동정했다. 남의 일 같지가 않았기 때문만은 아니었다.

"어떤 죄를 지었길래."

하고 성미 급한 김권이 치를 떨었다.

"한데, 말인뎁쇼."

노하인老下人은 근심이 서린 투로 말했다.

"소인들은 상노니까 별일이 없소만, 그 밖의 사람들이 이 댁에 가까이 하면 화를 입는뎁쇼. 관가의 서슬이 무서운뎁쇼."

"비를 피하는 것도 죄가 되는가?"

김권이 흥분했다.

"괴팍한 관속이 있습죠. 얼마 전에도 이 집 앞에서 서성거리던 과객이 관가에 끌려가 혼이 났는뎁쇼. 불문곡직 곤장을 때리며 무슨 까닭으로 그 집에 갔더냐고 하는 통에 병신이 되어 나왔다는 소문을 들었는뎁쇼."

노인의 표정으로 보아 꾸민 말 같지가 않았다.

"어떤 놈인지 나타나기만 해봐라."

김권은 당장에라도 무슨 수를 낼 듯이 이를 악물었다.

"선생님의 말씀을 벌써 잊었어?"

윤량이 넌지시 한마디 했다.

김권이 겸연쩍게 웃었다.

세 청년은 그 가운데 하나가 충고를 하면 절대로 순종하도록 버릇이 되어 있었다. 보통 같으면 나이를 따져 호형호제呼兄呼弟할 경우인데도, 우창후는 그런 관례를 따르지 않고 세 청년이 평교간平交間을 유지하도록 신경을 썼다. 누구를 형이라고 하고 누구를 아우라고 해놓으면, 자연 그들을 대하는 태도에 후박厚薄이 생길까 해서 염려한 때문일 것이었다.

노인은 그 집안이 당한 딱한 사정에 관한 설명을 계속했다. 재산은 몰수되어 쌀 한 톨 수입도 없어지고 나니, 수많은 하인들이 속속 하직을 하여 수십 호 마을이 지금은 다섯 호를 남겼을 뿐이란 얘기를 비롯해서, 그 다섯 호 남은 하인들이 품팔이도 하고 장사도 해서 주인집 여자 식구 넷을 먹여 살리고 있노라고 했다.

"아무리 우리가 고생을 한다고 해도 아씨들을 이대로 모실 수만 있다면 걱정이 없을 것인뎁쇼. 그런데 언제 아씨들을 데리고 갈 건지, 관속들만 만나면 가슴이 철렁하는뎁쇼."

이 말을 하며 노인은 울먹였다.

"종노릇 하느라고 무척 곤란도 당했을 텐데, 노인의 마음씨가 고맙군."

윤량이 한 말이었다.

"진사님 계실 때야 아무 걱정 없었는뎁쇼. 그런데 손님들, 내일 새벽에라도 빨리 떠나야 하는뎁쇼."

"우리 걱정일랑 마시오. 날만 개면 붙들어도 우리는 떠날 거요."

김권은 이렇게 말하면서도 우울한 얼굴이었다. 성미가 급한 대신 김권은 마음이 약한 청년이었다.

노인이 돌아가고 난 뒤 이책이 말했다.

"내일도 비가 개지 않으면 떠날 수가 없을 것 아닌가. 그렇게 되면 짐꾼들을 돌려보내자. 우리가 감당 못 할 바도 아닌 짐을 체면치레한다고 짐꾼을 산 건데, 요다음 역까지 우리가 갖고 갈 요량하고."

"그렇게까지 할 필요가 뭐 있겠나."

윤량이 한 말이었다.

"우리가 떠나지 못하고 있으면 아무래도 무슨 일이 생길 것 같다. 그때 짐꾼들이 있으면 거추장스럽지 않을까."

김권이 찬성했다. 그리고 말을 이었다.

"아무래도 이 집 걱정을 해줘야 하지 않을까. 그럴 때 짐꾼이 있어선 곤란해."

윤량은 이책과 김권이 한 말의 뜻을 짐작한 듯 고개를 끄덕였다.

빗소리는 하염없었다. 그런데 그 빗소리가 갑산의 빗소리와는 다르다는 생각을 하며 이책이 잠에 빠져들었다.

두 청년도 같은 심정으로 잠에 빠졌다.

이튿날에도 비는 멎을 것 같지 않았다. 어젯밤 의논한 대로 짐꾼들을 돌려보내기로 했다.

짐꾼들은 양기역良驥驛 근처에서 교대로 고용한 사람들이라서 이십 리 길만 걸으면 자기 집으로 돌아갈 수 있는 것이다. 김권이 맡아 있던 돈으로 후하게 임금을 치러주어 짐꾼들을 돌려보냈다. 단천 근처에서 한 호피 한 장 값이 그만큼 푸졌던 것이다.

짐꾼들을 돌려보내고,

"억지로 편해도 편한 게 좋다더니 오늘도 실컷 편해보자."

며 벌렁 자리에 드러누웠다.

"대강의 계획은 세워야 할 게 아닌가."

하고 윤량이 입을 열었다.

"이 집의 며느리와 따님이 불원 종살이로 끌려가야 한다는데, 그걸 본체만체할 수 있을까?"

"기막히게 예쁘다면 우리 하나씩 데리고 도망을 가자."

며 김권이 벌떡 일어났다.

"예쁘고 안 예쁘고 간에 도리를 앞세워 생각해야 할 일인데…"

하고 이책은 생각하는 빛이 되었다.

"서울에 도착하기도 전에 말썽을 일으켰다간…"

윤량이 신중하게 말했다.

"그 여자들이 예쁘기만 하다면야 데리고 갑산으로 도로 들어가지, 뭐."

김권은 간단하게 말했다. 그러고는,

"그러나저러나 얼굴 구경이라도 한 번쯤 하고 이러든지 저러든지."

하고 일어섰다.

"어딜 가려고?"

윤량이 물었다.

"물이 먹고 싶다는 핑계나 대고 안집에 들어가볼 작정이야."

김권의 대답이었다.

"그럴 요량이거든⋯."

하고 윤량이 김권을 끌어 앉히곤,

"책이가 가봐."

하며 눈짓을 했다.

김권이 성급하게 서둘러 어떤 실수를 할지 모르고, 그렇다고 해서 말릴 수도 없는 일이니 이책을 대신 보내자는 것이다. 이책은 윤량의 뜻을 이해했다. 망설이고 있으면 김권이 안집으로 뛰어들 것이 뻔했다.

"그럼 내가 가지."

하고 이책이 옷매무시를 고치더니,

"그러나 앞서 약속해둘 일이 있다."

며 다음과 같은 말을 했다.

"선생님은 우리에게 여운 선생한테로 직행하라고 하셨다. 세상에 나와서의 행동은 여운 선생의 지시에 따르라고 했다. 그런데 우리는 지금 하나의 난관에 부딪혔다. 죄 없는 여자들이 무도한 관속 놈들 때문에 신세를 망치려고 하고 있다. 이런 일을 선생님이 예상하셨더라면 선생님은 우리에게 어떤 말씀을 하실까? 그걸 우리 생각해보자. 만일 선생님이 여자들을 구해야 한다고 짐작할 수 있다면, 여자들 얼굴이 잘나고 못나고가 문제될 것 없는 게 아닌가."

"여자들이 잘났으면 선생님은 그들을 구해주라고 할 것이고, 잘나지 않았으면 선생님은 구해주라고 안 할 것이라고 우리가 짐작하

면 될 것 아닌가. 이러나저러나 우리들은 짐작할 수 있을 뿐 아닌
가."

하고 김권이 크게 웃었다.

윤량도 이책도 따라 웃었다.

이책은 '그럼' 하고 일어서서 안집으로 들어갔다.

"마님을 뵙고자 합니다."

안집 축담에 서서 이책이 조용히 말했다. 방안으로부터 기척이
없었다. 도로 돌아설까 했을 때,

"할머니는 몸이 편찮으셔서 지금 누워 계십니다."

하는 젊은 여자의 목소리가 들려왔다.

"그러시다면 나는 병을 볼 줄 아는 다소의 식견이 있사온즉, 한
번 진맥이라도 해봤으면 합니다만…."

한동안 소리가 없었다. 그러나 뭔가 의논을 하고 있는 듯한 동정
이 살펴졌다. 이윽고 말소리가 새어나왔다.

"아는 병이니 진맥을 할 필요가 없다고 하옵니다."

"아는 병도 천 갈래 만 갈래인지라, 진맥을 받고 조리를 하시는
게 좋을 듯합니다. 그보다도 나는 영약을 가지고 있은즉, 꼭 병자
를 보고자 합니다."

또 한동안의 침묵이 있더니 방문이 반쯤이나 열렸다. 들어오라
는 시늉으로 보였다.

이책은 선뜻 방안으로 들어갔다. 아랫목에 노파가 누워 있고, 윗
목에 젊은 여자 셋이 얼굴을 저편으로 돌리고 앉아 있었다. 이책은
그편엔 시선을 돌리지 않고, 무릎걸음으로 노파 옆으로 다가가서

311

손목을 잡았다.

마른 나뭇가지를 잡은 것 같은 느낌이었다. 맥박이 희미했다. 그
대로 죽어갈 듯한 느낌마저 있었다.

"괴로우신 곳은 없습니까?"

이책이 손목을 쥔 채 물었다.

"기운이 없어요, 기운이."

노파의 들릴락 말락 한 소리였다.

"이래선 안 되겠소."

하고 이책이 급히 사랑으로 나왔다.

"어때, 여자들은 예쁘던가?"

김권이 웃으며 물었다.

"여자들 얼굴 볼 겨를이 없었어. 할머니가 죽어가고 있어. 산삼
한 조각쯤 하고 녹용 한 조각만 줘. 한번 먹여봐야겠어."

이책이 숨 가쁘게 말했다.

그들은 오랫동안 산속에서 사는 동안에 인삼을 심어 거두기도
하고 산삼을 채취하기도 했었다. 사슴 사냥도 했던 터라 녹용도 푸
짐하게 있었다. 그리고 그 조제법을 우창후로부터 배우기도 했었다.

약을 담당한 건 윤량이었다. 윤량은 꾸러미에서 산삼과 녹용 편
片을 꺼내 이책에게 건넸다.

이책은 그것을 받아 다시 안집으로 들어가 젊은 여자들 앞에 약
을 펴놓고,

"빨리 이걸 달여 먹이시오."

하고 일렀다. 그러면서 세 여자를 관찰한 결과, 모두 십인일색十人一

色은 된다는 인상을 받았다.

"빨리 달여 먹이시오."

한 번 더 이렇게 당부하고 이책이 사랑으로 돌아왔다.

"노인의 용태는 어때?"

하고 물은 것은 윤량이고,

"이번엔 여자들의 얼굴을 봤나?"

하고 물은 것은 김권이었다.

"십인일색은 돼. 잘나지도 않았고 못나지도 않았고."

"그 정도면 됐어. 선생님이 여기에 계셨더라면 도와주라고 하실 거야."

하고 김권이 껄껄 웃었다.

노골적으로 감정을 표현한 것은 김권이었지만, 윤량도 이책도 혈기방장한 청년의 몸으로 주인 없는 그 젊은 여자들의 존재에 둔감할 순 없었다.

저녁밥상을 들여다놓고 재봉 노인은 눈물을 글썽이며,

"도련님들, 감사하고 감사합니다. 도련님이 주신 약을 자시고 노마님은 기운을 차리시는뎁쇼. 어떻게 그리 신통한 약이 있는가 하고 눈물까지 흘리며 고마워하시는뎁쇼."

하고 입이 달았다.

그러면서 재봉 노인은 걱정이었다.

"지금 비가 오니께 관속들이 얼씬 안 합니다만, 내일에라도 들이 닥칠지 모르는뎁쇼. 그때 무슨 일이 날지 모르는뎁쇼. 도련님들을 관가로 데리고 갈 것인뎁쇼."

"걱정 말아요. 우리는 가고 싶지 않은 곳엔 가지 않을 테니까."

김권이 거침없이 말했다.

"그렇게만 된다면야 정말 좋을 건뎁쇼."

재봉 노인은 이렇게 말하고 물러가더니, 밥상을 치울 때 와서 또 걱정이었다.

"도련님들이 암행어사나 되시면 몰라도, 그렇지 않으면 봉변을 당할 것인뎁쇼."

"비가 개일 기미만 보이면 내일 새벽에라도 떠날 것이니 걱정 말게."

윤량이 이렇게 말하고 노인을 돌려보냈다. 그리고 밤이 이슥하기를 기다려 세 청년은 의논을 했다.

"쥐도 새도 모르게 여자를 여기서부터 한 백 리쯤 떨어진 곳으로 데리고 가서 집이라도 하나 장만해 살면 어때?"

김권의 제안이었다.

아무려나 그 여자들을 구출하려면 그런 방법밖에 없었다.

"적당한 곳에 자리를 잡고, 하나는 여자를 보살펴주기로 하고, 둘은 여운 선생을 찾아가서 지시를 받고 돌아오는 그런 수단은 어떨까?"

윤량의 제안이었다.

"꼭 저 여자들을 구할 작정이면 어떻게 하든 이곳에서 벗어나야 해. 그리고 나서 사정에 따라 뒷일을 생각하면 될 게 아닌가."

한 것은 이책이었다.

세 청년은 여자들을 데리고 떠나는 문제엔 합의를 보았다. 노파는 재봉 노인으로 하여금 마을에서 교군을 얻어 가마에 태우고 가기로 했다.

이렇게 의논을 합쳐놓고, 이책이 안집으로 들어갔다. 병자의 용태를 보기 위해서라는 구실이 있었으니 자연스러운 거동일 수 있었다.

기침을 하고 이책이 방안으로 들어서자 노파가 벌떡 일어나 앉았다.

"누워 계십시오."

하자,

"나도 모르게 기운이 나는데 누워 있을 것 있소?"

하고 노파는 고맙다는 인사와 함께, 약이 참으로 영약인가 보다고 극구 칭찬했다. 그러면서도 중얼거렸다.

"나는 그길로 죽을 요량을 했는데, 또 이렇게 살아나고 보니 한편 걱정이 태산 같소."

"그 걱정을 같이 해봅시다."

하고 이책이 다음과 같이 말했다.

"마님, 여기 이렇게 계시다가 화를 당하느니보다 이곳을 피해 안전한 곳으로 가시는 게 어떻겠습니까?"

"가다니, 어디로?"

노파의 얼굴에 놀란 빛이 돌았다.

"우리들과 같이 가자는 겁니다. 정 딱하게 되면 삼수갑산에라도 가는 거죠. 우리는 거기서 살다가 왔습니다."

노파는 눈을 멍청히 뜨고 아연한 표정으로 이책을 쳐다보고만 있었다. 이책은 시선을 노파에게로 쏟고 있으면서도, 신경은 여자들한테로 가 있었다.

이책이 말을 계속했다.

"듣자니, 댁의 며느님이나 따님이 불원 노비로 끌려가게 돼 있다지 않습니까. 우리는 그런 측은한 정상을 보곤 그저 떠날 수가 없습니다."

"측은하건 어떻건 국법인 걸 어떻게 하겠소이까?"

노파의 말은 울먹울먹했다.

"아무리 국법이라도 피할 수만 있다면 피하고 보는 것도 좋은 일 아니겠습니까?"

"어떻게 피한단 말씀이오?"

이 말은 묻는 말이라기보다 탄식하는 소리였다.

"우리에게 맡겨만 주시면 뒤탈 없이 피신시킬 수가 있습니다." 하고 이책은 몇 가지 방법을 말하고, 정 하는 수가 없으면 갑산으로 데리고 가서 평화롭게 살겠다는 말까지 덧붙였다.

그러고는 노파의 응답이 없길래 물었다.

"댁의 식구들이 피신한들 화를 입을 사람이 없지 않습니까?"

"그건 그렇소이다. 자식들도 죽고 손자들도 죽고 여기 남은 이것들이 마지막인데, 달리 화를 입을 사람이 있겠소이까. 그러나…."

"그러나 뭡니까?"

"피신이 잘될지 못될지… 피신만 된다면야…."

"그건 걱정 없습니다. 우리 세 사람은, 자랑이 아니오라 위급한 일을 당했다고 하면 일당백 일당천할 수 있는 기량이 있사옵니다."

노파는 손자며느리더러 관솔불을 내려오라고 하더니 이책의 얼굴을 자세히 보았다. 그리고 한다는 소리가,

"선비는 귀상으로 생겼소. 애들의 운명을 맡길 만하옵죠. 났으니 애깁니다만, 이 애들의 운명은 경각에 있소. 내일 무슨 일이 있을까, 모레 무슨 일이 있을까 가슴을 죄고 있소. 생각하니 하늘이 도우시는 것 같소…."

"그러하면 내일 새벽에라도 떠나는 게 어떨까 합니다만."

그러자 노파는 이책의 말엔 답을 하지 않고, 젊은 여자들에게 말했다.

"기다린대야 죽음을 기다리고 있을 뿐이니, 만일 실패하더라도 본전이 아닌가. 은인이 손을 뻗을 땐 잡아야 하느니라. 주저 말고 이 선비의 말에 순종하도록 하여라."

방안에 무거운 침묵이 흘렀다. 그 침묵을 깨뜨리고 하나의 여자가 울먹이며 말했다.

"할머니를 두곤 난 못 가."

"관속에 붙들려 갈 때도 할미를 들먹여 거역할 수 있을 텐가. 할미 걱정은 말아라. 내가 기다리고 있는 건 죽음뿐이다. 재봉이란 놈이 나를 묻어는 주겠지. 무지한 관속들도 산송장을 상대론 송사하지 못할 거다."

노파의 말은 단호했다. 이책이 얼른 말을 끼웠다.

"아니옵니다. 저희들은 노마님까지 모시고 갈 요량을 하고 있습니다. 교군을 대어 가마로 모실까 합니다. 그게 안 되면 업어서라도 모실까 합니다."

"그럴 필요 없소. 괜시리 이 늙은 것을 걸머들였다간 모두의 일을 망칠지 모르오. 나는 상관 말고 내일 새벽에라도 떠나슈…"

재봉 노인까지 불러내어 준비는 삽시간에 이루어졌다. 준비라야 별게 없었다. 여자들이 각각 감당할 수 있는 보퉁이 하나만 싸면 되는 것이다.

밤중에 이르러 비가 멎었다. 구름이 걷히기 시작하고 초승달이 중천에 걸렸다. 이곳저곳 별들도 모습을 희미하게나마 나타냈다.

첫새벽에 떠나기로 하고 모든 준비가 끝났을 때, 김권이 호피 한 장을 재봉 노인에게 주며 그걸로 노녀를 봉양하는 데 보태 쓰라고 일렀다. 호피 한 장을 단천에서 벼 20석과 바꿀 수 있었으니 얼마간의 도움이 될 것이라고 덧붙였다.

이책은 끝내 노녀를 데리고 가길 고집했지만, 노녀도 재봉 노인도 응하지 않았다.

"노마님이나 저나 얼마 남지 않은 생명인뎁쇼. 아무리 무도하기로서니 관가가 죽어가는 노인에게 매질을 할 건 아닌뎁쇼."
하고 재봉 노인은 뒷일은 걱정을 말라고 장담을 했다.

산촌의 적막 속에 첫닭의 소리가 울려 퍼졌을 때였다. 노녀가 세 청년을 안방으로 들어오라고 했다. 노녀는 청년들이 자리를 잡고 앉기를 기다려, 손자며느리와 손녀딸을 향해 말했다.

"너희들은 지금 종살이하러 떠난다. 여기 앉은 선비들이 너희들의 상전이다. '정부貞婦는 불가견이부不可見二夫'라는 말이 있지만, 노비가 될 신세에 정부니 열부가 있을 순 없다. 뿐만 아니라 너희들에겐 원래 남편이 없었던 것이나 마찬가지다. 그리고 아가야, 너는

처녀의 몸이지만 이왕에 노비가 될 운명에 있는 몸 아니냐. 불민한
부모들을 원망하지 말고 네 팔자를 네가 살아라."

　　방안은 여자들의 울음바다가 되었다.

　　노녀는 우는 그들을 한참 지켜보고 있더니,

　　"모두들 눈물을 거두라."

고 이르고 이번엔 세 청년을 향해 물었다.

　　"나이가 제일 많은 선비가 누구요?"

　　"접니다."

　　김권이 답했다. 그리고 김권이라고 이름을 들먹이자, 노녀는

　　"그럼 저 아이가 김 선비의 몫이오."

하고 오른편에 앉은 여자를 가리켰다. 손자며느리 가운데선 손위
로 보였다.

　　"다음은?"

하는 노녀의 물음에 윤량이 자기 이름을 댔다.

　　"윤 선비의 몫은 저 애요."

　　노녀는 다음에 앉은 여자를 가리키곤,

　　"우리 선아는 이 선비의 몫이 되겠구나."

하며 이책을 돌아봤다.

　　선아는 노녀의 손녀딸이었다.

　　그러고서는 노녀의 간곡한 말이 있었다.

　　"노비로 쓰건 소실로 하건 이 애들을 버리지나 마옵시오. 기박한
팔자를 불쌍히 여겨 구원의 손을 뻗은 그 마음 평생토록 잊지 말
도록 바라오."

그리고 특히 이책에게 당부했다.

"몰살된 집안이긴 하지만 그다지 허무한 가문은 아니오. 선아를 노비로 쓰더라도 아이 하나쯤은 갖게 해서 이 집안의 멸종은 면하게 하시오. 때가 이르거든 그 아이를 세워 가문을 세워줍소. 그렇게만 되면 이 한 많은 여자는 한을 거두고 저승에서 편하게 잠드리다."

노녀는 태도도 훌륭했거니와 그 배려도 슬기로웠다. 남자 셋, 여자 셋이면 짝짓기 알맞은 숫자이긴 하지만, 그 선택과 배합이 남자 셋의 입으로 될 땐 약간의 문제가 생길 수 있는 것인데, 노녀는 앞질러 그런 상황을 생각하고 떠나기 직전 각각 짝을 지워준 것이다.

노녀가 짝지어준 순서대로 길을 떠났다. 기울어가는 초승달이 그들의 가는 길을 비춰주었다. 희미한 빛이긴 해도 그것은 먼 앞날까지 비춰주는 빛이었다. 그들의 앞날도 그 달빛처럼 희미했던 것이다.

세 청년은 금강산 속으로 들어가 한동안을 지내자고 합의를 보았는데, 재봉 노인의 권유에 따라 안변安邊 검봉산劍峯山을 향하고 있었다.

검봉산은 한양으로 가는 도중에 있을 뿐만 아니라, 얼마 동안을 머물기에 알맞은 산촌이 있다는 얘기여서, 하루빨리 여운 선생을 만날 필요를 상기하고 재봉 노인의 권고를 따르기로 한 것이다.

안변의 읍내가 눈 아래로 보이는 어느 고갯마루에서 떠오르는 아침 해를 맞이했다. 비 온 뒷날에 솟아오르는 태양은 눈부실 정도로 찬란한 광채를 산과 들에 뿌렸다.

젖은 채 있는 풀 위에 몇 장의 호피를 꺼내 깔고, 그 고갯마루에서 어젯밤 장만해두었던 아침 식사를 하게 되었다. 그 준비는 여자들이 했다. 여태까지 남녀들 사이에 한마디의 말이 없었다. 비로소 이때 이곳에서 서로의 말문을 틔우게 되었는데,

"우리 이름이나 알고 지냅시다."

한 것은 김권.

"제 이름은 하수련입니다."

한 것은 김권의 짝이었다.

윤량의 짝은 최숙경이라고 했고, 이책의 짝은 이선아라고 했다. 이책도 이씨이고 선아도 이씨였으나, 선아의 이씨는 음죽 이씨여서 이책의 본과는 달라 짝이 되어도 무방했다.

"오늘이 며칠이지?"

하고 물었다가 4월 8일이라고 듣자, 김권은

"4월이라 초파일, 안변의 고갯마루에서 삼군자三君子가 삼숙녀三 淑女를 모시고 조찬을 드는 것도 전생의 인연이라."

며 호쾌하게 웃었다.

대대로 문장 집안의 자손으로 태어난 김권에겐 시인으로서의 기질이 있었다. 유감스럽게도 그 기질을 꽃피울 학식이 모자랐다.

이책이 여자들의 용자容姿를 십인일색은 된다고 했지만, 찬란한 아침 햇빛에 비춰진 그녀들의 용모는 바야흐로 피어난 무궁화를 닮아 아름다웠다.

"지금부터의 길은 부부로 가장하고 가는 게 편할 듯한데."

김권의 말이 있자, 윤량이

"근처의 역촌驛村에 가서 가마 셋을 만들어 신행 가는 신부를

모시듯 하고 가는 게 안전하지 않을까."

하는 제안을 했다.

그렇게 하는 것이 좋을 것 같다고 의논이 일치되었다. 설마 관원이 이른 아침부터 그 집에 들이닥칠 리도 만무하니, 안심하고 가마와 교군을 마련할 수 있을 것이다.

남녀 여섯은 안변읍 근처의 역촌을 찾아 고갯길을 내려갔다. 그들의 발에 차여 풀잎의 이슬이 햇빛을 받아 찬란한 구슬처럼 부서졌다.

가다가 잠깐 쉬고 있는데 초로의 초부樵夫를 만났다.

검봉산으로 가는 길을 물었더니, 안변읍으로 갈 것이 아니라 거기서 회행하여서 쪽길로 가야 한다고 했다.

왔던 길로 도로 돌아간다는 것은 여행을 해본 사람이면 누구나 싫어하는 노릇이다.

"한양으로 가려는데 어떻게 가면 가장 좋겠소?"

하고 김권이 물었다.

초부는 세 갈래의 길을 가르쳐주었는데, 그 길 가운데의 하나가 초부가 가는 길이라고 해서 그 초부를 따라가기로 했다. 그 길로 가면 안변도호부安邊都護府에서 남쪽 이십오 리허에 남산역南山驛이 있어서, 말이며 교군이며를 수월하게 구할 것이라고도 했다.

일행은 점심때쯤 해서 남산역에 도착, 점심을 먹는 동안 가마를 준비하고 짐을 실을 나귀를 세낼 수 있었다.

여자들을 가마에 태우고 짐을 나귀에 싣고 나니, 세 청년은 날 것만 같았다. 우창후 영감으로부터 배운 시창을 읊어가며 4월의 산과

들을 호연한 기상으로써 걸었다. 남산역에서 삼십여 리를 가면 철령
鐵嶺에 이른다. 철령이란 말만 들어도 청년들의 가슴은 술렁댔다.

철령을 넘어 서울로 간다는 얘기를, 갑산에 처박혀 살면서 청년
들은 우창후 선생으로부터 들었던 까닭이다.

철령이 가까웠을 무렵 긴 해도 저물었다. 그들은 동해 쪽으로 입
구가 열린 어느 골짜기의 자그마한 마을로 찾아들었다. 교군과 마
부를 합쳐 일행이 열세 명, 어느 한 집의 손이 되기엔 너무나 벅찼
다. 교군과 마부는 주막에 재우고, 김권 일행과 여자들은 부득이
어느 집 빈 사랑을 빌려 들었다. 얼마간의 돈을 주니 식사도 준비
해주고 군불도 푸짐하게 때어주었다.

빌린 사랑에 방이 셋 있는 것을 김권은 다행으로 생각했다. 몸과
마음이 달아 있었기 때문이다. 그런데 윤량의 말이 있었다.

"저 여자들을 우리들 마음대로 하라는 할머니의 말이 있었지만,
우리는 신중히 행동해야 한다. 모처럼 은혜를 베풀 양으로 고생하
고 있는데, 경솔히 일을 처리했다간 망신당하는 꼴이 되고 말 것
아닌가. 그리고 저 여자들을 우리의 노비로 할 것인가, 아내로 삼을
것인가도 결정해야 하는데, 그러자면 좀 더 두고 생각해야 할 일
아닌가. 노비로 하려면 그만한 체신을 우리가 가져야 할 것이고, 아
내로 모신다면 또한 예의가 있어야 할 것 아닌가. 이렇게 하건 저렇
게 하건 무사히 한양 땅을 밟기까진 저 여자들을 범하지 않는 게
어떨까?"

"나도 동감이다. 설혹 한양 땅을 밟기 전에라도 피차 예의를 갖출
수 있는 터전이 되기만 하면 그때 가서 결정을 짓는 것이 좋겠다."

과부를 맡은 김권과 윤량과는 달리, 선아란 처녀를 맡게 된 이책은 벌써 심중에 작정한 바가 있었다. 사정이 허락하면 선아를 아내로 맞이하겠다고 마음먹고 있었다. 두 사람의 의견에 김권도 따르지 않을 수 없었던 모양으로,

"참 어렵다, 어려워."

하면서도 윤량의 의견에 동조하는 빛을 보였다. 그런 사연으로 해서 동행 제일야第一夜는 깨끗하게 지났다.

철령!

험준이 미관美觀이 되고 미관이 험준으로 화한 이 고개는, 그런 대로 길을 틔어 남과 북을 연결하고 있는 동부 유일의 교통로이다.

이 고개를 남으로 넘으면 강원도, 북으로 넘으면 함경도. 함경도의 청년들은 청운의 꿈을 안고 이 고개를 넘었다. 아득한 옛날엔 불귀不歸를 각오하고 함흥차사가 넘어간 고개이기도 하다.

문서에 의하면, 고려 때는 이곳에 관문을 두어 '철관鐵關'이라고 이름했다 하는데, 김권 일행이 넘어갈 그 무렵엔 관문의 흔적만 고갯마루에 남아 있었다.

철령산고사검망鐵嶺山高似劍鋩

해천동망정망망海天東望正汒汒

추풍특지취쌍빈秋風特地吹雙鬢

구마금조도삭방驅馬今朝到朔方

(철령산이 높아 칼끝과 같고,

동쪽으로 바다를 바라보니 망망하구나.

추풍이 일어 머리칼을 날리는데,

말을 달려 오늘 삭방에 이르렀다.)

정도전은 이같이 읊었고, 변중량卞仲良은 다음과 같은 시를 남겼다.

철관성하로기사鐵關城下路岐賒

만목인파일우사滿目烟波日又斜

남거북래춘욕진南去北來春欲盡

마두개편해당화馬頭開遍海棠花

(철관성 하의 줄기줄기 길은 아득하고,

만목 연기에 싸인 듯 해는 기울어가고 있다.

남쪽을 떠나 북쪽으로 오니 봄이 끝나는 무렵인데

말 머리에 해당화가 피었도다.)

이장곤李長坤은, 뿌리를 장백산長白山에 두고 수천 갈래로 뻗은 지세地勢에 태산을 옮긴 우공愚公도 주저하여 도망갈 정도라고 하며, 나는 새에 물어 길을 틔운 듯하다는 감동 어린 부賦를 짓기도 했다.

세 청년이 이러한 고사故事와 문장을 알 까닭이 없지만, 철령의 고갯마루에 섰을 때 만감이 가슴에 벅차오름을 느꼈을 것은 짐작이 간다. 그들은 멀리 갑산 쪽을 향해 망배望拜했다. 우창후의 무덤에 대한 또 한 번의 결별이었다.

고갯마루에서 교군들을 돌려보냈다. 나귀 값을 치러 사기로 하고 마부도 돌려보냈다. 내리막길이니 여자들도 수월하게 걸을 수 있다고 판단한 탓도 있었지만, 너무나 대인수大人數라서 남의 눈에 띌 염려가 있었다.

나귀를 몰고 이책이 앞장을 섰다. 바로 그 뒤에 선아가 따랐다. 그 다음에 윤량과 최숙경이 걷고, 김권과 하수련은 맨 나중이 되었다.

"고생이 되시겠지만 참고 걸읍시다."

김권이 말했다.

"고생이 뭡니까. 구해주신 은혜 잊을 수가 없어요."

하고 옷고름을 무는 하수련을 김권은 아름답다고 생각했다. 불현듯 정화情火가 일었다.

"우리 천천히 갑시다."

김권이 발걸음을 늦추었다. 그리고 물었다.

"친정이 어딥니까?"

"단천입니다."

"그럼 친정으로 돌아가셨으면 혹시 봉변을 면하셨을지…"

"아니옵니다. 출가외인인데 친정으로 갈 수가 없으려니와, 친정에까지 누를 끼칠 수야 없지 않사옵니까…"

윤량과 최숙경의 모습이 저편 고갯길로 사라져갔을 무렵이었다.

"우리 좀 쉬었다 갑시다."

하고 김권이 숲 사이로 보이는 풀밭을 가리켰다.

하수련이 고개를 끄덕였다.

풀밭에 앉고 보니 사방이 숲으로 덮여 하늘만이 보였다.

김권이 하수련을 안으며 속삭였다.

"나는 임자가 좋아 죽을 지경이오."

하수련이 고개를 떨구었다. 그 옆얼굴이 붉게 타올랐다.

"불측한 놈이라곤 생각하지 마시오."

하고 김권이 하수련을 안은 팔에 약간 힘을 보탰다.

"천만의 말씀을. 소녀는 선비님의 것이오이다."

말꼬리가 떨렸다.

"이렇게 해도 좋소?"

하고 김권이 하수련을 뉘었다.

하수련이 풀 위에 누워 눈을 감았다.

사월의 태양이 천상에 걸렸고, 훈풍이 은은한 송뢰松籟를 이루고, 그 사이로 뻐꾹새소리가 누볐다.

김권은 난생처음으로 여체의 비리祕理를 살피는데, 거의 무아몽중無我夢中이었다. 생명이 생명의 근원을 좇아 분출하는 자연의 섭리. 그러나 찰나의 황홀이었다. 김권은 하수련을 안은 채 잠잠해 있다가, 다시 솟구치는 힘으로 거동을 시작했다. 누가 가르친 것도 아니고 언제 배운 것도 아닌데 바람이 구름을 부르듯, 구름이 모이면 비가 오듯, 구름이 걷히면 날이 개듯 김권의 거동엔 부자연이 없었다. 드디어 하수련의 닫혔던 환희의 문이 열리고, 다소곳이 희열의 한숨 소리가 새어나왔다.

김권은 천지조화의 비리와 운우정사의 비법을 비로소 터득하고, 하수련은 여체로서의 깨달음으로 인생의 소생蘇生을 느꼈다.

하늘엔 유연히 구름이 흐르고, 간단없는 송뢰는 그들의 환희를 축복하듯 울렸다.

두 남녀는 옷매무시를 고치고 숨을 고른 뒤 일어서서 손을 잡고 내려가기 시작했다.

"임자와 언제나 이렇게 손을 잡고 걷고 싶구나."

김권이 한 말이다.

"소녀의 소원도 그러하옵니다."

하수련이 들릴 듯 말 듯 속삭였다.

한양 갈 때까진 별일이 없어야 한다는 어젯밤의 약속을 생각하고 김권은 일순 죄책감에 사로잡혔으나, 그보다는 하수련으로부터 얻은 기쁨이 컸다.

앞서가던 이책과 윤량은 개울을 만나자 거기서 머물며 두 사람을 기다리기로 했다. 오랜 시간이 지나도 나타나지 않는 두 남녀를 두고 아무 말이 없었던 것은, 김권과 하수련의 사이에 무슨 일이 일어나고 있다는 것을 짐작한 때문이다.

이책은 선아와, 윤량은 최숙경과 간단한 말을 주고받으며 산속의 고요를 즐겼다.

'언제 이런 일이 있을 것을 기대라도 했던가.'

이책은 선아의 옆얼굴을 훔쳐보며 이런 감격에 서려 있었고, 윤량은 최숙경의 무르익은 여체를 의식하며 김권처럼 직정경행直情經行하지 못하는 스스로의 성질을 탓하고 몰래 한숨지었다. 철령 깊은 산속에서 세 가닥의 드라마가 엮어져나가는 것이다.

회양淮陽 남곡현嵐谷縣에서 그날 밤을 묵기로 했다.

여섯 남녀가 한집에 들 수가 없어 여자들을 전씨田氏 집에 재우기로 하고, 남자들은 현씨玄氏 집 사랑에서 신세를 지기로 했다.

김권은 하수련과 일시나마 헤어지는 것이 아쉬운 듯, 여자들을 보낸 전씨 집 동정을 살펴보겠노라고 떠났다.

이책과 윤량이 남았다.

"세속 일을 알 수는 없지만 저 여인들을 노비로 할 수는 없겠다."

고 윤량이 말을 꺼냈다.

"가능하다면 나는 선아씰 아내로 삼았으면 해."

이책이 정직하게 말했다.

"그사이 정이 들었어?"

하고 윤량이 웃었다.

"창의 기분은 어때?"

이책이 물었다. 창이란 윤량의 또 하나의 이름이다.

"좋은 여인이야, 최숙경 씨도."

윤량의 대답도 솔직했다.

"검도 하수련 씨가 썩 마음에 드는 모양이지?"

이책이 한 말이었다.

"그런데…"

하고 윤량이 말을 낮추었다.

"아무래도 검과 하씨 사이에 오늘 무슨 일이 있었던 것 같다. 우리가 모르는 척하는 건 좋지만, 그래 놓으면 검이 계속 우리의 눈을 속일 거란 말이다. 속이려다가 보면 우리를 거북하게 생각할 것 아닌가. 우리 사이에 그런 일이 있어선 안 되지 않을까. 내일에라도 서로 짝을 지어 부부가 되어버리기로 하자."

"나도 그런 생각을 하고 있었다."

며 이책이 동의했다.

김권이 돌아와 같이 저녁 식사를 하는 자리에서 윤량이 제안했다.

"우리 내일 장가들까?"

무슨 소린지 알아듣지 못했던 모양으로 김권이 되물었다.

"장가를 가?"

"이대로 여자들을 데리고 무사히 한양까지 갈 순 없을 것 같애. 방식을 어떻게 하건 장가부터 들고 보자는 거다."

이책이 윤량 대신 설명하자, 김권이 만면에 희색을 띠었다.

"그것 좋다, 좋아."

"방식을 어떻게 할까. 이 마을 노인에게 부탁해볼까?"

윤량이 한 말이었다.

"이왕 이렇게 되었으니, 어때 금강산에 들어가서 장가를 들면."

김권이 내놓은 의견이었다.

금강산에서 장가를 간다는 생각에 이책이 솔깃했다. 금강산은 해동海東에선 명산인 것이다.

명산 금강산에서 장가를 간다는 생각은 이책의 마음을 들뜨게 했다. 윤량도 동의할까 하는 기색이었으나 고개를 설레설레 흔들었다.

"한양으로 먼저 가야 한다. 금강산은 후에도 가볼 수 있고, 장가를 꼭 금강산에서 들어야 한다는 것도 없잖은가."

옳은 의견엔 무작정 따르기로 돼 있다. 내일 길을 걷다가 특히 산수가 좋은 곳에서 결연結緣하기로 의견의 일치를 보았다.

"한데, 그 말을 그분들에게 어떻게 꺼내노?"

이책이 난감한 표정을 했다.

"그건 걱정 없어."

김권이 호기 있게 말했다.

새벽에 남곡현을 떠난 김권 일행은 해 돋을 무렵 쌍령雙嶺 고갯마루에 섰다. 첩첩 산이 파도처럼 굽이치고, 아침의 태양이 은빛을 뿌렸다. 신록의 내음이 이날 아침에도 싱그러웠다.

김권이 남자들과 여자들을 짝을 지어 세우더니, 북쪽을 향해 절을 하라고 했다. 그러고서는 큰 소리로 외쳤다.

"선생님, 검, 창, 편은 이곳 쌍령에서 장가듭니다."

윤량도 이책도 그 기상천외의 행동에 놀랐지만 여자들이 더욱 놀랐다.

절을 마치자, 김권이 선언했다.

"이책과 이선아 씨는 부부가 되었다. 윤량과 최숙경 씨는 부부가 되었다. 나, 김권과 하수련은 부부가 되었다. 서로 절을 하시오."

그때서야 여자들도 김권의 뜻을 알았던 모양으로, 남편이 된 남자를 향해 각각 큰절을 했다. 남자들도 같이 절을 했다.

그러고는

"이따 다시 여기 모이자."

며 김권이 하수련을 덥석 안아 들고 숲속으로 들어가버렸다. 윤량도 최숙경을 안았다. 그러고는 두리번거리더니 김권과 반대편의 숲속으로 사라져 들어갔다. 이책도 이선아를 안아 들었다. 그러고는 한 손으로 나귀 짐 속에서 호피 한 장을 꺼내 선아를 쌌다. 멀리 가지 않아도 되었다. 길에서 얼마 떨어지지 않은 곳에 빽빽한 나무로 둘러친 풀밭이 있었다.

이책이 호피를 깔고 선아를 뉘었다. 사방의 풀이 촉촉이 젖어 있어 이책은 호피를 가지고 온 스스로의 기전氣轉을 흐뭇하게 여겼다.

"선아 씨."

감격에 겨워 이책의 목소리가 떨렸다.

"예."

"우리가 이렇게 만날 줄을 알았소?"

"알았습니다."

그 뜻밖의 말에 놀라 되물었다.

"어떻게 아셨소?"

"밤마다 꿈마다 선비님께서 나를 데리러 오실 것을 꿈꾸었소이다."

이책이 선아의 옷고름을 서서히 풀었다. 가르치지도 시키지도 않은 동작을 이책은 어디에서 배웠을까. 생명이 가르친 것이다. 생명이 정열로 화해 그 정열의 길잡이에 몸을 맡기면 되었다. 이책은 드디어 신비의 성문을 열었다.

"으음."

하는 선아의 신음 소리는 고통의 신음이 아니라 성주城主를 모셔 들이는 찬란한 순간을 장식하는 환호의 소리, 그 환호가 지극함에서 비롯된 고통의 소리였다. 어떠한 어려움에도 굴하지 않고 순종하겠다는 마음의 표시라고 해도 좋았다.

윤량과 최숙경의 감동도 한량이 없었다. 그러나 최숙경의 사랑의 고백은 너무나 애절했다.

"저는 평생토록 선비님의 노비일 수밖엔 없습니다."

이에 대한 윤량의 말이 갸륵했다.

"나는 임자의 하인일 뿐이오."

김권과 하수련의 경우는 문자 그대로 교환交歡이었다.

"당신 없이 내가 어떻게 살 작정이었던가."

한 것은 김권.

"아아, 이런 날이 있으리라곤…."

하고 하수련은 환희의 눈물을 흘렸다.

쌍령은 바야흐로 쌍쌍의 사랑을 그 품속에 안고 4월의 태양 아래 의젓했다. 하늘엔 흰 구름이 흐르고 훈풍엔 세 쌍의 사랑의 숨소리가 섞였다.

세 쌍의 남녀가 세 쌍의 부부가 되어 다시 같은 자리에 모였을 때 태양은 중천에 있었다.

만일 그들이 20세기적인 센스를 가졌더라면 저마다의 가슴에,

'아아, 오늘의 태양은 우리를 위해서 떴다.'

는 감회를 새겨넣었을 것이다.

남자들은 서로 손을 잡고 말없이 힘 있게 흔들며 서로의 눈을 보고 미소를 지었다.

여자들은 눈부신 얼굴로 서로의 얼굴을 살피며 눈으로 웃었다.

인생의 새로운 출발을 이렇게 서로들 축복했던 것이다.

"잔치가 있어야 할 것 아닌가?"

김권의 제안이 있었다.

"길을 가다가 맑은 개울을 만나면 거기서 잔치를 하자."

고 윤량이 응했다.

세 쌍의 남녀는 내리막길을 걷기 시작했다. 바람은 시원하게 불고, 이름 모를 새들의 노래가 있었다.

얼만가를 걸었을 때, 반반하게 반석이 깔려 있고 그 반석 아래로 청렬하게 흐르고 있는 개울이 나타났다. 다시 의논할 것도 없이 그곳을 잔치 자리로 정했다.

먼저 건병乾餠을 물에 담가 녹이고, 산삼과 녹용을 섞어 만든 술 피대皮袋를 끌렀다. 갑산에서 장만한 멧돼지포, 노루고기포도 나왔다. 산채로 만든 자반도 나왔다. 회양에서 준비해 온 도시락도 끼였다.

산속에서 20년을 자란 세 청년은 어느 때 어느 곳에서라도 잔치할 수 있는 재료와 재간을 항상 준비하고 있었던 것이다.

사랑에 취하고 술에 취하고 성찬에 취하고 풍경에 취한 이들의 잔치는 선인仙人들의 잔치를 닮아 그 흥취는 왕후장상의 잔치가 따를 바가 못 되었다. 김권이 노래 부르면 윤량이 장단을 치고, 이책은 그 헌칠한 몸매를 돌려 춤을 추었다.

이 광경을 보는 문장가가 있었더라면, 조식曹植의 낙신지부洛神之賦를 닮아 현현묘묘玄玄妙妙한 시구를 얻었을는지 모를 일이다.

그러나 환歡은 무궁한데 해가 기울어가니 그들의 잔치도 끝이 났다. 김권이 이런 말을 했다.

"한양에 가서 여운 선생을 뵙고 만일 승낙을 받을 수만 있다면, 산수 좋은 자리를 찾아 삼간옥三間屋 삼동三棟을 나란히 지어놓고 매일 가무歌舞하며 살고 싶구나."

"그렇게만 된다면야 얼마나 좋을까."

윤량과 이책이 거의 동시에 말했다.

세 쌍의 남녀는 다시 걷기 시작했다.

한양까지의 거리는 이제 사백 리.

그러나 그들에겐 행락行樂의 도정이 될 것이다.

그들은 오늘밤의 숙소를 양구楊口로 정해놓고, 발걸음도 가볍게 길을 걸었다. 회양에서 들은 얘기론 양구엔 비봉산飛鳳山이란 산이 있고, 강岡과 난巒이 반쪽 회환回環을 이루고 있는 듯 아름답다고 했다.

중도에 다소의 곡절을 예상하지 않는 바가 아니나, 우리는 김권, 윤량, 이책과 그 여인들의 일행을 불원 삼전도에서 만나볼 것이라고 기대하고, 황해도 서흥瑞興으로 눈길을 돌려야만 하겠다.

〈6권으로 이어집니다〉